NARRATIVA

JUAN VILLORO
LA CASA PIERDE

NARRATIVA

Derechos reservados
© 2017 Juan Villoro
© 2017 Almadía Ediciones S.A.P.I. de C.V.
      Avenida Monterrey 153,
      Colonia Roma Norte,
      Ciudad de México,
      C.P. 06700
      RFC: AED140909BPA

www.almadia.com.mx
www.facebook.com/editorialalmadía
@Almadía_Edit

Primera edición: abril de 2017
ISBN: 978-607-8486-35-9

En colaboración con el Fondo Ventura A.C.
y Proveedora Escolar S. de R.L. Para mayor información:
www.fondoventura.com y www.proveedora-escolar.com.mx

Impreso y hecho en México.

JUAN
VILLORO
LA CASA
PIERDE

S
Ed.a

Almadía

A Alejandro Rossi

CAMPEÓN LIGERO

In memoriam J. C.

Quizá sea exagerado decir que acabé con la carrera de Ignacio Barrientos. No fui yo quien lo golpeó a mansalva bajo las ardientes luces de la arena; durante años entré en su vida como una sombra necesaria, el amigo que enfría ciertas situaciones sin definirlas del todo, incluso cuando éramos niños y jugábamos a enterrar o descubrir basuras en las minas, estuve en su invencible periferia, más el testigo o el espectador que el cómplice y, sin embargo, algo hice para arruinarlo: lo tuve a mi alcance en la tarde inmóvil y le di la mejor de las noticias. Quizás exagero, pero fue como si llevara manos de piedra y triturara su rostro gastado de campeón.

Ahora que escribo –junto a un ventanal donde cada tanto choca un pájaro– se me ocurre que este relato no puede apartarse de algo cierto y ruin; mi versión llega *después* de Barrientos, cuando su silueta ya no perturba el cuadrilátero y sólo puede volver a golpear en estas páginas. Un pájaro —más moreno que negro— se acerca dispuesto a desnucarse mientras abro la trama como si cortara las agujetas en los guantes de Nacho después de una pelea, con un filo obediente pero demasiado largo, similar a un favor vengativo —un golpe me distrae en la ventana, un *paf* acolchonado, no muy fuerte, como si las alas apenas tantearan el suicidio, curioso que los pájaros no vean los bultos a través del vidrio, las cosas que ya no son aire y siguen de otro modo.

Ignacio Barrientos nunca fue un ídolo. No tuvo la estrella impecable del *Ratón* Macías ni la estrella turbia del *Púas* Olivares, no alcanzó la gloria del apodo único *(Chiquita* o *Mantequilla)*, ni el honor dinástico del apodo derivado (el enésimo *Kid* de Tamaulipas o de La Merced). Fue un obstinado asimilador de castigo, y aunque todos sabemos que el boxeo tiene que ver más con sufrir el daño que con propinarlo, Nacho se complicaba en exceso las peleas: dejaba "trabajar" al adversario y al final buscaba un nocaut de angustia. Su récord nunca fue muy limpio, pero se alzó con el cinturón nacional de los ligeros, fue campeón de una de las tantas comisiones mundiales y una noche le hablaron al oído de una pelea por la corona unificada, todos los títulos reunidos ante sus puños. Fue incapaz de convertir las caídas y la sangre en una personalidad de embrujo, pero se fajó lo suficiente para estar ahí, en lo más alto de su división.

Seguí sus setenta y dos peleas y escribí sobre ellas en *Arena*, no sólo para llenar mi columna "Las doce cuerdas", sino porque verlo me revolvía el estómago, y más de una vez me hizo gritar y alzar los puños como si también yo ganara algo, mal y demasiado tarde.

Durante eternos cierres de edición, busqué claves para la fama sin idolatría de Ignacio Barrientos: ganaba como si perdiera, su rostro ultrajado invitaba a desviar la vista al primer anuncio de Corona Extra. Aunque todos vamos a ver eso y la porra grita "¡La sangre es tu trabajo!", nadie piensa que las cejas abiertas signifiquen el triunfo ni que esa cara cosida como una pelota de béisbol pertenezca a un estafador que se salió con la suya. "¿Cuánto vas a que para el sexto *round* tu Ignacio está hecho un Cristo?", me dijo una vez *el Negro* Peláez en *ringside*; luego aflojó tres billetes de a cien. Los tomé porque su pelo olía a loción barata, porque su prosa en un diario de la competencia parecía impresa con jugos gástricos, porque sus uñas barnizadas jugaban con un anillo de oro en forma de cubo. *El Negro* me repugnaba lo suficiente para no darle el gusto de contradecirlo. Mejor perder la apuesta. Nacho en el sexto asalto, jalando aire a través del protector bucal, la guardia baja y la mirada inventiva del que empieza a buscar la lona. Un asunto de rutina: los billetes en las manos del *Negro* Peláez y la certeza de que Nacho perdería el título y el sentido. Diez minutos después, cuando ya parecía imposible, los ojos del campeón tenían un brillo paranoico, sus manos empezaban a golpear y la cara del *Negro* se humanizaba con la mueca del espanto.

Mis crónicas son francamente parciales y responden a la principal exigencia periodística del viejo Severio: "¡Escriban con los riñones!" El director es un legendario consumidor de Delicados, ron, Melox, sobornos, erratas y putas (en ese orden), pero sobre todo un campeón del estilo intenso y urológico. En *Arena*, quienes se pasan de mamones y escriben que el deporte es "lúdico" ofrecen un blanco demasiado fácil. Hay que saber ocultar el respeto que uno le tiene a la cultura. Tal vez por eso olvidé el borrador de mi única novela en el último taxi *cocodrilo* que abordé en mi vida. Cuando llegué a *Arena*, tenía una molesta aura intelectual porque había cubierto dos guerras centroamericanas, y aunque eso sólo me sirvió para atrapar más virus que noticias, los veteranos de mil estadios me vieron como un pretencioso que venía de las zonas serias del periodismo (por un sentido inverso del respeto, en *Arena* sólo miramos con confianza a la nota roja, la única fuente más baja que la nuestra).

He llevado libros a la redacción, pero siempre a escondidas. Uso un gabán de pintor que me gusta por las bolsas anchas en las que cabe tan bien Onetti; forro las portadas con páginas de nuestro periódico, impreso en inolvidable azul y blanco, y leo en las horas muertas, el libro entre los codos y la computadora, procurando que mis facciones asuman la perfecta estupidez del ocio.

Todo esto explica en parte que haya tomado la carretera a Valle de Bravo; necesitaba sacarme de encima los años en la redacción donde torturamos los teclados, inventarme capaz de otra cosa: si no podía escribir una historia, podía provocarla. Esto se me ocurre ahora, junto al ventanal de los pájaros —es raro que haya tantos en una ciudad sin árboles—; pero en el camino a Valle me dominaba el impulso de ayudar a mi amigo. Después de Toluca, abrí la cajuela de guantes en busca de un casete y encontré una postal de la clínica, los bungalós en torno a un lago lapislázuli. Con una caligrafía sedante, la empresa me deseaba: "Feliz recuperación". Entré a la parte boscosa de la carretera queriendo más a Nacho; él pagó mi tratamiento en esos bungalós de lujo, con la tranquilidad protectora y distanciada con que pagó mi casa en la colonia del Periodista y el coche en el que iba a verlo. Los millonarios del deporte suelen derrochar como si rompieran otro récord y otorgan demasiada importancia a las facturas que no les cuestan gran cosa y necesitas tanto. Nacho pagaba como si no hubiera consecuencias, jamás miró sus regalos con aire de propietario; si acaso, lo único molesto era que lucía tan ajeno a su generosidad que resultaba imposible darle las gracias. En la carretera a Valle de Bravo, la postal de la clínica reforzó la urgencia de hablar con él para pagarle de una vez lo mucho que le debía.

Después de curvas entre la luz rayada que caía de los árboles, llegué a una zona de niebla, la temperatura bajó de golpe y se soltó un chaparrón que me condujo a otros recuerdos, cosas más lejanas en las que sentía las manos de Nacho en el cuello y en los hombros, como si la memoria fuese una forma de la presión y del afecto y de la amenaza. Crecimos juntos, ya lo dije, en las barrancas que dominan un flanco de la Ciudad de México. Vimos las luces en la noche y anhelamos lo mismo. Entré a su casa incontables veces —el patio con macetas que olían a bodas y panteones, la estufa de leña en la cocina sin puerta, las risas inconexas de sus cuatro hermanas, el perro tumbado, amarillento, ajeno a todo, ignorando que lo habían recogido y que apoyar la cabeza en una llanta era su felicidad. Juntos descubrimos escondites en las minas de arena. Ahí llevamos a Consuelo para verle las tetas alzaditas y ahí Nacho empezó a boxear con su sombra. Fui el primero en descubrir su pegada prodigiosa porque me rompió la nariz. A la hora de los golpes nunca significó nada que yo fuera tres años mayor.

La vida resuelve sus asuntos con altanería y después del campeonato todo antecedente que no conduzca a la gloria suena mal. Los héroes borran sus tanteos. Llevé a Nacho al Gimnasio Constitución y hablé con quince zombis hasta que el *Centavo* Lupe lo aceptó en su establo. Pero si yo no hubiera estado ahí, otro admirador de nariz enyesada habría velado por él para salpicarse con las migajas del festín.

He escrito suficientes columnas de "Las doce cuerdas" para organizar los recuerdos en función de lo que Ignacio Barrientos fue en el *ring*. Más que instinto asesino, el peleador natural tiene vocación suicida; su primera prueba de talento consiste en inhibir el instinto de supervivencia, y nadie sabe cómo se conquista el deseo de recibir castigo. La miseria y los buenos reflejos no bastan. Durante tardes infinitas, odiamos la barranca y las minas de arena sin que Nacho mostrara otros destellos que su capacidad para saltar una barda o someter a alguien sin apuro. ¿Cómo se transformó en el solitario que entraba a un socavón a victimar su sombra?

Los recuerdos dependían del clima en la carretera a Valle de Bravo. La lluvia arreció en granizo mientras yo recuperaba el sepelio de la hermana mayor de Ignacio, las luces distantes de la ciudad en nuestro barrio de mierda, el auto que se desplomó en la barranca, ardió en llamas fabulosas y nos reveló que no habíamos visto nada mejor que esa destrucción. Repasé tristezas y humillaciones que nos dolieron sin dejar otra marca que la convicción de abandonar las casas sepultadas a medias en la arena y el cielo cruzado por cables de luz robada. Era inútil seguir esa senda de pequeños agravios pero, bajo la tormenta, las vejaciones lejanas tenían una forma extraña de volverse agradables y no quise privarme de ninguna.

La clave de Nacho estaba en otra parte. Un acto entre muchos, salvaje y definitivo, lo preparó para que le reventara la cara en la alberca de luz de los estadios. Despreciábamos a Riquelme porque vivía lejos y almacenaba cosas que suponíamos de fábula. Cada tercer día, un camión llenaba de cajas una nave de unos veinte metros cuadrados, techada por triángulos de asbesto. La idea fue del *Gitano* López. Recuerdo sus cejas en las que el polvo tenía una forma especial de detenerse. Sus manos grandes acompañaron el plan con ademanes. Podíamos amagar a Riquelme con una pistola de juguete cuando llegara en el camión, podíamos vender las cajas con un amigo que tenía en Tepito. Todo era tan simple y estábamos tan hartos que hasta los defectos sonaban bien: "Si nos agarran, no te dan más de dos años en la correccional", *el Gitano* le dijo a Nacho, que acababa de cumplir los dieciséis.

Ni siquiera supimos lo que robábamos. *El Gitano* cosió unas capuchas de jerga y así encañonamos a Riquelme. Oscurecía y nadie se acercaba a esa orilla de la barranca. Riquelme nos dio las llaves del camión y ahí debió quedar todo, pero Nacho pronunció algo tras la máscara de trapo y el otro se asustó, gritó con una boca horrenda, en la que faltaban muchos dientes. Luego corrió hacia la barranca.

Nacho fue tras él. Pasó un largo rato, en el que no oímos otra cosa que una explosión distante en las minas. Finalmente, Nacho regresó sin la capucha, el rostro desencajado. "Está allá abajo", escupió en la tierra. Contó a empellones que había alcanzado a Riquelme en la ladera; forcejearon hasta que el otro cayó al precipicio. Nos acercamos a la orilla; al fondo había un punto celeste, la camisa de Riquelme.

Fuimos a Tepito a vender la mercancía. Resultó que transportábamos juguetes coreanos, hombres lagarto y otras baratijas de plástico. Nos dieron una bicoca y abandonamos el camión en La Merced.

Cuando regresamos a la colonia, los escasos billetes me ardían en el pantalón. Habíamos destruido nuestra magnífica ilusión de ser ladrones y Riquelme seguía en la barranca. "No es bueno que nos vean juntos", dijo *el Gitano*, "yo me ocupo". En su voz había un filo amargo. Al día siguiente sus cejas tenían más polvo que nunca. Explicó que había bajado a la barranca. Riquelme estaba muerto, los ladridos de los perros empezaban a atraer curiosos, la policía se iba a enterar de un momento a otro. "¡Por unos juguetes coreanos de mierda!", fue su forma de decir que no quería saber más de nosotros.

Sólo las tolvaneras recorrieron nuestras calles, no hubo patrullas ni interrogatorios. Riquelme se convirtió en otra de las muchas cosas perdidas en la barranca. Pero Nacho cambió como si nos hubieran descubierto. Una tarde de cervezas y botellas arrojadas a un abismo demasiado hondo para hacer ruido, me dijo con voz rota: "Lo maté. ¿Te das cuenta?" Asentí, sin saber muy bien lo que él tenía dentro. "Fue un accidente", añadí, "y no robamos casi nada". Estábamos limpios, nadie sospechaba de nosotros, los juguetes eran unos plásticos absurdos. Pero no hubo modo de convencerlo. "Lo maté. ¿Te das cuenta?" Años después iba a recordar su voz dañada y suplicante al leer la historia del primer negro ajusticiado en la cámara de gases; cuando la pastilla letal empezaba a soltar humo, el negro murmuró: "Sálvame, Joe Louis, sálvame Joe Louis…" Así era Nacho en el filo de la barranca. No voy a repetir la saga que durante casi una década publiqué en la tipografía azul de *Arena*. El campeón estaba más orgulloso de sus heridas que de su récord, y pedía a los niños que le contaran las cicatrices, como si su cara fuese un juego. Sólo aceptó medirse con los *sparrings* del Constitución cuando supo que lo respetarían lo suficiente para golpearlo hasta que orinara sangre. Nacho se castigaba por el hombre que dejó en una barranca y misteriosamente lo ayudó a salir de ahí, la sombra que le otorgó un futuro. La lluvia escampó cuando recorría unos pastizales amarillos. Un trozo de arco iris flotó en alguna parte y bajé la ventanilla para oler la hierba mojada. Hacía siglos que no recibía un gusto fresco. En las mañanas despertaba con el sabor de un puro barato en la boca y las noches eran un purgatorio de tragos que cada vez me sentaban peor y sólo servían para compensar la falta de drogas. No estaba en mis planes volver a la clínica y su lago apacible, no quería aumentar mis deudas con Nacho ni revivir esa escena estúpida, el campeón cargado de regalos y Miriam detrás de él, con mirada cavilosa y la uña mordida de quien desea estar en otro sitio. "Vives como boxeador", Nacho sonrió, cerrando un puño festivo. El cuarto trescientos cuatro desentonaba con la frase, ahí todo era sol, sábanas limpias, paredes que exudaban un perfume floral, pero obviamente él se refería a lo que pasó antes, un descalabro demasiado lujoso para un periodista de deportes.

El campeón (llevaba entonces seis defensas) había abandonado su retiro en una granja de Nevada para llevarme cajas con toallas y ropa de marca. Siempre tuvo una pasión infantil por las telas, las batas de satín borgoña y oro con las que trotaba rumbo al cuadrilátero, las camisas con diseños de orfebrería, la toalla que en apariencia nunca iba a tirar.

En las apariciones públicas de su marido, Miriam sonreía con una dicha indiferente, como si abanderara una delegación o sacara un número en la pecera de un sorteo. En la clínica me concedió su perfil, un abundante mechón de pelo castaño, la nariz fina y nerviosa que me obligó a pensar en aquel tazón colmado de cocaína, con cinco o seis llaves encajadas como cucharitas. ¿Valía la pena volver a esa noche, buscar los ojos de Miriam que no deseaban verme?

Nacho señaló el sillón de visitas que nadie había usado y Miriam se sentó ahí, a escuchar desde una insalvable lejanía. Un golpe de aire llegó de la ventana y quise creer que en la fragancia dulce de las paredes se mezclaba el olor de Miriam; me inventé ese gusto cuando Nacho repitió: "Cuéntame", y ella miró la hebilla de sus zapatos.

Hablé mientras él tomaba vasos de agua. Muchas veces lo había visto en ese estado, nervioso porque la pelea se acercaba y no daba el peso y su vida era un calvario de verduras hervidas y filetes que masticaba para sacarles el jugo y luego escupir en una bandeja. Se ponía tenso, le sobraba energía, como si su fuerza viniera de no comer.

Le conté de los tipos que me regalaron coca en un antro de Ciudad Juárez. La farra siguió hasta un burdel donde un agente de la judicial propuso un duelo al estilo Vietnam, cada quien con su propia metralleta. Un par de judiciales en los que había un resto de lucidez me arrestaron por posesión de cocaína antes de que jugáramos a morir o a matar a su jefe. Aunque no hice otra cosa que prestar mi nariz a la historia, acabé con cargos de tráfico de armas y un extraño delito de "nocturnidad". Nacho sabía todo esto (habló con el gobernador, al que le había dedicado varias peleas, contrató a un abogado con prepotentes pulseras de narcotraficante, repartió dinero en los periódicos para silenciar la noticia: "Al fin me saliste conveniente", me elogió el viejo Severio), pero deseaba volver a oírlo, como si mi irresponsabilidad fuese una maravilla inagotable.

Estaba en la clínica gracias a él y tenía que pagarle el favor repitiendo mi historia. Mi venganza fue pensar en otra cosa, la noche en que visité la casa de don Samuel. El célebre promotor daba una fiesta para dos peleadores negros que acababan de firmar con él; uno llevaba una camisa imitación leopardo y un gorrito que parecía un flan cromado, el otro iba de blanco (de sus orejas deformes pendían arracadas de oro).

Don Samuel vive con relativa economía para alguien que ha estafado a gobiernos y empresarios durante cuatro décadas. Curiosamente, su símbolo es el Quijote. Esa noche llevaba una corbata con una horrenda estampa del Caballero de la Triste Figura y me mostró con orgullo una mesa con una decena de Quijotes de cristal y *papier mâché*.

El zar de las peleas es un hombrón de enorme vientre y pelo duro y rizado; sus sacos y abrigos tienen cuellos de cuero o de visón, como si la nuca fuera su punto débil; en los puños, lleva mancuernillas corporativas, escudos de Aeroméxico, Televisa, un hotel de Las Vegas. Uno de los misterios de la genética es que de ese bulto con una nariz que proclama los nocauts que ha contratado saliera Miriam. En la fiesta la tomé por otra de las modelos caras que decoraban el ambiente.

Esa mañana, me había gustado parecerme en el espejo a un detective que vi en una película italiana, un tipo que pasa noches en vela sin descubrir otra cosa que el mundo es una mierda y al final se pega un tiro en el paladar: no era un ejemplo de vida pero tenía su encanto. Con vanidad masoquista sentí que mi cara trabajada por el cansancio anunciaba una desgracia interesante. Miriam me vio de un modo similar pero sacó otras conclusiones: yo era un drogadicto perdido. Me ofreció una raya y me pidió que la siguiera. Entonces supe que vivía en la casa; sus manos pequeñas conocían todos los picaportes. Llegamos a un baño con piso de mármol y un lavabo donde dos grullas doradas escupían agua. Miriam abrió un mueble y sacó el tazón de cocaína en el que se alzaban cuatro o cinco llaves, como una botana lista para los invitados. El enorme espejo del baño había sido cubierto por una pátina adicional, color ostión. En esa difusa superficie contemplé la desnudez de Miriam. Ella tuvo que forzarme para que me volviera hacia el extraordinario cuerpo salido del espejo y de algún sueño donde la necesidad extrema bastaba para recibir compensaciones.

Salí de la fiesta en tal estado de éxtasis que elogié la colección de Quijotes de don Samuel. Ahora, mientras los pájaros rondan mi ventana, me gusta suponer que gané una apuesta que no supe cobrar. Pasaron varios días y no le hablé a Miriam; en mi versión predilecta, hay momentos de total angustia: no la busco por la imposibilidad de repetir el milagro y el miedo de ser rechazado como el olvidable capricho de una madrugada en la que ella necesitó un rostro atractivamente vejado; en otras versiones, más sosegadas, hay algo que confundo con la madurez: abro una pausa para posponer el placer de la siguiente cita, conservo el pasado intacto y al mismo tiempo lo cargo de futuro; en la versión más próxima, descubro que disfruto la caída: tengo una carta salvadora y la desperdicio, y eso me gusta.

Total que pasaron semanas sin saber de Miriam. Fue ella quien me habló a *Arena*, con una voz alegre, cómplice sin excesiva cercanía, como si nos conociéramos de siempre. Varias veces dijo una frase absurda: "No me extraña de ti". La verdad, todo debía extrañarle de mí, sólo conocía la urgencia de mis fosas nasales y la retardada respuesta del resto de mi cuerpo. Pero Miriam dio por descontado que me encantaba oírla y que la ayudaría como los amigos eternos que éramos desde ese instante. Muy pronto llegó a lo que le interesaba: Ignacio Barrientos y yo éramos amigos desde la infancia, se moría de ganas por conocerlo, no quería abusar de los conectes de su padre.

Acepté presentarlos. De algún modo, me tranquilizó que mi dicha no fuera posible; intuí las muchas complicaciones que significaba amar a Miriam. Me usó como un puente hacia Nacho, y eso significaba que se merecían el uno al otro. De cualquier forma, luché por separar dos situaciones: Miriam me buscó porque quería desafiar algo en la fiesta de su padre, tocar fondo en un pozo de sombra, demostrar que los límites existen y se rompen, y Miriam me buscó para acercarse a Nacho. Ambas cosas eran ciertas y ninguna muy agradable, pero convenía no mezclarlas mucho. En mi indolencia para cortejarla y en mi presteza para relacionarlos no quemé ninguna carta ganadora. Miriam sólo estuvo para mí esa noche ante el espejo.

Nunca tuve cabeza para las mujeres que entraban y salían de la vida de Nacho; ninguna merecía la atención de la memoria; sus ojos huidizos, sus brazos desnudos, con marcas de vacunas o lunares grandes o cicatrices o quemaduras, sus vestidos entallados de telas coloridas y pobres, sus cierres que no subían del todo y ameritaban un alfiler o un seguro, sugerían que no buscaban al campeón para salir de la desgracia sino para sumirse en ella.

A Nacho sólo podían levantarle el brazo de ganador cuando su rostro estuviera destrozado. Horas después, en la alta noche de su triunfo, soltaba una violencia adicional, la crueldad que había perdonado a su oponente. Lo vi atropellar un perro, lo vi romperle la nariz a una morena que lo miraba con devoción, como si recibir golpes fuese una perversa forma de rezar, lo vi lanzar un bat de aluminio al escaparate de una mueblería, lo vi llorar sin pausa ni vergüenza en autos y cafeterías donde esperábamos el amanecer. Necesitaba un gesto demencial para saber que la pelea había acabado.

Miriam no se asemejaba en nada a las masoquistas de barrio que compartían los peores ratos de Nacho, pero tampoco la creí capaz de modificar los hábitos de mi amigo.

Dos semanas después de que los presenté, recibí un regalo de Nacho, un Rolex de oro, con mi nombre grabado al reverso de la carátula. Me costó trabajo convencer a un joyero de que quería borrar mis letras para rematarlo y más trabajo quitarme de encima la suciedad del pago. El reloj pertenecía a una lógica de proveedores y sanguijuelas donde la cópula debía beneficiar a un tercero.

Por esos días, Miriam y Nacho estaban en Acapulco, en los costosos peligros que él procuraba después de una pelea, siempre a punto de desnucarse con el filo de una alberca, de estrellar el auto contra una palmera, de cumplir su promesa de arrojarse de La Quebrada. Después del viaje, Miriam empezó a cambiar los días del campeón; no puedo decir cómo lo hizo porque su primera medida fue protegerlo de su pasado, ponerlo a salvo de los recuerdos agraviantes que no compaginaban con su fama. En pocas palabras: dejó de verme. Nuestro trato se limitó a las entrevistas en gimnasios que concedía a otros reporteros.

Fue Miriam quien habló para anunciarme que se casarían. Con educada frialdad, repitió dos veces el nombre de la calle, como si yo jamás hubiera estado en casa de su padre. Nacho no podía hablarme, entrenaba en una granja de Chihuahua, tenía que perdonarlo. El día de la boda, mi amigo me regaló una Mont Blanc. Así supe que era su testigo.

A partir de esa fiesta en la que cada mesa tuvo una botella de coñac al centro, don Samuel promovió todas las peleas de Ignacio Barrientos y lo convirtió en una eficaz máquina de hacer dinero. En *ringside*, Miriam sonreía desde una distancia que a veces llegaba a las fotografías, una silueta tímida y atractiva que acaso sólo yo veía como una fuerza dominante. Los años que siguieron consolidaron a Nacho como un campeón solvente que jamás sería un ídolo; a sus dilatadas palizas, había que agregar su vida casi secreta, con la que nadie podía identificarse.

Para entonces yo llevaba dos divorcios, una novela perdida en un taxi, demasiadas cuartillas publicadas en *Arena*, y había dejado de parecerme al detective suicida de aquella película italiana; mi rostro anunciaba un cansancio rutinario, que ya no se ennoblecería con una tragedia. Sólo Nacho se divertía con mis descalabros de ocasión, como el día en que me visitó en la clínica y Miriam fue un mechón castaño, ojos que miraban los zapatos, un perfume que creí recuperar en el viento que revolvió el aire de mi cuarto. Esa mañana me gustó más que nunca; tal vez la deseé porque aquello era imposible y destructivo, o porque me negaba a ser una calamidad menor y necesaria en la vida de Nacho, el amigo que le permitía salir de su encierro cargado de regalos, mostrarse generoso al grado de recompensar mi sórdida historia con risotadas. Si Nacho estaba tan dispuesto a sobrellevar mis calamidades, bien podía soportar que Miriam lo traicionara conmigo.

Semanas después busqué los ojos de Miriam en la muchedumbre, entre cabezas envaselinadas, cráneos a rape de excampeones y guardaespaldas, pero ella me evitó a conciencia, fue un fulgor pálido, algo que inquietaba el aire como los pájaros que de cuando en cuando se acercan a mi ventana.

En la carretera a Valle sentí la tristeza y la culpa de la traición que no llegué a cometer, y una gratitud tardía hacia Nacho; deseaba besar los muslos de Miriam pero en el fondo me hubiera bastado confrontarla, hablar con ella, cerciorarme de que su distancia no respondía a estrategia alguna, que yo no era tan importante para merecer esos cuidados. Había algo extraño y propositivo y fascinante en que me desconociera de ese modo.

Una noche en que se entregaban estatuillas a los astros del deporte nacional, la seguí por la dorada alfombra de un hotel. Un largo pasillo nos llevó hasta un biombo que anunciaba el baño de señoras. Miriam caminó como si nadie la siguiera. Un poco antes de llegar a su objetivo la tomé de la muñeca. Se volvió, asustada, y le apreté el brazo hasta que sus ojos se llenaron de lágrimas. Luego hablé con incalculable estupidez: "Déjalo, está loco". Obviamente, las manías de Nacho no alcanzaban el interés de la locura; además, hacía años que ella lo conocía mejor que yo. Miriam sonrió mientras yo aflojaba el apretón. Me vio con calma, como si no estuviera haciendo el ridículo: "Ya lo sé", contestó, enfriando un poco su sonrisa, "tú me metiste en esto", añadió. "Si nos ve, te mata", y entró al biombo donde no podía seguirla.

Esa noche acepté todo el whisky adulterado que ofreció el hotel. Miriam volvió a ser una silueta fugaz en la pista de baile y desapareció en las primeras horas de la madrugada. Mientras conducía el último tramo rumbo a Valle de Bravo, la escena me pareció aún más absurda. Miriam me regaló dos cautivadoras falsedades: yo decidí su alianza con Nacho y yo podía ponerla en cuestión. La recordé al abandonar la pista: Nacho se ponía sus infaltables lentes oscuros y ella sonreía hacia el cisne de hielo que se derretía en la mesa del bufet. ¿Habrían hablado de lo mal que yo estaba y las cosas terribles que podía decir? No, Nacho jamás sentiría celos del amigo que se arruinaba sin grandes consecuencias.

Luego vinieron meses en los que sólo se habló de la pelea de Nacho en Japón. *Arena* no encontró el modo de mandarme y tuve que regurgitar los cables que venían de las agencias. El combate se pospuso cuando el campeón ya estaba en Osaka, don Samuel protestó por los jueces, algo bastante inútil porque en Oriente los extranjeros sólo ganan por nocaut, y demandó al promotor local. Todo parecía venirse abajo en un laberinto de fotos del campeón junto a Budas gigantescos, alegatos contra la mafia japonesa y pruebas cada vez más claras sobre la capacidad de manipulación de don Samuel. Finalmente, Nacho saltó al *ring* y retuvo la corona con un *uppercut* en el noveno asalto, segundos antes de que el réferi decidiera que sus cejas abiertas calificaban como nocaut técnico. De aquel viaje tan largo y tan sonado, Nacho me trajo una espadita de samurái que aún conservo, el arma ideal para alguien que no podía luchar por Miriam. Dejé de acosarla, acepté su alejamiento, atisbé su rostro en fiestas y estadios, una amenaza no demasiado terrible, como los pájaros que vienen a mi ventana y no siempre se descabezan.

En vísperas del combate con Kurtis Kramer por el campeonato unificado, alguien me dijo que ella estaba en Estados Unidos, haciendo sus compras de hija de promotor y esposa de campeón. No dudé en tomar la carretera a Valle de Bravo. Era el momento de estar a solas con mi amigo; le llevaba un mensaje como quien lleva un tigre. Pasé buena parte del trayecto tratando de dominar la verdad salvaje y sanguinaria que le iba a decir.

Vi el lago salpicado de veleros, las mansiones con techos de teja, la plaza donde la gente sorbía margaritas y hablaba por teléfonos celulares, un paisaje del todo ajeno al purgatorio que antecede a una pelea. Seguí rumbo a Avándaro, al bosque donde se oxigenaba Nacho.

Obedecí las señas que me había dado un *second* del *Centavo* Lupe. Di con un terreno alejado, un estanque de agua sucia rodeado por tres bungalós de madera.

En la cerca de leños me encontré al *Centavo*, con su emblemática toalla al cuello. "Nacho está corriendo. No sabíamos que venías. Pásale a la sala."

La sala resultó ser un cuarto que olía a chimenea, con tapetes de piel de borrego y equipales de cuero. Esperé a solas. Combiné palabras del *Gitano* con las mías, acariciando al tigre. De vez en cuando, me llegaba el canto de un pájaro extraño.

Para distraerme un poco, y porque a fin de cuentas tendría que volver a las calderas del periódico, repasé las circunstancias de la pelea. Como de costumbre, el punto débil de Nacho estaba en el alcance, pero en esta ocasión la diferencia era de dos centímetros. Junto al espigado Kramer, Nacho parecía un bloque sin gracia, un buzón donde el otro depositaría todas sus cartas. Kurtis tenía pegada floja, pero se cansaría de alcanzar la cara de Nacho.

Caminé por el cuarto, entré al baño —tres lociones,

una bata de seda en un gancho oxidado, un espejo con marco de latón–, vi las cosas con una atención extrema, como un asesino que memoriza las partes sueltas de una vida que va a borrar.

Pasó una eternidad antes de que los pies de Nacho hicieran ruido en la grava que rodeaba el estanque. Llegó enfundado en una sudadera con capucha. Con manos vendadas, se secó el sudor que le escurría del rostro. "Huele de la chingada", abrió los brazos, abarcando el humo de mi cigarro. Abrió una ventana. Entró un aire fresco y lleno de moscas.

Nacho se desplomó en uno de los equipales. Tenía una forma tensa de sentarse en los muebles, era incapaz de estar ahí sin producir un rechinido. Me dirigió una sonrisa oblicua y sus ojos brillaron. Me daba unos segundos para justificar mi presencia. Solté la fiera: "Tú no lo mataste". Su quijada se endureció, desvió la vista al techo de vigas, quiso decir algo, volvió a fijar su vista en mí, los ojos paranoicos que tantas veces le vi en el noveno *round*. "No mataste a Riquelme", la aclaración resultaba innecesaria y la acompañé de una sonrisa liberadora. Después de más de diez años, Nacho podía dormir tranquilo, los amigos de siempre estaban para eso, para sacar algo del tiempo y ordenarlo de modo favorable.

Nacho movió las manos como aspas torpes. Quería toda la historia. Estábamos tan tensos que encendí otro cigarro sin que él lo advirtiera. Me disparé la nicotina al pulmón en un rito automático. Nacho dejó de hacer ruidos en su asiento.

Arena me había mandado a Veracruz a cubrir la enésima venta de franquicia de los Tiburones Rojos. Sabía que *el Gitano* López vivía ahí; se había asociado con dos exfutbolistas y un charlatán televisivo para abrir una parrilla de carnes y mariscos. No era difícil seguirle la pista. En cambio, me costó trabajo distinguir sus facciones de antes en el rostro hinchado. Sus ojos amarillentos y su respiración asmática iban mal con sus palabras de festejo: "¡El que pierde una mujer no sabe lo que gana!", comentó cuando llegamos a mi segundo divorcio.

Como tantos gordos de cuidado, *el Gitano* hizo del ayuno una virtud. Se sentó en mi mesa durante tres horas y sólo tomó pequeños vasos de agua (doce o trece). Me atiborró de jaibas, tamales de camarón, un filete de la ganadería de su compadre. Se abanicaba con un trapo infructuoso y de vez en cuando se levantaba para atender a unos locutores de televisión, saludar a alguien con el trapo o insultar a algún mesero. Su inmensa guayabera color de rosa recorría el restorán como un monstruoso malvavisco. Sin embargo, su deterioro físico inspiraba poca lástima; estaba tan orgulloso de su vida que no había forma de compadecerlo. Me despachó sus triunfos con detalles repetidos (después de visitar la mesa de los locutores y beber otro vaso de agua, recuperaba la historia demasiado lejos). Tenía tres hijas preciosas; eso dijo y eso comprobé en las fotos enmicadas que desplegó en la mesa, tuvo la suerte de enviudar pronto, su nueva esposa era una chulada: era muy joven, muy morena y muy puta. Había trabajado en un burdel de su propiedad.

El Gitano tenía un modo especial de vencer los escrúpulos, como si sólo se pudiera ser feliz contra la norma. "¡Tengo un jabalí!", exclamó de pronto, hasta en las mascotas necesitaba cruzar un límite. Poco a poco, una frase fue guiando su discurso: "Me salí con la mía". Dos de sus meseros eran homosexuales, a los que sacó de la cárcel después de un carnaval; su coche llevaba placas de Sinaloa porque lo consiguió en un remate después de que arrestaron a unos narcos en una casa de seguridad; los camarones que me sirvió venían de una cooperativa en el río Pánuco a la que pagaba "en especie" con noches en su prostíbulo. El éxito estaba en los sótanos, las trastiendas, los sitios que daban la espalda a la costumbre: "Me salí con la mía".

—Mira qué carita tengo —sonrió con dientes espantosos. Mientras peor se viera, más lucirían sus coches, sus mascotas salvajes, sus mujeres a sueldo.

En su universo de glorias bajas, ignoraba las prosas publicadas por *Arena* y la saga laudatoria que yo había dedicado al campeón ligero. Le sorprendió mucho saber que seguíamos en contacto. A la tercera pregunta sobre Nacho, exageré nuestra proximidad.

—¿Te acuerdas de Riquelme? —dijo de pronto— ¡Qué pendejada robarle esos juguetes coreanos!

Sus ojos amarillos tenían puntos rojos.

Fue el momento de la reunión: *el Gitano* descubrió que podía modificar algo en la mesa. Se acercó lo suficiente para que respirara el olor medicinal de su transpiración. Sonrió, con un filo de desprecio, como si llevara demasiados años esperando esa recompensa y necesitara desgastarla para demostrar que no había dependido de ella:

—Yo maté al pelado aquel.

Tomé un trago de ron nauseabundo y contradije su versión: los tres vimos a Riquelme al fondo de la cañada.

—Bajé después que ustedes, todavía boqueaba, me tendió las manos, pidiendo algo. Tomé una piedra y le acabé la cara.

Repasé la expresión escogida por *el Gitano*: "Le acabé la cara".

—Nacho cree que él lo mató —comenté, de modo innecesario.

El Gitano pidió otro vaso de agua. Hizo un buche lento y tragó con ostentación. Nacho podía creer lo que quisiera, para eso era famoso, para eso estaba forrado de billetes, para eso tenía a Miriam.

—¿La conoces?

—Nacho puede unificar todos los campeonatos sin que nadie se acuerde de su cara. Pero nadie se olvida de su mujer —*el Gitano* se me quedó viendo, como si buscara exprimir una verdad que no iba a decirle—. Hace chingos que no nos vemos —añadió—. Igual no nos volvemos a ver.

Tal vez padecía alguna enfermedad y necesitaba confesarse, tal vez quería hundir a los demás en su caída, tal vez quería repartir de otro modo el magro botín de tantos años atrás. No seguí buscando causas para su delación porque una certeza se impuso hasta impedirme pensar en otra cosa: Nacho luchaba por sacarse de encima un crimen que no había cometido y *el Gitano* vivía sin inmutarse por el crimen que había cometido. Lo vi llegar a su casa con las manos ensangrentadas, lo vi echarse baldes de agua en esa colonia sin regaderas, lo vi quitarse la inmundicia y la fatiga y olvidarla al día siguiente. Así de sencillo. No volvió a hacer nada parecido y quizá la muerte de Riquelme quedó en su recuerdo como algo fundador, la grieta necesaria para el resto de sus días, el lujo turbio del que todo dependía. Ahora, y esto empezaba a cambiar las cosas, quería que Nacho lo supiera. Era obvio que yo iba a decírselo. *El Gitano* López calculó bien el golpe, pero sobre todo calculó el efecto posterior.

Acabé de hablar en el búngalo de Valle de Bravo. Nacho me vio como si yo no existiera.

Sólo entonces entendí lo que *el Gitano* había maliciado en la parrilla de carnes y mariscos. Con simpleza, con la más llana ineptitud, reproduje sus palabras sin valorar las consecuencias. Nacho era inocente. Podía vivir en paz. Sin embargo, en el búngalo de madera, entendí la sonrisa podrida y los ojos abrillantados del *Gitano*: él superó el daño y el horror, se alimentó minuciosamente de su descalabro, mientras el otro lo combatía sin salida ni revancha. *El Gitano* podía derrochar esa confesión, no tenía de qué preocuparse porque estábamos en México y porque nadie me creería si él no respaldaba la historia.

Nacho se abalanzó sobre el teléfono y lo arrojó al piso. Se arrodilló frente a un mueble chico y azotó la frente hasta hacerse sangre. Lanzó un chillido agudo mientras yo cerraba las ventanas. Luego se llevó las manos vendadas al rostro y no hubo nada más desvalido que su torpeza para secarse las lágrimas.

–Tal vez *el Gitano* miente –dije sin énfasis.

–No seas pendejo. Tú fuiste el primero en creerle. Por algo estás aquí.

Era cierto. Riquelme no podía haberse matado en esa ladera de arena suave; si acaso se fracturó una pierna. El rostro desfigurado exigía otra explicación, todo resultaba tan obvio.

Nacho caminó por la habitación, con precisa monomanía, mientras yo pronunciaba palabras inservibles. Ahora, junto a la ventana de los pájaros, sé que nada podía destruirlo como esa buena noticia a destiempo.

Fumé media docena de cigarros. Cuando él se desplomó en el equipal y vio el techo, decidí ponerme de pie. Las piernas me dolían de la tensión. Tenía que salir de ahí. Nacho supo que me había quedado sin argumentos y pronunció con voz inerme:

–Gracias.

La palabra me acompañó en las curvas sumidas en la niebla. Me acerqué a un tráiler para orientarme con sus luces. Conduje muy despacio, sabiendo que si el otro se iba al precipicio seguiría su suerte; necesitaba delegar algo, seguir una suerte ajena, limpiarme la pegajosa sensación de haber empujado a Nacho a la esquina equivocada.

La pelea por el título unificado fue uno de los desastres más comentados del boxeo. Nacho perdió por nocaut técnico en el cuarto asalto, pero desde el primero fue un mamarracho. Muy pocos entendieron de dónde venía su debilidad: por primera vez quiso ganar rápido, buscó combinaciones suicidas y el negro, a pesar de su pegada floja, lo trabajó sin misericordia. La revancha fue una versión Xerox de la catástrofe.

Un agraviante sentido del pundonor hizo que Nacho aceptara ocho peleas antes de retirarse. En todas fue derribado por peleadores más débiles que él. Con absoluta incredulidad, los rivales se dirigían a una esquina neutral a observar a un Ignacio Barrientos que recibía la cuenta de protección sin deseos de volver a la pelea.

Una mañana me despertó a las seis, con una urgencia que no admitía saludos:

—Quiero que seas el primero en saberlo. Me retiro.

Le pregunté si había leído mi columna.

—Ya sabes que no —dijo, y esto me tranquilizó. Con parda insistencia, había escrito que las derrotas de Nacho provenían de su sed de triunfo: quería ganar a toda costa, ya no estaba dispuesto a recibir lastimaduras, se alejaba de la escuela de resistencia que había sido su estilo y trataba de comportarse como lo habían hecho sus rivales. Mi última columna llevaba el imaginativo título de "Barrientos en el espejo", pero los lectores de *Arena* no pagan tres pesos para recibir paradojas y nadie la celebró.

Nacho había tomado la mejor decisión posible. Le pregunté por su situación económica.

—No me quejo —contestó.

Unas semanas después, Miriam me habló al periódico. Sus palabras sonaban arrastradas y cortantes, como si hubiera bebido esmalte de uñas. Me citó en un bar de la

Zona Rosa. Quería verla y confieso que anticipé su mano delgada entre las mías. Pero una vez más Miriam iba a ser más importante por su ausencia. Me miró con una dureza desconocida y un brillo en el que no costaba trabajo identificar un medicamento. Pidió un vodka gimlet que no tomó y sólo parecía destinado a impresionarme, como algo que yo jamás bebería.

—¿Cómo pudiste? —fue lo primero que dijo— ¿No pensaste en nadie más? —aguardó a que yo encendiera mi cigarro y remató en tono solemne— ¿Te crees Dios?

—¿Y tú qué hubieras hecho?

—Lo que hice —contestó—. ¿Crees que no sabía que *el Gitano* mató al pendejo ese? Todo mundo lo sabe. ¿En qué mundo vives? *El Gitano* ha hecho negocios con Juan de la Chingada —tenía tantos deseos de envilecerme que pronunciaba las groserías con un gusto especial, como si también pudiera insultar al lenguaje—. Mi padre lo conoce, es socio de gente de televisión; el chisme estaba en cualquier puto gimnasio del país. Sólo tú y Nacho lo ignoraban. Tú por pendejo, y Nacho porque no quería saberlo —hizo una pausa larga, una lágrima le corrió por la mejilla y por un momento su rostro casi pareció agradable, entonces repitió, en tono lastimero—: ¿Cómo pudiste?

Fue lo último que le escuché. La dejé ahí, con su trago absurdo e intacto.

Arrojé un billete a la mesa porque quería ofenderla, pero ya sabía que la venganza no iba a estar de mi parte. Entonces entendí la cautelosa distancia de Miriam, la forma de tenerme en su órbita, como si una cercanía mayor fuese peligrosa, no tanto porque yo pudiera sustituir a Nacho sino porque no quería dejarnos solos; lo que yo significaba, el pasado infame, las verdades de otro tiempo, podía alcanzar a su marido. Me usó para llegar a él, pero sobre todo, en aquella noche irreal, de cocaína y grullas que escupían agua, obtuvo un pretexto para que yo jamás volviera a estar muy cerca de ella: Nacho tenía un motivo para destruirme. Había una amarga ironía en que el último en enterarse de todo fuera un periodista dispuesto a contar una historia que nadie debía saber.

Unas semanas después de nuestra cita, Miriam abandonó al campeón. Los abogados de don Samuel le consiguieron las propiedades y las cuentas que aún se podían salvar. Seguramente me culpó con tanta emoción para curarse en salud del daño que estaba por hacer.

Ni siquiera en su caída Ignacio Barrientos fue carismático. Salvo en los casos del *Ratón* Macías, *Pipino* Cuevas y otros pocos, la ruina es el trámite final del boxeo. Nacho se eclipsó sin originalidad. Aprendió a hacer tornos y abrió un taller en la colonia de los Doctores.

Lo visité para proponerle escribir su biografía. Estaba abismado en una pieza de metal y escuchó la propuesta sin el menor interés.

Pasaron algunos años hasta que una noche recibí una llamada de una desconocida. Se presentó como la mujer de Nacho. Con una voz rústica, joven, desesperada, dijo:

—Le hallaron algo en los pulmones.

Fui al hospital y no me dejaron entrar a la sala de terapia. En un pasillo compartí unos cigarros con su neumólogo. Me habló de la extraña constitución de Nacho. Su capacidad respiratoria era bajísima. Se había jodido desde niño, en las minas de arena. Resultaba casi inverosímil que alguien que apenas podía jalar aire hubiera sido atleta. Él no podía saber que en sus años buenos Nacho vivía para lastimarse; su cuerpo sin aire había sido su aliado.

Pensé que la muerte precoz de Ignacio Barrientos apoyaría mi biografía y le dediqué un largo obituario en *Arena*, que terminaba citando a aquel negro sin salida: "Sálvame, Joe Louis..." Ninguna editorial quiso publicar la vida de uno de los muchos campeones olvidables del boxeo mexicano.

No he vuelto a saber de Miriam. De vez en cuando, la imagino al lado de otro asesino por error, administrando sus heridas, haciéndolo dichoso con culpas y castigos. Y luego, por supuesto, también yo entro al retrato de grupo, me cuelo entre los guardaespaldas, los rostros hinchados y los flashes que siempre estuvieron cerca del campeón, sé que tengo algo que decirle; en los grandes días, le digo una verdad que él no alcanza a oír porque la multitud grita su nombre, pero hay tardes de lluvia o madrugadas de insomnio o momentos cualquiera en los que me acerco a Nacho y le susurro una palabra buena que quise decirle desde niños y que sólo contribuye a su solitario acabamiento. Gracias a mí, Nacho murió en paz y destruido. Quizá fue mi forma de boxear con él y de vencerlo como cronista; también de demostrarle a Miriam que yo lo quería más.

Me acaban de nombrar subdirector de *Arena* y ya no tendré tiempo para escribir "Las doce cuerdas". Antes de limpiar mis cajones quise sacarme de encima esta historia. La tarde ha caído junto a mi ventana. Un último pájaro se acerca, ve su sombra en el cristal, retrocede asustado y se salva.

La estatua descubierta

Los jabones negros me dan desconfianza. Me lavé de prisa; la espuma parecía condensar la suciedad de otras manos.

—¿Me subes el cierre? —sólo entonces advertí que Maura repetía la pregunta.

Me gusta su espalda, el delta tenue que baja de los omóplatos; los mejores lunares suelen estar en las espaldas, cinco o seis en su caso, una mínima constelación que cubrí con el cierre que llevaba a Maura vestida, lista para la ceremonia. Ella sostenía una corbata; la anudó mientras yo miraba el plafón del techo. Estábamos en un hotel que por casualidad sobrevivió a los bombardeos; las lámparas con abalorios, las paredes tapizadas de tela y los vidrios biselados hacían que uno olvidara el mundo de allá afuera, la plaza presidida por un musculoso héroe del pueblo y el *Milchbar* que no dejaba de difundir un rock probablemente húngaro.

Maura me dio una palmada en el pecho: podía representar a mi país (después de dos años en la embajada, ella seguía a cargo de impedir que escogiera mi corbata verde; soy escultor y durante años viví sin otras prendas que mis overoles manchados de yeso).

Mis exposiciones en pequeñas galerías me dieron esa clase de renombre que apenas disimula el fracaso: mis atrevimientos no se vendían. Un antiguo compañero de escuela trabajaba en Relaciones Exteriores y se impuso la tarea de rescatarme; la verdad, su ayuda tuvo algo de agravio: me molestó que me ofreciera un puesto que no tenía ninguna posibilidad de rechazar.

Maura se adaptó sin problemas a la nueva vida. Esa noche, volví a admirar la seguridad que acompañaba sus gestos más nimios; se maquilló con una rapidez controlada, como si no hubiera otra forma de hacerlo. La vi frente al espejo; sus ojos se cruzaron con los míos y sonrió. Nunca la he visto sonreír para sí misma.

Salimos a la calle. El viento frío se mezcló con el perfume de Maura. Hay ciudades replegadas en sí mismas, que no se revelan por entero. En todas sus zonas, Potsdam parece más pequeña de lo que es; con frecuencia nos encontrábamos en una plaza vacía y avanzábamos a otra plaza también vacía.

En la mañana, la gente del museo nos había servido un *doppelkorn* que no logró mitigar el frío y en cambio contribuyó a que el paisaje se me grabara con una curiosa plasticidad. Vi el bosque, la torre de telecomunicaciones de Berlín Occidental, los veleros que navegaban con cautela y, en esta orilla, juncos, redes con hojas secas, tanques, metralletas despuntando entre las ramas.

Recorrimos el jardín de Sanssouci aletargados por el licor. Los árboles se alzaban como inseguros filamentos; las estatuas habían sido cubiertas. Jamás había visto algo semejante: los pedestales se sucedían unos a otros, soportando cajas rectangulares y grises. "Para que no se dañen con el invierno", me dijeron. Fingí interés en las explicaciones sobre el número de jardineros que trabajaba ahí y la superficie total de parques del país. Sólo advertí que Maura ya no estaba con nosotros cuando un funcionario sugirió que la buscáramos.

Avancé por una calzada, con la impresión de tener el parque entero ante mis ojos. Me sorprendió que un jardín rectilíneo pudiera ocultar a alguien. Finalmente, encontré el secreto: la terraza de césped desembocaba en unas escaleras que bajaban abruptamente hacia otra terraza, un coto para uso exclusivo del monarca.

En una rotonda de plantas estaba Maura, pensativa, como si siguiera una idea lejana, un hilo muy delgado. Pisé unas ramas secas y se volvió: vi un leve temblor en su mejilla y luego su sonrisa radiante, como si al verme regresara a territorio conocido. Corrió a abrazarme. Me besó varias veces. "Siempre me recibe como si me hubiera perdido."

Al fondo, más allá de los arbustos, distinguí una estatua descubierta. Después de tantos pedestales encajonados, me pareció sobreexpuesta. La piedra mordida por el moho y los ojos, suplicantes en su ceguera, hacían pensar en un castigo; se diría que estaba desprotegida sólo para justificar el cuidado que recibían las otras.

Pensé en el jardín de las estatuas mientras íbamos a la inauguración. Exponía uno de nuestros mayores geometristas, un genuino seguidor de Josef Albers. Preparé un discurso para fingir que se trataba de un *revival* de las grecas mexicas y el arco triangular maya; las líneas rectas de un latinoamericano sólo interesan si provienen de un pasado remoto, de preferencia mágico.

Los cuadros no tuvieron tanto éxito como el pelo y los ojos negros de Maura. Ni siquiera el agregado austriaco –un hombre de mármol– fue ajeno a su belleza. Habló de México con una parcialidad que en nada se debía a la pintura.

La gente se despedía cuando oímos gritos al fondo de la sala. Junto a una mesa repleta de vasos, Julio Obligado, consejero argentino, alzaba una mano ensangrentada. Le ofrecí mi pañuelo.

–No es nada, una cortada nomás... –dijo, luego de gritar como si lo degollaran.

Era el único del cuerpo diplomático al que llamábamos por diminutivo, quizá para contrarrestar su intimidante apellido. Hubo exclamaciones de "¡Julito!" en varios acentos. Él se comportó con su cortesía de siempre, bromeó sobre la fuerza con que atrapaba los cocteles y tuvo presencia de ánimo para contar una historia de cuchilleros.

Maura salió de algún lado y dijo con apremio:

–Vámonos, ya no aguanto.

Un calvo la miró con descaro. También a él le pareció más atractiva en su ansiedad.

En el camino al hotel recordé la primera vez que hicimos el amor, en casa de Nacho Anguiano, a quien le vendí un bronce lleno de turgencias que pretendían ser sensuales. Lo puso en su jardín con el aire de quien tiene un Moore y ofreció una fiesta de locura. Al develar la estatua, un amigo preguntó si aquello tenía "una historia". No tuve que inventar un relato que justificara esos gajos desesperados porque Maura llegó al jardín con el rostro de quien ha visto algo peor que mi obra. Señaló una luz que primero significó la cocina y luego encontrar a Édgar Gutiérrez con la mano cubierta de sangre.

—Me corté picando cebollas —explicó el herido.

Las verduras ensangrentadas hicieron que un pedante hablara de Frida Kahlo; bebimos hasta el amanecer y Maura y yo despertamos en la misma cama. La felicidad, como mis peores esculturas, no tiene historia. Una vez cumplida, cancela todo misterio. De poco sirve hablar de los años felices y banales vividos junto a Maura.

Al regresar de la exposición me estacioné frente al hotel, en un lugar prohibido. El ruidoso café de la mañana era una mancha con un letrero desdentado: *M lchb r.* Los edificios en torno al héroe parecían tener media hora de reconstruidos.

En el pasillo respiré el olor carbónico de la calefacción. Nos tumbamos en la cama blandísima, que parecía haber soportado millares de cuerpos y entré en un sueño donde aparecía una calle infinita, llena de sol, la calle de un barrio que sólo veo cuando duermo lejos.

Horas después, escuché algo: un amortiguado tableteo

se filtraba al sueño. Desperté y me costó trabajo hacer una composición de lugar; de un modo denso, inconexo, recordé lo que nos habían dicho de las ametralladoras automáticas. El suelo de la frontera tenía sensores para detectar pisadas; en ocasiones, bastaba el peso de una liebre para activar la metralla.

Encendí la luz del velador. Aun antes de volverme hacia la derecha supe que Maura no estaba ahí.

Bajé de prisa y saqué de su sopor al portero de noche. Dije algunas palabras rotas hasta que él articuló una pregunta:

—*Ihre gattin?*

No sé qué me impulsó a salir por la puerta trasera. Corrí sobre el césped; me había abrigado mal, el aire me cortaba el pecho.

Choqué con unos arbustos que me daban a la rodilla y demarcaban el terreno del hotel. Enfrente: las rejas de la tierra de nadie. Vi una silueta de andar rutinario; un guardia, de seguro.

Me pareció absurdo estar ahí. Maura debía haber ido a la plaza; no era la primera vez que salía a caminar por una ciudad desconocida. Me disponía a regresar cuando algo —una apertura en los arbustos, una tierra pálida que reflejaba la luna— me hizo desviarme, seguir un sendero que, según advertiría, comunicaba con el jardín de Sanssouci.

Contemplé aquella vista enrarecida por la penumbra: dos larguísimas hileras de estatuas encajonadas iban a dar a un palacio borroso. Caminé entre los pedestales, con tal sobrecogimiento que no me hubiera extrañado que una voz escapara de las cajas. Probablemente se trataba de figuras simplonas, a tono con la cursilería del XVIII, pero entonces ejercían la inusual fascinación de estar presas.

Llegué a la rotonda de la otra estatua. Un pedestal cilíndrico rasguñado por las ramas. La figura representaba a un danzante; el pie izquierdo en el aire y el derecho en la piedra: un hombre a punto de escapar, detenido por ese mínimo contacto. Aquel héroe desprotegido me hizo consciente de la temperatura de congelación. Regresé, pensando que me iba a dar pulmonía.

El portero parecía aguardar mi llegada. Señaló el piso superior:

—*Ihre gattin!*

Subí por las escaleras.

—¿Dónde andabas? —me preguntó Maura.

Estaba en la cama, pero no llevaba mucho ahí: al besarla sentí su nariz fría.

—Salí a buscarte… —dije, y no pude seguir. "Una vez con ella, me aburre explicarme."

—¡Qué zonzo! Fui a tomar aire. La calefacción me estaba ahogando —me acarició el pelo.

Tragué unas aspirinas. La sangre me latía en las sienes. Un poco antes de recuperar la calle soleada de mi sueño, vi la estatua expuesta al frío, apresada por la leve planta de su pie derecho.

Maura propuso que nos quedáramos en Potsdam hasta el domingo en la noche. Me dio gusto seguir fuera de alcance del télex que acaso anunciara la visita repentina de una delegación.

En la noche fuimos a un concierto dirigido por un hombre al que le rechinaban los zapatos.

Un poco antes de que se apagaran las luces, vi una figura conocida. Julito Obligado se sentó con nosotros. Le había comprado su boleto a la misma revendedora.

Aparte de los zapatos del director, sólo recuerdo la mano vendada del argentino. En el entreacto bebimos champaña dulce y hablamos de la noche anterior. Con una urbanidad que justificaba su enorme sueldo, Obligado dijo que nuestro geometrista era "fenómeno". Argentina es el último refugio del pelo con gomina; la cabellera lustrosa, el saco de solapa ancha y la mano vendada, daban a nuestro amigo un elegante aire de asesino de los años cuarenta. Se lo dije y mostró una sonrisa diagonal, manchada de tabaco, hecha para mi comentario. Propuso que nos ahorráramos el resto del programa; Maura estuvo de acuerdo en que la primera parte había sido un bodrio. "Le urge tanto salir del concierto como le urgía entrar."

Julito nos llevó a un restorán decorado como pabellón de caza. Los amigos del grupo latinoamericano no dejábamos de admirar el folklor de los platillos conseguidos a balazos. Enfrente de nosotros colgaba una reproducción de Cranach, un venado de ojos llorosos. El argentino habló con pericia de los calibres de las escopetas que adornaban una vitrina y pidió un complejo faisán en el que encontró un perdigón. Temí un altercado con el capitán de meseros. Me gustó que el argentino se limitara a decir que era de buena suerte, pero no que se dirigiese a Maura.

Ella lo escuchaba con ojos muy abiertos. Las mesas de los diplomáticos son un espacio para la conversación maquinal. Basta que un pescado azul aparezca en un plato para que alguien se lance a una anécdota en la que tarde o temprano saltará el pez. Obligado era experto en estas narraciones. Su gracia para hablar de temas ínfimos se combinaba bien con la oscuridad de su vida privada. Tenía una mujer en Bariloche, en apariencia muy enferma; no se le conocían otros vínculos sentimentales; jamás hablaba de sí mismo. Su disposición a entretener con nimiedades era tan marcada que, apenas guardaba silencio, pensábamos en su vida oculta.

Maura fue al baño y Obligado comentó:

—¡Qué suerte tenés!

Pensé: "Lo dice porque ella no le hizo todo el caso que él quisiera". Después de un trago me corregí: "Prepara el terreno para que le haga caso".

Maura regresó, muy fresca, como si hubiera descansado profundamente de nosotros.

Camino al hotel me dijo que Obligado era un hígado. "O la gente que la divierte le cae mal o lo dice para tranquilizarme." En el elevador se durmió un instante en mis brazos. Nunca dejará de sorprenderme la forma en que se anima el cuerpo de Maura. Despertó con la sacudida del elevador y me besó largamente. Me pregunté si estaría a la altura de su vehemencia. Por suerte, escogió una inmóvil rendición:

—Quietecito —dijo, mientras me besaba las plantas de los pies.

No quiso dormir en la cama. Se quedó boca abajo, sobre la alfombra:

—Me arrulla un ruidito —dijo, el oído contra la felpa que registraba el ronroneo de la calefacción.

Tuve una pesadilla y al despertar maldije la cena. Busqué la sombra rosácea de Maura al pie de la cama. Nada. Me vestí de prisa, más molesto que preocupado.

Esta vez fui directo a la rotonda de la estatua.

Vi los ojos sin pupilas del héroe indefenso, caminé en círculos, golpeando ramas secas. A la tercera vuelta mis ojos se afinaron. Encontré un pañuelo en un arbusto, manchado de sangre. La sangre estaba fresca.

No tomé la precaución de guardar el pañuelo en el bolsillo. El portero me vio entrar con ese jirón ensangrentado y me humilló con su naturalidad:

—*Gute nacht, Herr Attaché!*

¡Tenía una inmunidad afantasmada! ¡Podía hacer lo que fuera sin suscitar más que frases de cortesía!

Maura abrió la puerta:

—¿Qué pasó? Fui al baño y cuando salí... —vio el pañuelo con espanto— ¿Qué te pasó?

Me revisó en busca de una herida, acabó desnudándome, sus pezones se endurecieron entre mis manos frías; mientras entraba en ella, murmuró una frase obscena, extraordinaria.

En la madrugada creí advertir una consistencia áspera en la cama, rugosidades que en mi sueño transformé en hojas de arbusto.

Desperté convencido de que Maura había estado en la rotonda antes que yo (esta vez fue ella quien usó la puerta trasera).

Fui al restorán: un bufet atiborrado de huevos duros, tazones de yogur, fuentes con quesos y jamones. Obligado fumaba en un rincón.

Al acercarme a su mesa, mi rostro se desencajó en tal forma que fue él quien me consoló:

—No es nada, hombre —se pasó la mano por la cortada en la mejilla.

Apuró su taza de exprés, volvió a elogiar la exposición, se despidió con la mano izquierda.

Regresé al cuarto, confundido en extremo. Cuando Maura entró al baño, me sorprendí abriendo su maleta; revolví las ropas sin encontrar nada sospechoso. Supe que tenía que seguir buscando. Las dos heridas de Obligado, y sobre todo la resignación con que las padecía, me recordaron escenas distantes que adquirían una tensa proximidad; Maura junto a alguien que pedía perdón por haberse lastimado.

Alcé las sábanas y vi una escarcha ocre, la hojarasca que uno de los dos había llevado al cuarto. "Maura está loca", pensé al cerrar su maleta; "Maura está loca y me quiere demasiado", cuando me besó en el elevador.

En el camino de regreso, caí en la debilidad de volver inofensivo lo que me preocupaba: hablé de coincidencias.

—Les echo la sal —bromeó ella—. Sólo a ti te doy suerte.

En las dos semanas siguientes pensé en los novios que Maura tuvo de muchacha, figuras esquivas que mencionaba a veces, sin agregarles detalles.

Al ver su rostro contra un cristal llovido, me pareció que sus ojos bajos miraban a Óscar, a Pedro o como se llamaran aquellos jóvenes ingenuos, dispuestos a ser felices con ella, aunque eso incluyera alfileres, picos, la sensación de estar en un cuarto conocido y saber, sin verlo todavía, que en un rincón había algo muerto, una presencia familiar y desastrada, que algo se añadía a las sombras y los muebles de siempre: Maura pretendida en ese cuarto, Maura entrañable y joven en el aire enrarecido, indiferente a lo que Óscar o Pedro adivinaban sin ver, a la esquina donde insistía una presencia, el bulto tibio de un animal recién envenenado.

En las noches de Berlín, bajo los motores del corredor aéreo, imaginaba que Maura había vivido algo irreparable, una vejación que sus ojos de niña vieron para siempre. Le pregunté acerca de su infancia y habló de jardines con hormigas y las galletas de su tía olorosas a DDT. Nada me condujo al estremecimiento, como no fuera la nostalgia por un país que ya no existía. "¿Por qué es así?" Necesitaba una causa, una parte golpeada que justificara su vida dispareja, su manera de ser perfecta en la intimidad y peligrosa en la periferia.

Cometí el error de compararla con otras mujeres. Vi a la esposa del agregado de prensa belga, una pelirroja que me gustaba mucho, conversar largo rato con un militar de rango indefinido –llevaba un saco con alamares–; también vi las uñas nacaradas que pasaban por la espalda, ejecutando una rápida escala, como si descargaran notas decisivas. Maura jamás incurriría en esa vulgar insinuación.

Obligado, tan afecto a las escopetas, insistió en que fuéramos a la cacería anual del cuerpo diplomático. Pasó por mí en la madrugada. Tenía un semblante exhausto, vencido, que no asocié con la falta de sueño ni con la distante enfermedad de su mujer. Aun así, le pregunté si había recibido noticias de Bariloche:

–No es eso… –entendí que se trataba de Maura.

Horas después, cuando avanzábamos entre los arbustos, Obligado se colocó a una distancia adecuada para confundirlo con una presa. "Maura no lo quiere, quizá nunca lo ha querido, y él me ofrece un blanco." Me pareció una forma dramática y cobarde de forzar mi perdón. Apunté con esmero a la gorra verde. No disparé. Llegamos a un claro y vi una ráfaga gris: la atajé con insólita puntería.

Julito regresó de mejor ánimo. Entré a casa con los colmillos del jabalí olorosos a desinfectante. Maura me vio como si estuviera soñando y esas puntas la devolvieran a una vigilia dolorosa:

–Tíralos –ordenó.

Apenas llegada la primavera, Julito Obligado organizó una parrillada en su jardín. Los "conocedores" llevaron su propio cuchillo en estuche de cuero (Maura se las arregló para quedarse con el del ministro uruguayo).

El sol resplandecía tras un cielo plomizo. "Hay que volver a Potsdam, a conocer las estatuas descubiertas."

Nadie reparó en mi rostro deprimido.

Los colegas me trataron con una cordialidad en la que no cabían problemas, asuntos personales. En un momento me aparté hacia la mesa donde estaba el jarrón de vino con frutas.

Me acerqué a una reja; volvía a brotar la enredadera. Me entretuve viendo a unos tenistas que jugaban en la casa vecina. Cuando me volví, Maura lamía el filo de un cuchillo.

Actuó con rapidez: apenas sentí el tajo, ni siquiera solté mi copa.

No había nadie en derredor. Ella giró sobre sus talones con agilidad y caminó resuelta al encuentro de los otros, entró en la algarabía, sacó a bailar al vetusto John Harding. Me quedé inmóvil hasta que se acercó Julito.

—¡Soy un imbécil! —dije— Debí tener más cuidado.

Me acompañó a un baño donde encontré los curiosos jabones negros que creía exclusividad de los hoteles.

Al salir me convertí en el centro de la fiesta. Me ofrecieron por lo menos tres pañuelos para vendarme. Maura me besó y dijo frases cariñosas que entendieron hasta los que no hablaban español. El ministro indonesio vio las piernas cruzadas de Maura y comentó algo que no alcancé a oír. Nos fuimos pronto.

La intimidad es siempre intransferible y agota sus sensaciones en sí misma. Sólo puedo decir que no hubo mayor dicha que estar en casa con Maura. Luego poblé mi insomnio con preocupaciones: su entrega había sido tan total que nuestra vida anterior me pareció una cadena de simulaciones. Los días felices al lado de Maura me habían acostumbrado a pensar que su amor se alimentaba del daño que le causaba a los otros, como si fuese necesario destruir versiones fallidas para salvar lo nuestro. Ahora sabía que la violencia era una forma de señalarlos; quizá los había amado con la misma desesperación que acababa de revelarme. La madrugada me encontró repasando la trama en la que se alternaba la crueldad irresistible de Maura, mi indefensa cortesía, su entrega final.

En la embajada, al revisar boletines de prensa sobre persecuciones e intercambio de espías, se me ocurrió contratar a alguien que la vigilara; la imaginé descendiendo del pálido tranvía que la llevaba a su otra vida. Sin embargo, nada resultaba tan estúpido como espiar por celos en esa ciudad donde todo mundo espiaba por sobrevivencia.

Mi trabajo exigía fingir un educado hastío ante las emociones, pero algo debí transparentar porque el ministro uruguayo me dijo una frase cierta y despiadada:

—A nuestra edad ya perdimos; de aquí en adelante sólo se salvan los extraordinarios —estaba claro que ni él ni yo llevaríamos grandes vidas. Un destino pardo, previsible: escultor de segunda, funcionario menor de embajada.

El amigo soltó una bocanada de humo y me vio con ojos irritados. No agregó "Aunque tú tienes a Maura", pero fue como si lo hiciera. Con todos sus dobleces y esquinas falsas, ese era mi mejor territorio, lo único capaz de redefinir el fracaso cordial, casi agradable, de los años por venir.

Esa noche me soñé en un bosque. Me detenía ante un árbol cubierto de una hojarasca fabulosa. Durante un tiempo agotador deshojaba el árbol. "Tengo que terminar antes de que llegue la niebla: no puedo respirarla." Por fin daba con el tronco: era de metal. De algún modo sabía que aquella pulida superficie destruía lo que reflejaba. Quise cerrar los ojos pero no pude. La niebla me rodeaba y adquiría una insólita fijeza: un aire vertical, impenetrable. Sólo podía abrir los ojos saliendo del sueño. Desperté, la respiración entrecortada, empapado en sudor.

Encendí la lámpara del buró. Me volví hacia Maura; se había retirado el cobertor y pude ver sus calcetines, grises de tanto andar por la casa, y la camiseta grande con la que dormía. Su respiración acompasada levantaba un mechón sobre la frente. Parecía descansar en otra edad, mucho antes de que yo la conociera; ese sueño tranquilo, de niña que duerme hacia el domingo, hizo que me avergonzara de mi imaginación revuelta, de mi hojarasca, mi niebla irrespirable.

En los días que siguieron dejé de torturarme con suposiciones. Con una aquiescencia que tal vez se confunda con la cobardía, no quise pensar en otra Maura que no fuera la que vivía conmigo. Ella me prefería, era lo único decisivo: "Soy lo que ellos ignoran".

Me equivoqué; mi escasa diferencia tenía otro signo.

Una tarde, Obligado quiso hacerme confidencias, deshacerse de un asunto que aparentemente le oprimía el pecho. Contesté con una evasiva. Después de una tumultuosa recepción insistió en que nos viéramos "para hablar". Su rostro se había suavizado de un modo incómodo; mostraba una expresión tan avenible, tan dispuesta a intimar conmigo, que casi equivalía a una trampa. "Maura no quiere saber nada de él, está deshecho." Quedé en hablarle por teléfono. No lo hice.

La herida en el dorso de mi mano se adelgazó en una línea morada; aunque no usé la crema que me recomendaron, una mañana la espuma del jabón pareció disolver el último rastro de la cortada.

Algo cambió con esa lisura. La relación con Maura iba mejor que nunca pero cada acto público significaba encontrar a Julito y resistir su sugerencia de "vernos a solas". Ante mi sexta o séptima negativa, el argentino sonrió sin prisa y se esfumó en el ruido de la reunión. Me preocupó la facilidad con que dejó de insistir. "Trató de prevenirme, siente que ha cumplido." Tal vez no había buscado confesarse, descargar un agobio, sino trabar una complicidad, incluirme en su secreto: era yo quien ignoraba lo que él sabía.

La clave, según iba a descubrir, estaba en el sitio menos esperado: mi propia mano. Al lavarme aquella piel sanada advertí algo totalmente obvio que había esquivado como si fuera un veneno: sólo el argentino había recibido dos heridas. Temblaba tanto que apenas logré secarme; supe que nada me haría tanto daño como entender esas señales dispersas. Aun así, me atormenté con preguntas que no quería responder: si un primer corte era un señalamiento, ¿qué significaba la reiteración?; en el lenguaje oculto de Maura, ¿equivalía eso a borrar o subrayar un signo?

Después de la segunda herida, Obligado parecía dispuesto al sacrificio. En la cacería me ofreció un blanco evidente, ¿lo hizo por sentirse demasiado infeliz o demasiado culpable? ¿Qué extremo quería saldar? Me estremeció otro dato que también había procurado esquivar: yo fui herido en casa de Julito, ¿me convertía esto en una especie de relevo? Mi antecesor (de golpe me humilló una certeza: en la lógica profunda de Maura el argentino era *anterior*) prefirió ponerse a salvo de aquella ronda. ¿Por qué? Sentí como si volviera a la terraza de césped en Potsdam: Maura miraba la estatua indefensa, el sitio donde decidió su segunda herida. Creí respirar el aire muerto de las cajas. ¿Qué significaba pasar al jardín secreto? Aparentemente eso era lo que Obligado quería decirme. Lo desprecié como nunca. No podía correr el riesgo de oírlo, de conocer la dicha o el daño que no pudo soportar.

Pedí mi traslado. La secretaría sabe aprovechar los apuros de su personal; ni siquiera mi antiguo condiscípulo pudo frenar la caída: me ofrecieron la agregaduría en Bulgaria. Acepté. Después de unos días terribles, Maura se sobrepuso. "Se adapta a todo." Esa idea me dio tanta alegría como preocupación.

A las pocas semanas de estar en Sofía, llegó una carta de Obligado. Iba dirigida sólo a mí. La rompí sin leerla.

La oficina para diplomáticos nos asignó un departamento enorme y anodino. Al desempacar los enseres de la cocina encontré un tenedor de mango —absurdo haberlo llevado a un sitio donde no comeríamos mangos—; Maura le echó un trapo encima, como si quisiera apagarlo. Lo recogí y lo llevé al pasillo, abrí la puerta del vertedero de basura y escuché su delgadísima caída. El asco que ella mostró al ver el tenedor me pareció un buen augurio. Luego recordé que Maura me hirió después de pedirme que tirara los colmillos de jabalí.

Tal vez el cambio de aires sea una forma provisional de proteger mi ignorancia, el fondo incierto que no quiero comprender. En todo caso, nuestra vida prospera con el ritmo incomunicable de los días felices.

Volví a la escultura; primero como terapia, luego como pasión. A Maura le gusta que la acaricie con las manos encaladas. En ocasiones, cuando me aparto de su abrazo, creo ver el brillo de un metal. Siempre se trata de un equívoco. Me busco en sus ojos y tengo la curiosa impresión de que ven hacia dentro.

Miro su boca: los labios de Maura se acercan y rozan mi oído, como si fueran a confiarme algo. Todavía no: su lengua entra en mi oreja, mojada, deliciosa, y me ahorra el secreto que Obligado ya conoce.

COYOTE

El amigo de Hilda había tomado el tren bala pero habló maravillas de la lentitud: atravesarían el desierto poco a poco, al cabo de las horas el horizonte ya no estaría en las ventanas sino en sus rostros, enrojecidos reflejos de la tierra donde crecía el peyote. A Pedro le pareció un cretino; por desgracia, sólo se convenció después de hacerle caso.

Cambiaron de tren en una aldea donde los rieles se perdían hasta el fin del mundo. Un vagón de madera con demasiados pájaros vivos. Predominó el olor a inmundicias animales hasta que alguien se orinó allá al fondo. Las bancas iban llenas de mujeres de una juventud castigada por el polvo, ojos neutros que ya no esperaban nada. Se diría que habían recogido a una generación del desierto para llevarla a un impreciso exterminio. Un soldado dormitaba sobre su carabina. Julieta quiso rescatar algo de esa miseria y habló de realismo mágico. Pedro se preguntó en qué momento aquella imbécil se había convertido en una gran amiga.

La verdad, el viaje empezó a oler raro desde que Hilda presentó a Alfredo. Las personas que se visten enteramente de negro suelen retraerse al borde de la monomanía o exhibirse sin recato. Alfredo contradecía ambos extremos. Todo en él escapaba a las definiciones rápidas: usaba cola de caballo, era abogado –asuntos internacionales: narcotráfico–, consumía drogas naturales.

Con él se completó el grupo de seis: Clara y Pedro, Julieta y Sergio, Hilda y Alfredo. Cenaron en un lugar donde las crepas parecían hechas de tela. Sergio criticó mucho la harina; era capaz de hablar con pericia de esas cosas. Avisó que no tomaría peyote; después de una década de psicotrópicos –que incluía a un amigo arrojándose de la pirámide de Tepoztlán y cuatro meses en un hospital de San Diego–, estaba curado de paraísos provisionales:

–Los acompaño pero no me meto nada.

Nadie mejor que él para vigilarlos. Sergio era de quienes le encuentran utilidad hasta a las cosas que desconocen y preparan guisos exquisitos con legumbres impresentables.

Julieta, su mujer, escribía obras de teatro que, según Pedro, tenían un éxito inmoderado: había despreciado cada uno de sus dramas hasta enterarse de que cumplía trescientas representaciones.

Alfredo dejó la mesa un momento (al pagar la cuenta, con su manera silenciosa de decidir por todos) y Clara se acercó a Hilda, le dijo algo al oído, rieron mucho.

Pedro vio a Clara, contenta de ir al valle con su mejor

amiga, y sintió la emoción intensa y triste de estar ante algo bueno que ya no tenía remedio: los ojos encendidos de Clara no lo incluían, probar algo de esa dicha se convertía en una forma de hacerse daño. Un recuerdo lo hirió con su felicidad remota: Clara en el desborde del primer encuentro, abierta al futuro y sus promesas, con su vida todavía intacta.

Durante semanas que parecieron meses Pedro había despotricado contra el regreso. ¿No era una contradicción repetir un rito iniciático? ¿Tenía sentido buscar la magia que habían arruinado con dos años de convivencia? Una vez, en otro siglo, se amaron en el alto desierto, ¿a dónde se fugó la energía que compartieron, la desnuda plenitud de esas horas, acaso las únicas en que existieron sin consecuencias, sin otros lazos que ellos mismos? Esa tarde, en una ciudad de calles numerosas, habían peleado por un paraguas roto. ¡En un tiempo sin lluvias! ¿Qué tenían que ver sus quejas, el departamento insuficiente, los aparatos descompuestos con el despojado paraíso del desierto? No, no había segundos viajes. Sin embargo, ante la sonrisa de Clara y sus ojos de niña hechizada por el mundo, supo que volvería; pocas veces la había deseado tanto, aunque en ese momento nada fuera tan difícil como estar con ella: Clara se encontraba en otro sitio, más allá de sí misma, en el viaje que, a su manera, ya había empezado.

La idea de tomar un tren lento se impuso sin trabas: los peregrinos escogían la ruta más ardua. Sin embargo, después de medio día de canícula, la elección pareció fatal. Fue entonces que Alfredo habló del tren bala. La mirada de Pedro lo redujo al silencio. Hilda se mordió las uñas hasta hacerse sangre.

—Cálmate, mensa —le dijo Clara.

En el siguiente pueblo Alfredo bajó a comprar jugos: seis bolsas de hule llenas de un agua blancuzca que sin embargo todos bebieron.

La tierra, a veces amarilla, casi siempre roja, se deslizaba por las ventanas. En la tarde vieron un borde fracturado, los riscos que anunciaban la entrada al valle. Avanzaron tan despacio que fue una tortura adicional tener el punto de llegada detenido a lo lejos.

El tren paró junto a un tendajón de lámina en medio de la nada. Dos hombres subieron a bordo. Llevaban rifles de alto calibre.

Después de media hora —algo que en la dilatación del viaje equivalía a un instante— lograron esquivar a los cuerpos sentados en el pasillo y ubicarse junto a ellos.

Julieta había administrado su jugo; la bolsa fofa se calentaba entre sus manos. Uno de los hombres señaló el líquido, pero al hablar se dirigió a Sergio:

—¿No prefiere un fuerte, compa?

La cantimplora circuló de boca en boca. Un mezcal ardiente.

—¿Van a cazar venado? —preguntó Sergio— Todo lo que se mueva —y señaló la tierra donde nada, absolutamente nada se movía.

El sol había trabajado los rostros de los cazadores de un modo extraño, como si los quemara en parches:

mejillas encendidas por una circulación que no se comunicaba al resto de la cara, cuellos violáceos. No tenían casi nada que decir pero parecían muy deseosos de decirlo; se atropellaron para hablar con Sergio de caza menor, preguntaron si iban "de campamento", desviando la vista a las mujeres.

Bastaba ver los lentes oscuros de Hilda para saber que iban por peyote.

–Los huicholes no viajan en tren. Caminan desde la costa –un filo de agresividad apareció en la voz del cazador.

Pedro no fue el único en ver el Walkman de Hilda. ¿Había algo más ridículo que esos seis turistas espirituales? Seguramente sacarían la peor parte de ese encuentro en el tren; sin embargo, como en tantas ocasiones improbables, Julieta salvó la situación. Se apartó el fleco con un soplido y quiso saber algo acerca de los gambusinos. Uno de los cazadores se quitó su gorra de beisbolista y se rascó el pelo.

–La gente que lava la arena en los ríos, en busca de oro –explicó Julieta.

–Aquí no hay ríos –dijo el hombre. El diálogo siguió, igual de absurdo. Julieta tramaba una escena para su siguiente obra.

Los cazadores iban a un cañón que se llamaba o le decían "Sal si puedes".

–Ahí nomás –señalaron, la palma en vertical, los cinco dedos apuntando a un sitio indescifrable.

–Miren –les tendieron la mira telescópica de un rifle: rocas muy lejanas, el aire vibrando en el círculo ranurado.

—¿Todavía quedan berrendos? —preguntó Sergio.

—Casi no.

—¿Pumas?

—¡Qué va!

¿Qué animales justificaban el esfuerzo de llegar al cañón? Un par de liebres, acaso una codorniz.

Se despidieron cuando empezaba a oscurecer.

—Tenga, por si las moscas.

Pedro no había abierto la boca. Se sorprendió tanto de ser el escogido para el regalo que no pudo rechazarlo. Un cuchillo de monte, con una inscripción en la hoja: "Soy de mi dueño".

El crepúsculo compensó las fatigas. Un cielo de un azul intenso que se condensó en una última línea roja.

El tren se detuvo en una oquedad rodeada de noche. Alfredo reconoció la parada.

En aquel sitio no había ni un techo de zinc. Descendieron, sintiendo el doloroso alivio de estirar las piernas. Una lámpara de keroseno se balanceó en la locomotora en señal de despedida.

La noche era tan cerrada que los rieles se perdían a tres metros de distancia. Sin embargo, se demoraron en encender las linternas: ruidos de insectos, el reclamo de una lechuza. El paisaje inerte, contemplado durante un día abrasador, revivía de un modo minucioso. A lo lejos, unas chispas que podían ser luciérnagas. No había luna, un cielo de arena brillante, finita. Después de todo habían hecho bien; llegaban por la puerta exacta.

Encendieron las luces. Alfredo los guió a una rinconada donde hallaron cenizas de fogatas.

—Aquí el viento pega menos.

Sólo entonces Pedro sintió el aire insidioso que empujaba arbustos redondos.

—Se llaman brujas —explicó Sergio; luego se dedicó a juntar piedras y ramas. Encendió una hoguera formidable que a Pedro le hubiera llevado horas.

Clara propuso que buscaran constelaciones, sabiendo que sólo darían con el cinto de Orión. Pedro la besó; su lengua fresca, húmeda, conservaba el regusto quemante del mezcal. Se tendieron en el suelo áspero y él creyó ver una estrella fugaz.

—¿Te fijaste?

Clara se había dormido en su hombro. Le acarició el cuello y al contacto con la piel suave se dio cuenta de que tenía arena en los dedos. Despertó muy temprano, sintiendo la nuca de piedra. Los restos de la fogata despedían un agradable olor a leña. Un cielo azul claro, todavía sin sol.

Un poco después los seis bebían café, lo único que tomarían en el día. Pedro vio los rostros contentos, aunque algo degradados por las molestias del viaje, la noche helada y dura, el muro de nopales donde iban a orinar y defecar. Hilda parecía no haber dormido en eras. Mostró dos aspirinas y las tragó con su café.

—El pinche mezcal —dijo.

Alfredo enrolló la cobija con su bota y se la echó al hombro, un movimiento arquetípico, de comercial donde intervienen vaqueros.

Pedro pensó en los cazadores. ¿Qué buscaban en aquel páramo? Alfredo pareció adivinarle el pensamiento porque habló de animales enjaulados rumbo a los zoológicos del extranjero:

—Se llevan hasta los correcaminos —se cepilló el pelo con furia, se anudó la cola de caballo, señaló una cactácea imponente—: los japoneses las arrancan de raíz y vámonos, al otro lado del Pacífico.

Tenía demandas al respecto en su escritorio. ¿Demandas de quién, del dueño del desierto, de los imposibles vigilantes de esa foresta sin agua?

Pedro empezó a caminar. El beso de Clara se le secó de inmediato; una sensación borrosa en la boca. Respiró un aire limpio, caluroso, insoportable. Cada quien tenía que encontrar su propio peyote, los rosetones verde pálido que se ocultan para los indignos. La idea del desierto saqueado le daba vueltas en la mente.

Se adentró en un terreno de mezquites y huizaches; al fondo, una colina le servía de orientación. "El aire del desierto es tan puro que las cosas parecen más cercanas." ¿Quién le advirtió eso? Avanzó sin acercarse a la colina. Se fijó una meta más próxima: un árbol que parecía partido por un rayo. Los cactus impedían caminar en línea recta; esquivó un sinfín de plantas antes de llegar al tronco muerto, lleno de hormigas rojas. Se quitó el sombrero de palma, como si el árbol aún arrojara sombra. Tenía el pelo empapado. A una distancia próxima, aunque incalculable, se alzaba la colina; sus flancos vibraban en un tono azulenco. Sacó su cantimplora, hizo un buche, escupió.

Siguió caminando, y al cabo de un rato percibió el efecto benéfico del sol: cocerse así, infinitamente, hasta quedar sin pensamientos, sin palabras en la cabeza. Un zopilote detenido en el cielo, tunas como coágulos de sangre. La colina no era otra cosa que una extensión que pasaba del azul al verde al marrón.

Sentía más calor que cansancio y subió sin gran esfuerzo, chorreando sudor. En la cima vio sus tobillos mojados, los calcetines le recordaron transmisiones de tenis donde los cronistas hablaban de deshidratación. Se tendió en un claro sin espinas. Su cuerpo despedía un olor agrio, intenso, sexual. Por un momento recordó un cuarto de hotel, un trópico pobrísimo donde había copulado con una mujer sin nombre. El mismo olor a sábana húmeda, a cuerpos ajenos, inencontrables, a la cama donde una mujer lo recibía con violencia y se fundía en un incendio que le borraba el rostro.

¿En qué rincón del desierto estaría sudando Clara? No tuvo energías para seguir pensando. Se incorporó. El valle se extendía, rayado de sombras. Una ardua inmensidad de plantas lastimadas. Las nubes flotaban, densas, afiladas, en una formación rígida, casi pétrea. No tapaban el sol, sólo arrojaban manchas aceitosas en el alto desierto. Muy a lo lejos vio puntos en movimiento. Podían ser hombres. Huicholes siguiendo a su marakame, tal vez. Estaba en la región de los cinco altares azules resguardados por el venado fabuloso. De noche celebrarían el rito del fuego donde se queman las palabras. ¿Cuál era el sentido de estar ahí, tan lejos de la ceremonia? Dos años antes, en la hacienda de un amigo, habían bebido licuados de peyote con una fruición de novatos. Después del purgatorio de náuseas ("¡Una droga para mexicanos!", se quejó Clara) exudaron un aroma espeso, vegetal. Luego, cuando se convencían de que aquello no era sino sufrimiento y vómito, vinieron unas horas prodigiosas: una prístina electricidad cerebral: asteriscos, espirales, estrellas rosadas, amarillas, celestes. Pedro salió a orinar y contempló el pueblito solitario a la distancia, con sus paredes fluorescentes. Las estrellas eran líquidas y los árboles palpitaban. Rompió una rama entre sus manos y se sintió dueño de un poder preciso. Clara lo esperaba adentro y por primera vez supo que la protegía, de un modo físico, contra el frío y la tierra inacabable; la vida adquiría una proximidad sanguínea, el campo despedía un olor fresco, arrebatado, la lumbre se reflejaba en los ojos de una muchacha.

¿Tenía algo que ver con esas noches de su vida: el cuerpo ardiendo entre sus manos en un puerto casi olvidado, los ojos de Clara ante la chimenea? Y al mismo tiempo, ¿tenía algo que ver con la ciudad que los venció minuciosamente con sus cargas, sus horarios fracturados, sus botones inservibles? Clara sólo conocía una solución para el descontento: volver al valle. Ahora estaban ahí, rodeados de tierra, los ánimos un tanto vencidos por el cansancio, el sol que a ratos lograba arrebatarle pensamientos.

La procesión avanzaba a lo lejos, seguida de una cortina de polvo.

Pedro se volvió al otro lado; a una distancia casi inconcebible vio unas manchitas de colores que debían ser sus amigos. Decidió seguir adelante; la colina le serviría de orientación, regresaría al cabo de unas horas a compartir el viaje con los demás. Por el momento, sin embargo, podía disfrutar de esa vastedad sin rutas, poblada de cactus y minerales, abierta al viento, a las nubes que nunca acabarían de cubrirla.

Descendió la colina y se internó en un bosque de huizaches. De golpe perdió la perspectiva. Un acercamiento total: pájaros pequeños saltaban de nopal en nopal; tunas moradas, amarillas. Imaginó el sitio por el que avanzaban los huicholes, imaginó una ruta directa, que pasaba sobre las plantas, y trató de corregir sus pasos quebrados. Tan absorbente era la tarea de esquivar magueyes que casi se olvidó del peyote; en algún momento tocó la bolsa de hule que llevaba al cinto, un jirón ardiente, molesto.

Llegó a una zona donde el suelo cobraba una consistencia arenosa; los cactus se abrían, formando un claro presidido por una gran roca. Un bloque hexagonal, pulido por el viento. Pedro se aproximó: la roca le daba al pecho.

Curioso no encontrar cenizas, migajas, pintura vegetal, muestras de que otros ya habían experimentado la atracción de la piedra. Se raspó los antebrazos al subir. Observó la superficie con detenimiento. No sabía nada de minerales pero sintió que ahí se consumaba una suerte de ideal, de perfección abstracta. De algún modo, el bloque establecía un orden en la dispersión de cactus, como si ahí cristalizara otra lógica, llana, inextricable. Nada más lejano a un refugio que esos cantos afilados: la roca no servía de nada, pero en su bruta simplicidad fascinaba como un símbolo de los usos que tal vez llegaría a cumplir: una mesa, un altar, un cenotafio.

Se tendió en el hexágono de piedra. El sol había subido mucho. Sintió la mente endurecida, casi inerte. Aun con el sombrero sobre el rostro y los ojos cerrados, vio una vibrante película amarilla. Tuvo miedo de insolarse y se incorporó: los huizaches tenían círculos tornasolados. Miró en todas direcciones. Sólo entonces supo que la colina había desaparecido.

¿En qué momento el terreno lo llevó a esa meseta? Pedro no pudo reconocer el costado por el que subió a la roca. Buscó huellas de sus zapatos tenis. Nada. Tampoco encontró, a la distancia, un brote de polvo que atestiguara la caminata de los peregrinos. El corazón le latía con fuerza. Se había perdido, en la deriva inmóvil de esa balsa de piedra. Sintió el vértigo de bajar, de hundirse en cualquiera de los flancos de plantas verdosas. Buscó una seña, algo que revelara su paso a la roca. Un punto grisáceo, artificial, le devolvió la cordura. ¡Ahí abajo había un botón! Se le había desprendido de la camisa al subir. Saltó y recogió el círculo de plástico, agradable al tacto. Después de horas en el desierto, no disponía de otro hallazgo que aquel trozo de su ropa. Al menos sabía por dónde había llegado. Caminó, resuelto, hacia el horizonte irregular, espinoso, que significaba el regreso.

De nuevo procuró seguir una recta imaginaria pero se vio obligado a dar rodeos. La vegetación se fue cerrando; debía haber una humedad soterrada en esa región; los órganos se alzaban muy por encima de su cabeza, un caos que se abría y luego se juntaba. Avanzó con pasos laterales, agachándose ante los brazos de las biznagas, sin desprender la vista de los cactus pequeños dispersos en el suelo.

Se desvió de su ruta: en el camino de ida no había pasado por ese enredijo de hojas endurecidas. Sólo pensaba en salir, en llegar a un paraíso donde los cactus fueran menos, cuando resbaló y fue a dar contra una planta redonda, con espinas dispuestas en doble fila, que de un modo exacto, absurdo, le recordó la magnificación de un virus de gripe que vio en un museo. Las espinas se ensartaron en sus manos. Espinas gordas, que pudo extraer con facilidad. Se limpió la sangre en los muslos. ¿Qué carajos tenía que hacer ahí él, que ante una planta innombrable pensaba en un virus de vinilo?

Pasó un buen rato buscando una mata de sábila. Cuando finalmente la halló, la sangre se le había secado. Aun así, extrajo el cuchillo de monte, cortó una penca y sintió el beneficio de la baba en sus heridas.

En algún momento se dio cuenta de que no había orinado en todo el día. Le costó trabajo expulsar unas gotas; la transpiración lo secaba por dentro. Se detuvo a cortar tunas. Una de las pocas cosas que sabía del desierto era que la cáscara tiene espinas invisibles. Partió las tunas con el cuchillo y comió golosamente. Sólo entonces advirtió que se moría de sed y hambre.

De cuando en cuando eructaba el aroma perfumado de las tunas. Lo único agradable en esa soledad sin fin. Los cactus lo forzaban a dar pasos que acaso trazaran una sola curva imperceptible. La idea de recorrer un círculo infinito lo hizo gritar, sabiendo que nadie lo escucharía.

Cuando el sol bajó, vio el salto de una liebre, correrías de codornices, animales rápidos que habían evitado el calor. Distinguió un breñal a unos metros y tuvo deseos de tumbarse entre los terrones arenosos; sólo un demente se atrevía a perturbar las horas que equivalían a la verdadera noche del desierto, a su incendiado reposo.

Entonces pateó un guijarro, luego otro; la tierra se volvió más seca, un rumor áspero bajo sus zapatos. Pudo caminar unos metros sin esquivar plantas, una zona que en aquel mundo elemental equivalía a una salida. Se arrodilló, exhausto, con una alegría que de algún modo humillado, primario, tenía que ver con los nopales que se apartaban más y más.

Cuando volvió a caminar el sol se perdía a la distancia. Una franja verde apareció ante sus ojos. Una ilusión de su mente calcinada, de seguro. Supuso que se disolvería de un paso a otro. La franja siguió ahí. Una empalizada de nopales, una hilera definida, un sembradío, una cerca. Corrió para ver lo que había del otro lado: un desierto idéntico al que se extendía, inacabable, a sus espaldas. La muralla parecía separar una imagen de su reflejo. Se sentó en una piedra. Volvió a ver el otro desierto, con el resignado asombro de quien contempla una maravilla inservible.

Cerró los ojos. La sombra de un pájaro acarició su cuerpo. Lloró, durante largo rato, sorprendido de que su cuerpo aún pudiera soltar esa humedad.

Cuando abrió los ojos el cielo adquiría un tono profundo. Una estrella acuosa brillaba a lo lejos.

Entonces oyó un disparo.

Saber que alguien, por ahí cerca, mataba algo, le provocó un gozo inesperado, animal. Gritó, o mejor dicho, quiso gritar: un rugido afónico, como si tuviera la garganta llena de polvo.

Otro disparo. Luego un silencio desafiante. Se arrastró hacia el sitio de donde venían los tiros: la dicha de encontrar a alguien empezaba a mezclarse con el temor de convertirse en su blanco. Tal vez no perseguía un disparo sino su eco fugado en el desierto. ¿Podía confiar en alguno de sus sentidos? Aun así, siguió reptando, raspándose las rodillas y los antebrazos, temiendo caer en una emboscada o, peor aun, llegar demasiado tarde, cuando sólo quedara un rastro de sangre.

Pedro se encontró en un sitio de arbustos bajos, silencioso.

Se incorporó apenas: a una distancia que parecía próxima distinguió un círculo de aves negras. Volvió a caminar erguido.

Pasó a una zona de aridez extrema, un mar de piedra caliza y fósiles; de cuando en cuando, un abrojo alzaba un muñón exangüe. El círculo de pájaros se disolvió en un cielo donde ya era difícil distinguir otra cosa que las estrellas.

Su situación era tan absurda que cualquier cambio la mejoraba; le dio tanto gusto ver las sombras de unos huizaches como antes le había dado salir del laberinto de plantas.

Se dirigió a la cortina de sombras y en la oscuridad menospreció las pencas dispersas en el suelo. Una hoja de nopal se le clavó como una segunda suela. La desprendió con el cuchillo, los ojos anegados en lágrimas.

Al cabo de un rato le sorprendió su facilidad para caminar con un pie herido; el cansancio replegaba sus sensaciones. Alcanzó las ramas erizadas de los huizaches y no tuvo tiempo de recuperar la respiración. Del otro lado, en una hondonada, había lámparas, fogatas, una intensa actividad. Pensó en los huicholes y su rito del fuego; por obra de un complejo azar había alcanzado a los peregrinos. En eso, una sombra inmensa inquietó el desierto. Se oyó un rechinido ácido. Pedro descubrió la grúa, las poleas tensas que alzaba una configuración monstruosa, una planta llena de extremidades que en la noche lucían como tentáculos desaforados. Los hombres de allá abajo arrancaban un órgano de raíz. No se estremeció; en el caos de ese día era un desorden menor confundir a los huicholes con saqueadores de plantas. Se resignó a bajar hacia la excavación. Entonces sonó un disparo. Hubo gritos en el campamento, el cactus se balanceó en el aire, los hombres patearon tierra sobre las fogatas, hubo sombras desquiciadas por todas partes.

Pedro se lanzó al suelo, sobre una consistencia vegetal, pestífera. Otro disparo lo congeló en esa podredumbre. El campamento respondía al fuego. De algún reducto de su mente le llegó la expresión "fuego cruzado", ahí estaba él, en la línea donde los atacantes se confunden con los defensores. Rezó en ese médano de sombra, sabiendo que al terminar la balacera no podría arriesgarse hacia ninguno de los dos bandos.

Después, cuando volvía a caminar hacia un punto incierto, se preguntó si realmente se alejaba de las balas o si volvería a caer en otra sorda refriega.

Se tendió en el suelo pero no cerró los ojos, los párpados detenidos por un tenso agotamiento; además se dio cuenta, con una tristeza infinita, que cerrar los ojos era ya su única opción de regresar: no quería imaginar las manos suaves de Clara ni la lumbre donde sus amigos hablaban de él; no podía ceder a esa locura donde el regreso se convertía en una precisa imaginación.

Se había acostumbrado a la oscuridad; sin embargo, más que ver, percibió una proximidad extraña. Un cuerpo caliente había ingresado a la penumbra. Se volvió, muy despacio, tratando de dosificar su asombro, el cuello casi descoyuntado, la sangre vibrando en su garganta.

Nada lo hubiera preparado para el encuentro: un coyote con tres patas miraba a Pedro, los colmillos trabados en el hocico del que salía un rugido parejo, casi un ronroneo. El animal sangraba visiblemente. Pedro no pudo apartar la vista del muñón descarnado, movió la mano para tomar su cuchillo y el coyote saltó sobre él. Las fauces se trabaron en sus dedos; logró protegerse con la mano izquierda mientras la derecha luchaba entre un pataleo insoportable hasta encajar el cuchillo con fuerza y abrir al animal de tres patas. Sintió el pecho bañado de sangre, los colmillos aflojaron la mordida. El último contacto: un lengüetazo suave en el cuello.

Una energía singular se apoderó de sus miembros: había sobrevivido, cuerpo a cuerpo. Limpió la hoja del cuchillo y desgarró la camisa para cubrirse las heridas. El animal yacía, enorme, sobre una mancha negra. Trató de cargarlo pero era muy pesado. Se arrodilló, extrajo las vísceras calientes y sintió un indecible alivio al sumir sus manos dolidas en esa consistencia suave y húmeda. Si con el coyote luchó segundos, con el cadáver luchó horas. Finalmente logró desprender la piel. No podía estar muy seguro de su resultado pero se la echó a la espalda, orgulloso, y volvió a andar.

La exultación no repite su momento; Pedro no podía describir sus sensaciones, avanzaba, aún lleno de ese instante, el cuerpo avivado, respirando el viento ácido, hecho de metales finísimos.

Vio el cielo estrellado. En otra parte, Clara también estaría mirando el cielo que desconocían.

De cuando en cuando se golpeaba con ramas que quizá tuvieran espinas. Estaba al borde de su capacidad física. Algo se le clavó en el muslo, lo desprendió sin detenerse. En algún momento advirtió que llevaba el cuchillo desenvainado: un resplandor insensato vaciló en la hoja. Le costó mucho trabajo devolverlo a la funda; perdía el control de sus actos más nimios. Cayó al suelo. Antes o después de dormirse vio la bóveda estrellada, una arena radiante.

Despertó con la piel del coyote pegada a la espalda, envuelto en un olor acre. Amanecía. Sintió un regusto salino en la boca. Escuchó un zumbido cercanísimo; se incorporó, rodeado de moscardones. El desierto vibraba como una extensión difusa. Le costó trabajo enfocar el promontorio a la distancia y quizás esto mitigó su felicidad: había vuelto a la colina.

Alcanzó la ladera al mediodía. El sol caía en una vertical quemante, las sienes le latían, afiebradas; aun así, al llegar a la cima, pudo ver un paisaje nítido: el otro valle y dos columnas de humo. El campamento.

Enfiló hacia la distancia en la que estaban sus amigos, a un ritmo que le pareció veloz y seguramente fue lentísimo. Llegó al atardecer.

Después de extraviarse en una tierra donde sólo el verde sucedía al café, sintió una alegría incomunicable al ver las camisetas coloridas. Gritó, o más bien trató de hacerlo. Un vahído seco hizo que Julieta se volviera y lanzara un auténtico alarido.

Se quedó quieto hasta que escuchó pasos que se acercaban con una energía inaudita: Sergio, el protector, con un aspecto de molesta lucidez, una mirada de intenso reproche, y Clara, el rostro exangüe, desvelado de tanto esperarlo. Sergio se detuvo a unos metros, tal vez para que Clara fuera la primera en abrazarlo. Pedro cerró los ojos, anticipando las manos que lo rodearían. Cuando los abrió, Clara seguía ahí, a tres pasos lejanísimos.

—¿Qué hiciste? —preguntó ella, en un tono de asombro ya cansado, muy parecido al asco.

Pedro tragó una saliva densa.

—¿Qué mierda es esa? —Clara señaló la piel en su espalda.

Recordó el combate nocturno y trató de comunicar su oscura victoria: ¡se había salvado, traía un trofeo! Sin embargo, sólo logró hacer un ademán confuso.

—¿Dónde estuviste? —Sergio se acercó un paso.

¿Dónde? ¿Dónde? ¿Dónde? La pregunta rebotó en su cabeza. ¿Dónde estaban los demás, en qué rinconada alucinaban esa escena? Pedro cayó de rodillas.

—¡Puta, qué asquerosidad! ¿Por qué? —la voz de Clara adquiría un timbre corrosivo.

—Dame la cantimplora —ordenó Sergio.

Recibió un frío chisguetazo y bebió el líquido que le escurría por la cara, un regusto ácido, en el que se mezclaban su sangre y la del animal.

—Vamos a quitarle esa chingadera —propuso una voz obsesiva, capaz de decir "chingadera" con una calma infinita.

Sintió que le desprendían una costra. La piel cayó junto a sus rodillas.

—¡Qué peste, carajo!

Se hizo un silencio lento. Clara se arrodilló junto a él, sin tocarlo; lo vio desde una distancia indefinible.

Sergio regresó al poco rato, con una pala:

—Entiérralo, mano —y le palmeó la nuca, el primer contacto después de la lucha con el coyote, un roce de una suavidad electrizante—. Hay que dejarlo solo.

Se alejaron.

Oscurecía. Palpó el pellejo con el que había recorrido

el desierto. Sonrió y un dolor agudo le cruzó los pómulos, cualquier gesto inútil se convertía en una forma de derrochar su vida. Alzó la vista. El cielo volvía a llenarse de estrellas desconocidas. Empezó a cavar.

Tiró el amasijo en el agujero y aplanó la tierra con cuidado, formando una capa muelle con sus manos llagadas. Apoyó la nuca en la arena. Un poco antes de entrar al sueño escuchó un gemido, pero ya no quiso abrir los ojos. Había regresado. Podía dormir. Aquí. Ahora.

EL ANILLO DE COBALTO

A Gustavo Pérez

Se preguntó si vendría en taxi. Tal vez hubiera sido mejor ahorrarle el trayecto, una taza de café en Xalapa, rodeados de inmigrantes polacos y tertulias de señoras. Encendió un cigarro, de cara a la ventana, la lluvia, el foco de Juan María al otro lado del sendero. Vio la terraza de madera podrida, los moldes cubiertos por sábanas de plástico negro.

Cuando Antón compró la casa, le gustaron los cuartos con ventanas al campo, la chimenea y sobre todo los escalones en la entrada, mordidos por el musgo, entregados a la humedad como una clave del lugar; estaba lejos, eso era lo importante.

Susana le había escrito con molesta objetividad: "Pasaré unos días en Xalapa, sé que vives en las afueras", frases escuetas, sosegadas, de la mujer que en su último encuentro –¿veinticinco años?– dejó caer plato tras plato, con lenta monomanía, mientras él fumaba, reprimiendo las ganas de abrazarla, limpiarle las lágrimas, sacarla del frío hueco de la cocina, pero entonces, a saber por qué, pensó que la pasividad era su ventaja, siguió ahí, clavado a una lógica inflexible, fumando ante la precisa destrucción de Susana.

No tenían hijos ni mayores motivos para verse. Antón impuso un tono cauto para tratar cualquier asunto, dolido por su incapacidad de hacer el ridículo en la última tarde que pasaron juntos, de rendirse ante las lágrimas, las súplicas que hubiera querido pronunciar. Curiosamente le incomodó que Susana adoptara ahora ese lenguaje seco, casi cívico. Leyó con precipitación las frases claras, sin dobleces posibles, y tuvo que releerlas para cerciorarse de que no implicaran nada más. Susana iba a Xalapa a visitar a la familia de una amiga muerta (en la nerviosa lectura inicial entendió que iba a ver a una muerta), esa amiga había sido su socia, su compañera de vida. "¿Todavía te dicen Antón?", preguntaba con aire distraído cuando ya salía de la carta, como si ella ya se hubiera curado de otros nombres. Antón no, más de cincuenta años con ese mote irrenunciable. Galia, tan joven, tan reordenadora, quiso decirle Antonio, pero los amigos de siempre, las frases hechas que imitaba con su talento de actriz, la regresaron al apodo, otra vez Antón, sus costumbres.

Recordó el último mensaje de Galia en la máquina contestadora: "Ando en la loca, no puedo volver el jueves, me encargaron un bomberazo", y otras quejas que delataban su gusto por seguir en la Ciudad de México, leyendo los guiones de emergencia que sobrellevaba con tantas aspirinas, exhausta, feliz.

No pensó mucho al marcar el número que Susana escribió en la carta. Un impulso de billar: una pelota iba por otra —ocho negra, su favorita—; Galia estaba en México, Susana venía a Xalapa. Fue un alivio que le contestara una máquina. Dejó el mensaje: "Te espero el jueves, kilómetro doce, no hay pierde".

Tenían poco que decirse, o mejor dicho, no le gustaba lo que él podía decir. El pasado común era ya un país extraño y el pasado reciente sonaba mal. La palabra *retirado* tenía un timbre de desastre. Ya no construía puentes; la ingeniería, los planos que trazó con pasión genuina, sólo regresaban en los sueños donde una geometría de ejes y círculos morados lo asediaba sin que pudiera entenderla. Los planos, que nunca le significaron un problema demasiado grave, lo acosaban en sus noches del retiro; justo cuando ya no podían afectarlo se volvían persecutorios. No hablaría de eso; mejor detenerse en las circunstancias locales, una tranquila composición del lugar. Compró la casa en el valle, rodeado de vegetación feraz, a unos minutos de Coatepec y sus casonas con patios y ventanales de hierro forjado, luego un terreno, otro más. Aquellos lotes vacíos eran el reverso, la puesta en blanco de su vida anterior, pero no podía vanagloriarse de una renuncia; no despertó de la pesadilla del progreso ni se fue al campo por heroísmo ecológico. Un cansancio acumulado, la fuerza de las cosas, lo llevó a especular con terrenos baldíos, eso era todo. ¿Con quién vivía? Susana no iba a reprimir la pregunta, aun después de tantos años. Si Galia estuviese ahí –y por un momento creyó sentir el temblor de sus pies descalzos–, Antón se justificaría sin mucho esfuerzo. Los motores producían un rumor parejo. Había tenido que instalar máquinas contra la humedad, un aparato cúbico en cada cuarto. Encendió otro cigarro, sin despegar la vista de la casa de enfrente.

Llevaba pocos días en el lugar cuando una pipa de agua se enfangó en el sendero. Juan María y Antón ayudaron a empujar y a colocar tablas en el lodo; el esfuerzo de horas y las salpicaduras en el cuerpo los unieron de un modo físico. Juan María lo invitó a su taller, le mostró las cubetas con barbotina, no muy diferentes de los surcos donde giraron las llantas del camión, y señaló el horno al fondo, con un gesto vago, como si eso interesara menos. Bebieron cervezas y entraron en confidencias no muy próximas, la intimidad delegada que da hablar de los padres, historias guiadas por el esfuerzo compartido, una solidaridad elemental, como lavarse el sudor bajo las regaderas, en los años viejos en que Antón hacía deporte. También la música les tendió un cerco propicio, Arvo Pärt y *Tabula Rasa*; las cuerdas graves, nubladas, redefinían la atmósfera, mientras Juan María hablaba del pigmento negro que en el horno se volvía azul y Antón de las mariposas de aguas que desde niño le producían una repugnancia incomunicable y que ahí encontraba en todas partes: el quicio de una puerta, la esquina de un zaguán, el fondo oscuro de un tonel se habían vuelto sitios para encontrar mariposas.

Aunque Juan María fuera mucho más joven y trabajara con una obstinación que él admiraba en su terraza de retirado, desde el primer encuentro supo que sus vidas tenían suficiente semejanza para compartir ratos de silencio o hablar de la portada de un disco que en realidad les interesaba poco, para reunirse sin otro ánimo que estar ahí. Con los amigos de Galia se sentía en permanente ensayo general: sus palabras debían borrar años y expresiones que lo revelaban demasiado tradicional y demasiado rico. Uno de los motivos para ir al campo (los motivos posteriores, que hilvanaba al recorrer una imaginaria senda en la maleza) fue renunciar a tantas apariencias, tantos rollos huecos, afectados, para demostrar que merecía su entorno y a Galia en la otra almohada.

Juan María nunca hablaba de sus obras, pensaba a través de ellas, sin necesidad de justificarlas. Antón había conocido a suficientes artistas incapaces de trazar una línea sin enarbolar una teoría general del mundo para apreciar el silencio de su vecino.

El ceramista vivía solo; tenía un búngalo en un macizo de plantas que Antón no había visitado, y no parecía requerir de testigos ni compañía. "La diferencia entre un artista y un artesano está en que el artesano se compra sus zapatos", le dijo alguien a Antón. Juan María sólo respondía en parte a la definición; nadie lo representa en museos y zapaterías, pero tampoco necesitaba zapatos. Su día empezaba con la primera luz de la mañana y terminaba en una región imprecisa de la noche (Antón se quedaba dormido antes de que se apagara el foco del vecino).

Antón no asociaba la dicha con la serenidad, y le sorprendió que las piezas de Juan María sugiriesen una fuerza matizada; cada vasija había sido ganada a otro elemento, las formas claras eran la dura piel de una materia adversa que se había resistido a estar ahí y, sin embargo, no había drama en esos logros; las manos de Juan María eran una forma de la insistencia; presionaban, tenaces, con una emoción parda y precisa. En su taller, cada vaso era un vaso excedido, ajeno a su función original, como una abstracción de tierra.

"Hay ceramistas de fuego y ceramistas de agua", le explicó Juan María, los ojos increíblemente abiertos ante el humo del cigarro que parecía no molestarle, y resultó inútil aclarar que él jugaba sus cartas en el torno húmedo —bastaba ver sus dedos, un poco desprendidos e inconexos—; en su caso los pigmentos eran un adorno tardío, una posdata del calor.

Se acostumbró —si uno se acostumbra a esas cosas— a ir al taller dos o tres veces por semana. Pasaba por el porche de tierra rojiza, con trozos de barro que crujían bajo los zapatos —la "pedacera" descartada por el ceramista—, y con orgullo de principiante descubrió pequeños cambios de estilo, pinceles de trazos delgadísimos, agujas que pinchaban el barro con una escritura roja, de preferencia azul.

Galia lo acompañó una tarde de vasos gordos, ásperos.

—Es la última quema —Juan María mostró las piezas terminadas.

Antón casi nunca tocaba la cerámica pero entonces cedió al impulso de sostener un florero quebradizo. Lo vio con calma y luego, aunque ahí no podía encontrar dibujo alguno, se asomó al fondo: la mariposa dormía, blanda, oscura. Le costó un esfuerzo enorme no soltar el florero. Lo depositó en la mesa, con manos temblorosas.

Encendió un cigarro, se apartó de Galia y Juan María. El humo le cubrió el rostro y, por un segundo, fue como si descendiera escalones de sombra, hacia el sótano donde era un niño rozado por alas que soltaban polvo. "Las mariposas negras son las guardianas de la lluvia", aún escuchaba la voz ronca de la mujer que le comunicó ese horror. Caía agua porque ellas estaban ahí, dispuestas a iniciar su vuelo confundido y a posarse en su cara. Cuando lo encerraban allá abajo, los ruidos de afuera, las voces de sus padres, el siseo de unas llantas de bicicleta en la calle, los pasos que se alejaban, sonaban como una desgracia tenue y repetida, la fría constancia de la lluvia.

Galia habló con Juan María de los grados que medía el pirómetro.

—Las quemas duran un día entero, los últimos cien grados son decisivos: el barro se encoge —dijo Juan María.

Galia se asomó a la mirilla del horno mientras Antón se quitaba el sudor del rostro, aspiraba el tabaco picante, veía a Galia, los pies en un ladrillo para asomarse mejor, las nalgas levantadas, feliz de saber que la temperatura tenía colores, el aire rojo en los seiscientos grados, el amarillo en los mil, la posibilidad última del blanco. El pirómetro jamás marcaba mil trescientos, pero Galia siempre quería saber qué pasaba en los extremos, el aire blanco, su aura calcinante.

—¿Se rompen las piezas?

Antón escuchó la pregunta, un poco más tranquilo, viéndose en un trozo de espejo encajado en la pared, ordenando sus mechones canosos, el pelo espeso que tanto le gustaba a Galia.

—Se funden —contestó Juan María.

Galia fue a la repisa de los pigmentos y se enteró de las gotas rojas de titanio, el cobalto azul. Tal vez al día siguiente iba a ser raptada por otros intereses, pero ahora el mundo eran los ochocientos grados, la quemadura lenta, las texturas que semejaban fósiles, animales trabajados durante años en la tierra.

En el camino a la casa, Antón se aferró a la cintura de Galia. Aún sentía la vibración dejada por el florero, el negro sueño de la mariposa. Ella sonrió y Antón vio el colmillo apenas encimado, el error que hacía su risa avasallante. Luego, en el cuarto oloroso a ropa vieja, a sábanas de internado, a tinta fresca aunque no hubiera tinta, sus manos pasaron por el cuerpo al que no acababa de acostumbrarse, la curva mínima del vientre, los senos que nunca eran iguales, como si la sangre circulara ahí de otra manera, hinchándolos levemente, irrigando matices que sus dedos recorrían sin prisa.

Afuera volvía a llover —aunque allí no volvía a llover, arreciaba la misma lluvia del principio—, y Antón hundió la nariz en el pelo de Galia, un aroma a manzanilla y al humo que él fumaba, la estrechó mientras oía un ruido opaco, los motores que jalaban humedad o tal vez otra gotera sobre las cajas que no habían abierto desde la mudanza, pero no quiso revisar la casa, ya sólo importaba la piel encendida en la penumbra, retener el calor de Galia, sostenerla, húmeda y cansada.

Ella se había entusiasmado con el traslado a Xalapa; tomaba decisiones con una emoción rápida, como si la vida fuera un almacén inagotable que debía saquearse con descuido.

Elogió el valle verde y llovido, la casa con insectos de humedad en el lavabo, la vecina a la entrada del camino, tan británica aunque fuera norteamericana, tan dedicada a sus flores, su estanque con peces, su Fox Terrier. "Mudarse por mejorarse", recitó el título de su último radioteatro.

Galia tenía una voz animada que los técnicos, con su curiosa necesidad de entender los sonidos por los ojos, llamaban "brillante". Sus palabras se encendían en el micrófono, un tono perfecto para heroínas intrépidas y algo irresponsables, nunca para las noticias reales, lo que se dice con aplomo, la neutralidad con que la gente debe morir en la radio.

Buscó trabajo en una emisora local y le pareció estupendo dar mensajes para las familias que no tenían teléfonos, dedicar rumbas y boleros para los enamorados.

Secretamente debía pensar otra cosa, o quizá no, quizá se hartó con la misma prisa con que se fascinó ante las araucarias y las capuchinas, el ronroneo de los deshumidificadores (increíble que toda esa agua anduviera suelta como vapor en los cuartos), el Xipe Tótec del museo, la boca risueña que parecía entonar un aria napolitana, el barro de arlequín, triángulos que hacían pensar en un disfraz de carnaval, jamás en lo que en verdad representaban: la carne del desollado.

En las noches, Antón fumaba en su cuarto un último cigarro, viendo la lluvia y el foco de Juan María, la carretera traía el recorrido adormecedor de un camión nocturno, un resplandor lunar alumbraba el cuerpo de Galia, las mejillas levemente hinchadas por un sueño feliz, como si recuperara las cosas buenas de ese sitio, las tablillas de escritura cuneiforme que había empezado Juan María, la posibilidad de ir y volver a la Ciudad de México (para ella, lo mejor de un sitio es que le hacía pensar en otro), los Autobuses de Oriente que salían a todas horas, tan prácticos, increíblemente baratos.

Galia se aburrió de leer recetas y recados por radio y decidió tomar clases de cerámica. Juan María tenía demasiado trabajo para recibir alumnos pero no hizo nada por correrla. Ella volvía a la casa con los dedos maravillosamente sucios; hablaba horas de lo que había visto en silencio.

Antón pensó de inmediato en la posibilidad de que el ceramista pasara sus dedos largos e inconexos por el cuerpo de su mujer. La idea le producía más excitación que disgusto, en gran medida porque la sabía irrealizable. El vecino era de una individualidad absoluta, un mecanismo soltero y solitario. Si cedía al vicio menor de imaginar el imposible encuentro de Galia con Juan María, era porque estaba celoso de ella; le quitaba su espacio en el taller, la silenciosa complicidad del testigo que mira lo que gana relieve. Tal vez en unas semanas ella se interesaría en una terapia que obligaba a saltar en un pie o en crear un jardín seco al interior de la casa, cactus rodeados de arcilla roja; por el momento, había algo conmovedor en su entrega repentina a la cerámica; Galia manipulaba el barro con una delicia elemental, para probar que podía doblarse.

Cuando Juan María le dijo que sus piezas ya podían entrar al horno, ella perdió el interés en el asunto. Dejó todo sobre una mesa. Antón no vio los objetos porque Juan María los cubrió con un plástico negro y él no quiso alzarlo. Cada vez que se asomaba a un sitio imprevisto, encontraba una mariposa negra.

Una mañana Galia olvidó que tenía que estar en la casa para recibir la leña de la chimenea. Antón había ido a Coatepec y al regresar vio la leña que se mojaba en los escalones. La luz de la sala estaba encendida. Galia había llegado después que los cargadores. En vez de encontrarla junto al fuego, los pies secándose en un resplandor cárdeno, la vio sentada a la mesa, con el té que se preparaba para tomar decisiones y un librito con horarios de autobuses. Otro clásico del Siglo de Oro se había vuelto radiable, le ofrecían un estelar, pasaría una temporada en México.

Se llevó su ropa y regresó un mes después, con un bolso pequeño, de tela azul, perfecto para una muda y un libro gordo. Se fue a los dos días. No le costó trabajo hallar un autobús que salía a una hora excelente.

Esa tarde, de manera demasiado obvia, Antón soñó con mariposas. Nunca tenía pesadillas en la siesta y le pareció absurdo, casi vergonzoso, someterse a un terror infantil a esa hora: el sol denso de las cuatro levantaba vapores de los charcos, los árboles enjaulaban la luz con sus frondas, el perro de la vecina ladraba a la distancia, la hamaca en el porche se ajustaba a su cuerpo como un guante y, sin embargo, él encontraba la forma de hacerse daño. Se había retirado a un vivero de mariposas negras. Su fobia era tan pueril que no pudo tomarla en cuenta en sus planes de mudanza —no se iba a detener por *eso*—. Ahora estaba ahí, a las cuatro de la tarde, soñando alas horribles.

Se lavó la cara con agua fría y cruzó al taller.

Después de dos cigarros reparó en el plástico negro. Las piezas de Galia seguían cubiertas.

—¿Por qué no las tiras de una vez?

Juan María lo vio sin responder; luego se secó las manos con un trapo, con una destreza especial, como si modificara el paño entre sus dedos.

—Las voy a meter en la siguiente quema. Sólo después del horno sabes lo que hiciste.

Antón no contestó. A fin de cuentas, no era asunto suyo. Sin embargo, en los días que siguieron vigiló la chimenea del vecino. Cuando vio el humo, volvió al taller. Juan María no pudo incluir las piezas en la quema. El pedido arbitrario e impostergable de un coleccionista le impidió ocuparse de ellas. Al cruzar el sendero rumbo a su casa, Antón se preguntó si en verdad había oído la palabra *restos*, como si se tratara de una cremación. La ausencia de Galia jugaba cada vez más en su contra. Oía nombres raros, soñaba repugnantes alas tenues.

Antón vendió un terreno, sólo por hacer algo y distraerse con el ajedrez de planos y títulos de propiedad. De modo automático invirtió el dinero en el banco, a plazo fijo. Entonces pensó que podía haber comprado una pieza de Juan María. Tal vez su amigo esperaba eso, no tanto por el dinero, que parecía no beneficiarlo, sino para comprobar que su trabajo tenía otro sentido que el de ser visto entre un cigarro y otro. No, Juan María no era así; carecía de todo afán de ser representado por sus cosas. Si alguien elogiaba una vasija, asentía con aire ausente, como si las virtudes ostensibles de la pieza dependieran de su mero estar ahí. Seguramente, los coleccionistas se sentían más reflejados en sus adquisiciones que el propio ceramista.

Con Galia, Antón conoció a actores, dramaturgos, algún cineasta de ocasión, que hablaban de sus proyectos como una extensión de sus cuerpos. En cambio, Juan

María no necesitaba de una biografía que perturbara la silenciosa presencia de sus obras.

Después de convencerse de que su amigo era ajeno al destino de su trabajo, Antón sintió que la respiración se le cortaba: el vecino avanzaba por el sendero, con una vasija en las manos.

—Es de la última quema.

Antón pasó sus dedos por el vientre abultado de la vasija, la hendidura que casi llegaba a la base. Lo más sorprendente era el decorado azul. Juan María ya no dibujaba: el cobalto parecía tejido. Por lo visto, ahora el horno le interesaba más; empezaba a ser un ceramista de fuego. Pero Antón no se atrevió a decirlo. Su amigo le había hablado de las dos escuelas como de dos mundos, y tal vez no estaba dispuesto a aceptar su primera herejía.

La humedad impedía colocar pinturas y la vasija se convirtió en el adorno central que tanto le gustaría a Galia (anticipaba su admiración, la sonrisa que iba a hacer agradable la penumbra, extraordinarias las incisiones en el barro). Con un entusiasmo infantil, pensó que Galia se quedaría más tiempo en su siguiente visita, atraída por aquel regalo. Quizás el ceramista lo sabía y les entregaba un planeta en torno al cual giraran. Quizás a eso se debía el cambio de estilo, el temperamento que ardía en la superficie atravesada por el cobalto. De un modo secreto, Juan María se dejaba tocar por el entorno; Galia y Antón se mezclaban en la pieza. ¿Era demasiada vanidad verse en ese círculo quebradizo? El artista no necesitaba el soplo asmático de su vecino, pero nada impedía que él se entendiera un poco en esa textura, que jugara a imantar a Galia con la sombra blanca que redefinía la sala.

En la madrugada salió a orinar entre las plantas, un vicio adquirido desde que llegó al valle, una caprichosa ventaja de la soledad. "La luna alta vaporiza la vegetación", le había dicho alguien. Se hubiera sentido bien, integrado a la respiración de la maleza, de no ser por el hilo exiguo y rasposo de los orines, el recordatorio de que tenía que visitar médicos.

Vivir en las afueras imponía otros riesgos y despertaba otras vanidades (aún podía estar a kilómetros de los demás, levantar una viga sin ayuda, ser él quien condujera el coche rumbo al consultorio). Con todo, resultaba absurdo ignorar ciertas señales; respiraba mal, sentía latidos en las sienes cuando subía al tapanco en el taller de Juan María, el entrepiso con los libros y el aparato de música. Iba ahí por Arvo Pärt, el sillón cómodo, la colección de ceniceros. De vez en cuando, por el simple hecho de tenerlo cerca, tomaba un libro y se perdía en un par de párrafos. Era un lector inconstante; empezaba los textos por cualquier punta; en su mente, los libros eran un solo discurso sin límites ni jerarquías. Leía con impaciente humildad; si no le gustaba una página, lo atribuía a su falta de hábito y saltaba a otra.

Algunas cosas ganó en esas cortas lecturas, pero sobre todo una. Los versos le llamaron la atención porque no le hubieran dicho nada en otro sitio: "La mano empieza a imponer cuidados, a doblar abejas...", el poema seguía, como si lo supiera ahí, entre el barro y los dibujos erizados: "…abejas en pañuelo de agua dura". Le gustaron los apellidos tónicos del autor, Lezama y Lima, memorizó los versos sin decirle nada a Juan María, era su secreto, su mínima ventaja, disponía de su propia clave para los inquietantes dibujos de los últimos días. El pañuelo de agua dura, las abejas dobladas.

Regresó a su casa bajo la lluvia, sin prisa. Había perdido la rabia exagerada que le daba empaparse vestido. Al inicio del camino, en el entronque con la carretera, vio a la norteamericana en su jardín. Recibía la lluvia, envuelta en un enorme plástico verde. Antón la saludó de lejos.

La mujer tenía unos setenta años y no tenía otra compañía que su Fox Terrier blanco. No habían cruzado palabras, pero de algún modo él sabía que aquella soledad era buscada, que estaba bien así. Le hacía pensar en fotografías agradables y tristes. Pescadores en lagos quietos, rodeados de árboles oscuros.

Como si intuyera que su soledad era de otro orden, el Fox Terrier lo seguía hasta su casa, entre volteretas y ladridos amistosos. Una mañana, Antón lo dejó entrar. Le gustó la forma en que el perro escogió un rectángulo de sol para tenderse.

Galia se quejó de los pelos que la hacían estornudar y se le metían en la garganta ("¡Tengo voz de French Poodle!"). El perro entendió el repudio y se acostumbró a buscar a Antón cuando su mujer no estaba en casa. Enterraba en el jardín cosas absurdas que traía de la carretera —el brazo de un muñeco, un oxidado destapador de refrescos– y luego entraba a dormir, siguiendo las cambiantes ubicaciones del rectángulo de sol.

Bajo la lluvia, mientras la anciana respondía a su saludo, Antón vio que el perro comía excremento de caballo. Se quedó inmóvil hasta que el animal llegó a saludarlo. Le dio asco que le acercara sus bigotes mojados y verdosos.

Al día siguiente, se sorprendió del gusto que le dieron los ladridos y de su premura para abrir la puerta.

En sus muchas horas perdidas recordaba los días en que conoció a Galia. Se acababa de retirar de la ingeniería y había decidido perder dinero en una obra de teatro. La palabra *productor* era un poco excesiva para alguien que no haría otra cosa que invitar a los actores a un par de cenas y pagaría la mitad de la escenografía, pero le gustaba que lo llamaran así.

La obra era un fraude ubicado en Brooklyn, lleno de clichés de la cultura pop. En México jamás hubiera llegado a escena si el dramaturgo hubiera sido turco, asturiano o yucateco. Antón abandonó el texto después de leer un tercio, pero le cautivó la disponibilidad de los actores, un grupo ávido de ser modificado. En la cabecera de la segunda cena, Antón estuvo a punto de rezar para que Galia no se sentara a su lado. Era de una belleza dolorosa, intolerable. Pero ella fue la última en llegar y los demás dejaron vacío el asiento junto al productor. En la obra que ensayaban, el azar trabajaba como el más burdo de los empresarios, la fuerza del destino de un escritor sin talento. Esa noche, la realidad fue igual de obvia: la suerte de tener a Galia al lado parecía forzada.

Estaban en un restorán veracruzano –enormes redes pendían del techo con un botín de peces de madera–, y la decoración lo llevó a improvisar la fantasía de comprar un faro para retirarse; le resultó extrañamente verosímil apropiarse de un trozo de costa, tal vez porque sus posibilidades de dispendio destacaban en esa mesa donde nadie tenía dinero para cambiar de coche o porque bebía un coctel dulce y mareador. Alguien recomendó las playas de Veracruz. Y en Xalapa había buen teatro. "Está a una hora del mar y ahí sobran los polacos." Por lo visto, donde había polacos, había teatralidad. Antón se entusiasmó, dispuesto a cambiar su faro imaginario por una cabaña en los lluviosos bosques de Xalapa o a hacerse de las dos cosas, que para eso era productor. Luego llegaron los huachinangos, un pedante habló de pintura renacentista y la técnica de témpera de huevo, y Antón narró más viajes de los que había hecho a Florencia, recordó haber comido uvas místicas en las colinas de Fiesole que lo llevaron a entender de otro modo a Fra Angélico, siguió con su discurso desbocado y con el coctel dulce, feliz de que todo fuera tan mudable, hasta que la noche se condensó en un momento sensual, como si estuviera ante un melón abierto, un fruto bajo un sol rabioso, y hundiera su rostro en las semillas fragantes: Galia puso su pie descalzo en el empeine de Antón. Qué empresario tan burdo y efectivo era el azar.

Galia tuvo un papel menor en la obra; la escenografía, hecha por un beato de la modernidad que reverenciaba los cómics como Libros de horas, costó más de lo previsto; develaron la placa de cien representaciones sólo porque la obra trataba de moteles donde los hombres eran duros y los coches sentimentales y del béisbol como una lotería trascendental, temas que el cine había prestigiado hasta la banalización. También porque el apuesto dramaturgo de Brooklyn había posado para un anuncio de lentes oscuros.

A Antón le gustó firmar cheques para pagar sueños ajenos, pero no quiso apoyar una segunda obra, en parte porque temía que una vida de edificios y presas ardiera en unos cuantos fracasos teatrales, y en parte porque el nuevo sueño del primer actor era liquidar al director, quien a su vez soñaba con descuartizar al escenógrafo. El próximo proyecto consistía en canibalizar el anterior.

Convenció a Galia de ir a las afueras de Xalapa para llevar una vida de pioneros, su isla de Crusoe, con puentes levadizos para volver a la realidad cuando quisieran.

Se apasionó por los métodos para combatir la humedad, los matices en los granos y el molido del café, las muchas recetas que podían prepararse con hoja santa.

En una cafetería vagamente vienesa buscaron polacos teatrales. No dieron con ellos, pero en cambio conocieron a unas ancianas que hablaban con morbo sabroso de la lengua de San Nepomuceno, el cuerpo de Santa Electa y otros incorruptos prodigios de Praga. A Antón le divirtió oír esas brumosas anécdotas. Poco a poco, el productor que podía modificar el destino de los otros como si tuviera un yate anclado al fondo de cada conversación empezó a llenar horas largas con la fumigación de las mañanas y el café de las tardes.

Ahora (ahora que Susana salía de otro tiempo y le traía emociones y discordias viejas, que no alcanzaban a afectarlo), Antón revisaba los primeros meses en las afueras de Xalapa con los cambiantes espejos de la aventura y el descalabro. Las novedades que debían gustarle a Galia —la arcadia sin horarios ni presiones citadinas— se dieron prisa en volverse rutinarias. Tal vez en esa noche bajo las redes con peces de colores, lo interesante no fue el cambio sino su posibilidad; los mejores planes existían para no cumplirse, pero él, tan afecto a las líneas moradas que demarcaban límites y muros, cometió el error de llegar al horizonte. Se sentía obligado a verlo así en vísperas de Susana y la necesaria comparación de sus vidas. Galia no regresaría a mejorarlo, al menos no esa tarde. ¿Qué cuentas podía entregar? Leonor, su segunda exesposa, tenía tres hijos cuando la conoció y no quiso otro. Sus tres hijastros lo apreciaban lo suficiente para tratarlo como al tío remoto al que no se le guarda ningún rencor. Su paso por la ingeniería se perdía en el gigantismo de la profesión. Colaboró en obras inmensas que se disolvían en el anonimato. ¿A quién le importaba saber que México fue uno de los primeros países donde un puente dio la vuelta?

La casa tenía timbre pero ya sabía que ella no iba a encontrarlo. Un rasguño en la madera.

Como Galia, Susana nunca llevaba paraguas. Llegó con los anteojos empañados y gotas brillosas en el pelo.

Pocas cosas le gustaban más que recibir a Galia empapada. En cambio, Susana imponía una tristeza franca, y no ahora, con el pelo cenizo y el cuerpo enjuto; siempre había sido así, alguien que pierde con la lluvia.

Iba vestida de negro, por la amiga muerta. Nunca había tenido buena ropa; telas con lamparones de grasa, vestidos que soltaban hilos y olían raro. Llevaba un broche de plástico rosa, con un diseño floral.

Sonrió y Antón se sintió incómodo ante sus dientes pequeños; se reía como quien ignora algo, un gesto loco, suelto.

–Qué bien –Susana señaló la vasija como si buscara un objeto a la mano para justificar su sonrisa. Se acercó a la cerámica. Sus lentes tenían un grosor alarmante; paseó la mirada en forma circular, hipnótica y se volvió hacia Antón–: Me estoy quedando ciega –volvió a sonreír.

Antón la vio sin responder. ¿Estaba borracho cuando la invitó? Fue a preparar café. No quería sentarse a su lado. Temía olerla, olerse en ella.

Sabía poco de Susana. Había aceptado con resignada civilidad que fuera feliz en otra vida; en algún momento –un año perdido entre tantos–, alguien le habló de su socia o su pareja –términos repentinamente intercambiables– y se asombró de su indiferencia. En cambio, ahora unos segundos bastaron para incomodarlo. El pelo cenizo, abrillantado por las gotas, las arrugas en torno a los ojos sugerían a una mujer distinta, pero los dientes chicos, la risa suelta, descolocada, pertenecían a la mujer que quiso sin atreverse a retenerla, a aceptar que la amaba con intenso desorden. De modo extraño, los rasgos de siempre le traían un horror anterior, que en nada tenía que ver con ella, el sótano con escalones de sombra, las alas que rozaban su rostro como una caricia adversa, los pasos que lo dejaban solo. No podía ser que Susana le importara tanto. En veinticinco años sin hijos apenas podían vincularse a través de recuerdos vagos, retocados por las personas que remotamente habían sido.

—Te ves bien —dijo ella, con una sonrisa ambigua, como si le reprochara verse bien o como si subrayara que el elogio venía de alguien que se estaba quedando ciega, alguien tan indiferente al gusto que podía llevar ese broche de plástico rosa.

Susana había adelgazado, un triángulo de huesos bajo el cuello, una fragilidad acentuada por el luto. Sin embargo, sus manos, nariz y pies habían crecido.

—Qué frío.

Antón fue por una cobija; se la colocó en los hombros, vio un lunar en la piel pálida, desvió la vista.

—Gracias.

Tal vez por culpa de esa risa desprendida Antón habló demasiado. Elogió el campo con sensato ecologismo, mencionó hormigas nocturnas y raros tulipanes, dejó entrever que su vida no era tan sedentaria como parecía.

Mientras tanto, Susana alteraba el cuarto sin moverse. Los muebles parecían accidentales, producto de cambios sin brújula. Al fondo, las dos cajas seguían sin abrirse.

—Era muy celosa —ella habló con voz apenas audible.

Antón pensó que se refería a sí misma. No. Su compañera acababa de morir y por eso sólo ahora podía visitarlo. Antón la imaginó de unos cincuenta años, más corpulenta y decidida que Susana. Vendían sombreros. ¿Sabía esto o lo inventó por parecerle adecuado? Casi nadie usaba sombreros pero alguien tenía que venderlos, una perfecta ecuación para Susana, su departamento con macetas y pájaros, su mujer grande y posesiva.

—¿No tienes un trago?

—Perdón —Antón fue por la botella de tequila. Sirvió dos copas. Apenas se llevaba su copa a los labios cuando Susana ya había vaciado la suya. La volvió a llenar sin preguntarle.

Susana se quitó los lentes y se frotó los párpados. Cuando abrió los ojos, Antón vio sus pupilas nubladas pero no pensó en la mala vista. Fue la lengua blanca, la punta torpe que salía a lamer el tequila en las comisuras, lo que le hizo suponer que Susana había tomado pastillas, suficientes tabletas para mancharse la lengua y adormecer sus párpados. La extrema laxitud del cuerpo, su modo de abandonarse en los cojines de esa casa desconocida, se debía al tequila, las noches sin sueño, el llanto de semanas que le había hinchado la piel seca, pero quizá también a los sedantes que no iba a mencionar, ciertas cosas se comprenden sin palabras, Susana tocaba la vasija, la mano empezaba a imponer cuidados, a doblar abejas, y él entendía la lengua blanca, narcotizada.

Por un momento temió que soltara la pieza como una síntesis de todos los platos que rompió en su último encuentro. Susana la siguió acariciando, con dedos muy lentos.

Iba a encender la luz pero se detuvo, como si las lámparas fueran un comentario agresivo sobre la mala vista de Susana. Lejos, al otro lado del sendero, brillaba el foco de Juan María.

—¿Estás solo?

La pregunta lo aterró. ¿Quería quedarse? Susana tomaba su tercera copa, recostada en el sillón.

No fue necesario responder: ella debía advertir la ausencia de Galia, no sólo su ausencia física, sino la falta de huellas, su manera de irse dejando la casa intacta.

En el armario colgaba un vestido como una bandera rendida. Antón era pésimo comprando ropa de mujer. El corte no podía ser más simple, un vestido de bazar, pretendidamente hindú, y sin embargo, él escogió la talla equivocada.

La oscuridad matizaba el rostro de Susana. ¿Qué clase de mujer sería bajo la ropa? Juan María sabía calcular las formas antes y después del horno; en cambio, era incapaz de retener en la mente un cuerpo que había dormido entre sus manos.

Poco a poco, como si eso explicara su visita, Susana habló de la enfermedad de su amiga. Necesitaba referir todos los detalles, los gastos, los primeros síntomas, la resistencia de la paciente, la buena atención del médico. ¿Estaba ahí por dinero? Antón pensó en ofrecerle un lote baldío, una forma de desviar el tema y apresurar su partida. Pero Susana se anticipó a su comentario: tenía sus cosas en orden; necesitaba hablar, eso era todo, contar con un oído familiar y un poco anónimo. Todo empezó con la piel que cambiaba de color en un dedo, luego vino la amputación, el dedo en un frasco de formol. Habló con el doctor muchas veces, no sabía cómo decirlo entonces y no sabía cómo decirlo ahora, pero simplemente no podía tirar ese trozo de su amante. ¿Es tan raro atesorar la primera muestra de un cuerpo que se va? "Por supuesto que no", el médico la abrazó mientras lloraba, él había visto cosas indescifrables y sin embargo comprensibles, lo importante era mantener el ánimo, guardar el frasco, pensar en la amiga.

—¿Otro tequila? —preguntó Antón. Susana tentaba la mesa.

—Por favor.

La lluvia no perdía intensidad. Susana iba a seguir en la casa. El agua podía ser su pretexto. ¿Por qué carajos escogió ese lugar para vivir? Pensó en las mariposas, manchones blandos entre las vigas de la terraza.

Escuchó unos ladridos. Se incorporó de prisa. El Fox Terrier lo llamaba desde el jardín.

Abrió la puerta y el perro entró salpicando agua. Descubrió a Susana y de inmediato la hostigó; se le acercaba un poco y luego reculaba, sin dejar de ladrar.

—Qué lata —dijo ella, con total indiferencia.

Antón tomó al perro (un desagradable cuerpo flaco bajo el pelo mojado) y lo llevó a la recámara. Cerró la puerta. Al menos ahora tenía un pretexto para que Susana no entrara ahí.

Volvió a la sala. Susana había colocado una pequeña caja blanca en la mesa de centro.

—Un secretito —señaló la caja.

Aun en la penumbra, Antón fue incapaz de sostenerle la mirada. Los ojos de Susana se veían opacos, vaciados.

El perro rasguñaba la puerta con furia. Al abrir la caja, Antón entendió los ladridos. Apenas pudo ver la carne en su lecho de algodón. Trató de creer que era un gusano, el gusano de una mariposa, pero ya sabía, aun antes de buscar las inconcebibles alas, sabía sin acabar de aceptarlo, que era un dedo. Tapó la caja como pudo.

—Estoy borracha —dijo Susana, las lágrimas le bajaban por el rostro—, perdóname. No sé qué hacer con él.

—Está bien —dijo Antón, y supo que no había nada más lógico y doloroso que recibir a Susana para hablar de su calvario médico, la cariñosa codicia para salvar algo de su amiga, un trozo de cuerpo como otros guardan un diente de leche o un mechón en un álbum, y luego la soledad, buscar a alguien que no le importaba mayor cosa pero que en otra vida la había querido con suficiente desesperación para no decirlo y sufrir por eso, nada más lógico y doloroso que confesar el preciso espanto de tener una reliquia de muerte entre las manos, lo primero que salvó de su amiga y lo último que debía perder, algo de lo que no podía desprenderse sin ponerse a prueba ante él, sin darle la oportunidad de saberla loca, enferma, devastada–: Está bien.

Susana volvió a acariciar la vasija, con enorme lentitud, atenta a una música inaudible. Antón creyó ver un hilo blanco en sus comisuras, una saliva espesa. Ella había calculado bien el efecto de las pastillas, la dosis justa para dormirse ahí, sin que cupieran explicaciones, con la muda intensidad de las manos que aferraban la vasija de Juan María. Ella le permitía una piedad final, el suave asombro del que llega demasiado tarde a las pasiones de otros. Su respiración era la de alguien que dormía pero aún acariciaba los surcos con su tacto de aprendiz de ciega, la textura que esta vez no iba a romper, ahora que él iba al cuarto a liberar al perro.

Quería acabar con las uñas en la madera, las uñas como agudos arcos de Arvo Pärt, y no le importó que el Fox Terrier anduviera suelto mientras ella dormitaba.

El perro corrió hacia la mesa de centro, hurgó en la caja blanca y fue a la puerta de entrada. No tuvo que rasguñar para que Antón abriera.

Buscó un sitio entre los charcos y excavó donde antes había enterrado el brazo de un muñeco.

Antón cerró la puerta. Regresó a la casa y se sentó junto a Susana. Le limpió las lágrimas. Ella sonreía con una conformidad extrema, una burbuja de saliva se había formado entre sus labios. Antón la recogió con suavidad. Acarició las manos de Susana dormida, y entre ellas, la vasija de Juan María, la tierra salvada del túmulo. Tardó en advertir que sus ojos mojaban a Susana. Ella respiraba con suavidad, en un sueño profundo.

Salió bajo la lluvia y caminó al taller de Juan María.

—Mi primera mujer está en la casa —resopló, exagerando la pausa—. Tiene un dedo en la bolsa —pronunció la frase sin pensar, como si deseara pulverizar la realidad que el perro había normalizado.

Juan María le sirvió un trago; ahora él bebía para entregar algo.

—En Holanda conocí a un tipo que estuvo en la Segunda Guerra. Llevaba la oreja de un judío colgada del pecho, en una cadena de oro —Juan María habló despacio, como si la vida nunca terminara de develar atrocidades—. Lo conocí en una exposición. Coleccionaba arte. Me negué a venderle una pieza, pero de todas formas la compró, a nombre de otra persona. Hay conocedores muy ruines —Juan María sonrió; la sordidez de la historia estaba en el buen gusto del villano.

Antón habló del entierro que el perro hizo en su jardín, tranquilo después de oír una historia más atroz que la suya.

—Horneé las piezas —dijo Juan María.

En una mesa larga estaban los resultados de la última quema. Al final, una charola contenía formas inconfundibles: panes y galletas. Antón se acercó a las piezas de Galia. Había algo absurdo y entrañable en que las sesiones con Juan María condujeran a esa inútil panadería.

Tomó una galleta y la rompió en dos. Partió los panes uno a uno y le dio gusto hacerlos migajas. Seguramente ella ya los había olvidado, atenta al guión que se desviaba según los variables entusiasmos de su voz, un radioteatro de heroínas recién bañadas y descalzas, dispuestas a subir veloces escalones, imposible decir por qué pero así era, Galia sugería pies ágiles, un impulso para salvar distancias, rendir una bandera en su cuarto, dejarlo con esos panes de juguete que él rompía con dedos inseguros.

Al cabo de un rato, se limpió las manos en el pantalón y encendió un cigarro. El ceramista trabajaba en el torno con una espátula.

Antón acarició un vaso alto. Un trazo de azul cobalto recorría la superficie, sin principio ni fin. Por un momento, recordó a Galia reflejada en la vitrina del museo de Xalapa, ante unas urnas funerarias. Ella había dicho algo del barro y los destinos de los que sólo queda una taza o una cuchara; mientras tanto, él veía la milagrosa sonrisa en el cristal, el diente apenas encimado.

Las cosas de tierra unían las rondas de la vida y la muerte, esa era su sencilla lección y, sin embargo, había un fondo de misterio en su trato con esos burdos materiales; la vasija en las manos casi inertes de Susana y los panes torpes de Galia le entregaban algo que no acababa de entender.

Pasó el resto de la tarde ayudando a Juan María a sacar la pedacera al pórtico del taller. El trabajo físico lo llevó a una calma sin ideas, o más bien a una planicie donde las ideas eran de otro tipo. Susana iba a necesitar un guía para no perderse en el camino de regreso, siempre había sido muy distraída. Le pediría que lo llevara, no la incomodaría con bultos ni maletas, lo suficiente para pasar los primeros días en la Ciudad de México y una maceta con esos brotes que costaba trabajo mantener en los sitios que no eran muy húmedos, pero que Galia sabría cuidar, tenía tan buena mano con las plantas.

Volvió a acariciar el vaso con la espiral azul y lo dejó en la mesa. Juan María entendió que quería irse: alzó una mano manchada en señal de despedida.

Antón salió a la noche. Afuera, había dejado de llover.

EL EXTREMO FANTASMA

–Aquí sólo el calor es real –Uribe empujó el sobre en el escritorio–: imaginaste demasiado, tuviste un sueño de mierda –la voz asmática se sumó a las cosas que impulsaban a salir del cuarto: el salitre en la pared, la camisa turbia del patrón, el puro apagado, la ceniza que empezaba a oler de otro modo en ese plato con un absurdo escudo de los Rayados.

Horas después Irigoyen caminaba rumbo al embarcadero. La maleta le pesaba como si llevara un cuerpo para tirarlo al mar. Por alguna razón, la idea de un hombre tasajeado (los ochenta kilos de un defensa o los ciento veinte de Uribe) lo entretuvo hasta alcanzar la orilla. El río inmóvil, de un color terroso aun a la luz de la luna, se mezclaba con un mar sin olas. Al fondo se veían los mecheros de las plataformas petroleras y los focos rojos de un tanquero. Irigoyen se volvió a la derecha; fue como beber el trago que ya sólo sirve para destruir los anteriores, para desviarlos hacia una tragedia elegida. Vio la sombra escalonada del estadio, el poderoso delirio del vasco Uribe.

La luna se ocultó un instante y borró el camino que descendía entre hierbajos y la basura del domingo. Irigoyen se sentó en la maleta. Respiró la noche, un olor hondo, a gasolinas lejanas y plantas que se pudrían junto al mar.

Llevaba la carga del lado derecho y el tobillo empezaba a molestarle. Hubiera querido acabar con ese cosquilleo, borrarlo como borró su infancia con la mujer que se abrió para él a cambio de unos pesos. Siempre era así con las lesiones; volvían cuando les daba la gana. Se vio a los catorce años, la nariz rota por el codazo de un lateral derecho, en la cama de esa mujer que olía a plantas mojadas; se vio llorando al poco rato, en la banca de un parque, como un cobarde que, sin embargo, se atrevía a llorar con la nariz rota. Mientras bajaba por el camino recuperó lesiones menores, la uña desprendida por el pisotón de un uruguayo de nombre olvidado, la camilla que lo sacó del estadio de Torreón entre una lluvia de vasos de cerveza y orines, los dos dientes que dejó en el campo de Tegucigalpa; no podía quejarse gran cosa, simples trámites de oficina, pero la herida en el tobillo significaba algo distinto. Salió del quirófano para oír al médico de voz cantada: "Soria iba al balón". Atrozmente seguía en Guadalajara, con un clavo en el tobillo, encajado por un fanático de las Chivas, capaz de justificar a Soria, el más competente triturador de la primera división. "Igualito que a Onofre", agregó el doctor.

Cuando abandonaba su infancia y tenía la nariz rota, Irigoyen supo de aquellos huesos raros: Alberto Onofre se fracturó la tibia y el peroné a unas semanas del Mundial del 70. Nunca volvió a ser el mismo y pasó a la leyenda como una amarga hipótesis, por las diagonales suaves y calibradas que no pudo repartir en el Mundial.

—Al menos tú ya tienes la edad de los entrenadores —le dijo *el Zorri* Mendieta mientras le firmaba el yeso con la pésima caligrafía de un portero al que le han pateado las manos demasiadas veces.

Fue ante los dedos de Mendieta que decidió su retiro. Treinta y seis años y ninguna opción de juego hasta la siguiente temporada. Podía imaginar las finezas con que los locutores hablarían de su regreso: "¡Matusalén vuelve a las canchas!" *El Sordo* Fernández, su entrenador, le habló con una voz curtida en los cinco países que habían acabado por echarlo:

—Aprende a recuperar balones.

No soportó la idea de convertirse en un estorbo útil en la congestionada media cancha, de correr en contra de su historia en la punta izquierda. Desde que aprendió a jugar con el viejo Scopelli, no podía moverse de otro modo: el extremo fantasma que dormita a lo largo del partido y de golpe aparece en un rincón vacío.

Escogió un adiós sin fanfarrias, de acuerdo con sus récords discretos: dos campeonatos nacionales, treinta y dos veces con la selección, un buen jugador mediano, sin apodo mágico ni jugadas de gloria, pero que estuvo allí, en la densidad necesaria para que un exagerado anotara de chilena.

Le llegó una brisa olorosa a brea y cuerdas, como si

estuviese ante un agua transitada. La panga apenas hacía dos recorridos; el olor a muelle debía venir del tanquero y las plataformas a las que habían vuelto los maquinistas, enardecidos después del juego. Pensó en Olivia, en su sonrisa equívoca, que parecía significar dos cosas a la vez: "Si ganas, nos vemos en la panga". Olivia entraba en la vida de los otros como si lo hiciera por una ventana. Tal vez él resistió el asombro de tenerla cerca porque ahí el calor amortiguaba las sorpresas.

El Zorri Mendieta fue el primero en hablarle de Punta Fermín, un enclave petrolero que sólo aparecía en los mapas recientes. Un empresario había comprado la franquicia de un equipo de tercera división; ahora los Rayados estaban en segunda y necesitaban un entrenador joven.

–Tu nombre le gustó –dijo *el Zorri*, como si él hubiese alineado con Lángara, los hermanos Regueiro, Cilauren, Zubieta, los vascos de mitología que se quedaron en México y aún llenaban las bocas de los conocedores.

Después de un curso rutinario (las descripciones vagas de cualquier enseñanza nocturna), Irigoyen sacó un diploma de entrenador. Pero fue en el Brindisi, un restorán de pastas cercano al estadio del Atlante, donde empezó su verdadero segundo tiempo. Comía con *el Zorri* y *el Sordo* Fernández cuando vio una figura escapada de algún periódico. El hombre se sentó a la mesa y él tuvo una impresión curiosa: el rostro enjuto, la famosa nariz, la melena ceniza, parecían acentuados en forma propositiva; el cuarto comensal se asemejaba *en exceso* a César Luis Menotti, había algo irreal en la repentina proximidad de ese entrenador de fábula. De un modo o de otro, eso lo decían todos, a Menotti siempre le iba mal. Su gloria de campeón del mundo pasaba por el lento crepúsculo de los equipos que juegan de maravilla y no ganan un carajo. En aquella mesa, agobiado por la presentación del *Sordo* ("un nuevo colega"), Irigoyen escuchó al entrenador argentino. Se había hecho cargo de la selección y pensaba jugar al fuera de lugar en un país donde el Cruz Azul le sacó el campeonato al Atlético Español con tres goles en fuera de lugar; defendería el achique en canchas donde la táctica consistía en dejar crecer el pasto e inundarlo media hora antes del juego. Supo que Menotti estaba en México para joderse; también supo que ese fervor era transmisible.

Le sorprendió que todo cupiera tan fácilmente en su maleta. Había juntado pocas cosas y por alguna razón esto le pareció el sello de los divorciados sin hijos. Imaginó Punta Fermín como un territorio tan baldío como su vida reciente. Aquel nombre sin apellido declaraba su falta de historia. Nada había alcanzado a durar ahí. El equipo, el estadio, la ciudad misma, eran más jóvenes que él.

El vasco Uribe le mandó un chofer al aeropuerto de Cancún y durante tres horas Irigoyen vio una meseta plana, de árboles bajos, que no se parecía a nada, o en todo caso se parecía a alguna película de África.

—Le doy una vueltita —el chofer aminoró la velocidad al entrar al pueblo. El calor se hizo más intenso.

Recorrieron una calle larga, llena de ofertas de contrabando. Una tienda mostraba un lagarto vivo, en una jaula de palos. Un poco más adelante, un cerdo estuvo a punto de meterse bajo la camioneta. Pasaron junto a unas muchachas que comían hielo azul.

—¿Qué tal las chamacas? —preguntó el chofer. Irigoyen vio las piernas escuálidas, los pies en sandalias de plástico transparente—. Esperan a los petroleros de las plataformas. Ellos vienen a Punta cada quince días. Dicen que estar cerca del petróleo lo pone a uno muy caliente. ¿Será?

Irigoyen preguntó por el hielo azul.

—Le ponen un jarabe que viene de Panamá. Aquí todo es importado. Hasta nosotros somos de importación. ¿Quién va a nacer aquí? No había iglesia ni plaza con kiosco ni cancha de basquetbol. La presidencia municipal era un rectángulo que apenas se distinguía de las tiendas de aparatos de contrabando.

Atravesaron un fraccionamiento que parecía recién construido y recién abandonado. Luego tomaron una carretera que recorría la meseta de piedra. A la derecha, el mar quieto contribuía al calor.

Irigoyen vio una bandada de loros; la cauda verde los acompañó un rato y descendió hacia un punto en el que debía haber árboles. Al poco rato avistaron las primeras frondas.

—Aquí hay plantas por el cenote —explicó el chofer.

Dos ríos subterráneos afloraban en una boca de agua. El vasco Uribe había comprado todos los terrenos húmedos en torno al cenote para construir el estadio, la casaclub y una mansión que dominaba el Caribe.

Pasaron bajo una arcada con letras verdes y blancas: Rayados Football Club. El equipo se llamaba así por una tribu que habitó en la zona, nómadas que se rayaban el cuerpo con cal y desaparecieron sin dejar pirámides ni ofrendas. Lo único que recordaba su borroso paso por la península era la camiseta del equipo.

—Un equipo de Monterrey se llama igual —dijo Irigoyen.

—No importa —dijo el chofer—. Ellos están muy lejos. ¡Mire nomás qué chulada!

Habían entrado a las propiedades de Uribe. El chofer señaló algo que podía ser la boca de agua rodeada de piedras, el césped impecable, la casa con balcones.

Irigoyen bajó de la camioneta. Lo aguardaba un hombre inmenso. El puro, de un grosor lujoso, lucía esbelto en sus dedos.

Apretó la mano de Uribe, una mano áspera, que parecía salida de la meseta de piedra.

—Vas a estar feliz —el vasco lo tuteó, con el aire de ganadero de tantos directivos, sin esperar reciprocidad.

Fueron a la casa. Atravesaron una sala amplia, con suelo de mármol. Una profusión de alfombras árabes agobiaba el ambiente. Por suerte no se detuvieron ahí; llegaron hasta una terraza al otro extremo. Irigoyen supo que la construcción se justificaba por ese punto de vista: desde los sillones de mimbre se dominaba el estadio y la cancha misma (las gradas recorrían el campo en herradura, dejando libre la cabecera que daba a la mansión del propietario). Irigoyen distinguió las redes suaves de la portería sur.

—¿Un coctelito? —a Uribe le costaba trabajo respirar y su lengua hacía un ruido rasposo; parecía urgente que tomara algo.

Irigoyen se volvió. Una muchacha había llegado sin hacer ruido. Estaba descalza; tenía los ojos achinados y el pelo lacio de las muchachas a las que había visto lamer hielo azul.

—Olivia —respiró el vasco.

Por primera vez Irigoyen vio la sonrisa ambigua, como si ella estuviera ante algo repugnante que, sin embargo, le gustaba.

Tomaron un licor verde, fresco y denso. La travesía, el calor y la bebida situaron a Irigoyen en un plano de irrealidad. Con el crepúsculo, el césped cobró un resplandor extraño, como si absorbiera las últimas reservas de luz.

—Estoy muerto —dijo Irigoyen.

—Acompáñalo, m'ija —Uribe se dirigía a la muchacha con un afecto impositivo, como si su autoridad no derivara de un salario.

El búngalo destinado al entrenador resultó agradable. Televisión con canales de Miami, ventilador en el techo, regadera para dar masajes de agua.

Encontró un plantel con cinco veteranos de la primera división, una docena de novatos y Marcelo Casanueva, el préstamo del Cruz Azul que exigió en su contratación. En los vestidores imperaba el olor a lodo, sudores y cueros gastados de todas las canchas, el recordatorio de que el futbol surge siempre de la misma pobreza. Tal vez porque llevaban algún tiempo sin ver a nadie los jugadores lo escucharon con sobrada atención, como si hablara de cosas al otro lado del mar.

Después de la visión semidesierta que recogió en Punta Fermín, le sorprendió que el estadio se llenara cada dos domingos. A pesar de los infernales traslados en autobús para sus juegos de visitantes, el equipo corría con eficacia y Marcelo Casanueva encabezó pronto la tabla de goleo. En la temporada anterior, Marcelo había debutado en el Cruz Azul, pero denunció a su entrenador por cobrar primas en los traspasos y fue enviado a calentar la banca. Tenía tantos deseos de jugar que aceptó la invitación al fin del mundo. Era el tipo de jugador que Irigoyen admiraba y detestaba: un santurrón de pelo engominado, lleno de supersticiones, que se quedaba a practicar tiros libres después del entrenamiento, sin que nadie se lo pidiera. Aunque sus goles eran un evidente triunfo de la voluntad, no podía responderle a un periodista sin mencionar a Dios. En su mirada y en su estilo de juego, de una puritana eficacia, había una incapacidad de disfrute que ponía en evidencia los placeres buscados por los otros. Aun al comer parecía regirse por una disciplina superior; masticaba hasta el hastío, jamás buscaba la salsa o la sal. Después de diez partidos resultó obvio que la segunda división le quedaba chica; sin embargo, no no quiso recibir a los *scouts* del Atlas que fueron a verlo. Irigoyen agradeció su lealtad y Marcelo miró desagradablemente al cielo, como si fuera entrenado por Dios.

Entre semana, las plantas y el mar aislaban a Irigoyen y sus jugadores. Un equipo de futbol está hecho de infinitas horas perdidas en las que se juega a la baraja o en las que hay que trotar sin rumbo. En ocasiones, superar el tedio de las concentraciones y los entrenamientos es más arduo que superar la presión de los domingos. Los integrantes de los Rayados habían dejado a sus familias en ciudades donde había escuelas y donde las habitaciones no se compartían con un compañero. El único con derecho a llevar a su mujer y sus hijos era el entrenador. Aquel búngalo le sobraba un poco a Irigoyen; empezó a desperdigar ropa y toallas para que luciera habitado. No quiso pensar en lo que ese permanente encierro significaría para él y para su gente al cabo de un año. En futbol el futuro era el próximo domingo.

El camión de los Rayados viajaba a Cancún los lunes de descanso. Sus jugadores iban en busca de gringas más o menos imaginarias, salas de videojuegos, un cibercafé en el que escribían cartas sin ortografía, una feria de la que regresaban con absurdos tucanes de peluche. Él prefería quedarse en las instalaciones desiertas del equipo. Mataba las horas con revistas atrasadas, tirando guijarros al cenote, recorriendo los prados de un verdor que enfatizaba la impresión de estar en un oasis asediado por un entorno seco, desvelándose con las películas de la madrugada, que siempre eran las mejores.

Un lunes en que su equipo se encontraba lejos, caminó por una zona de palmas bajas. Llegó a un claro y de pronto sintió algo extraño, como cuando corría en la punta izquierda y una sombra salida de cualquier parte le borraba el balón. Se volvió a la derecha y encontró a Olivia, recargada contra una palma. Un perro le lamía los pies.

–Le fascina. Es por la sal del sudor. Los perros necesitan sal –dijo la muchacha.

Irigoyen vio la lengua que mojaba los dedos. Olivia cerró los ojos, para concentrarse en la caricia húmeda o para que él pudiera observarla sin prisa. Luego alzó las manos y abrazó el tronco que le servía de respaldo. Irigoyen se alejó de ahí.

¿Qué hacía Olivia en Punta Fermín? El chofer le había contado que venía de Veracruz, donde el patrón tenía cafetales y una cadena de hoteles. Irigoyen recordó la mirada brillante de aquel hombre obsesionado por la relación entre el petróleo y el fragor sexual. Lo vio juntar los índices de ambas manos para explicar la relación de Uribe con Olivia. Resultaba difícil creerle a ese conductor que llevaba demasiado tiempo perdido en la costa. Eran otras las piezas con las que él intuía la figura aún difusa de Olivia; la había visto descender de los coches largos que usaban los líderes del sindicato petrolero; la había visto entrar al palco del vasco, vestida con las telas floreadas y brillosas que ahí eran elegantes; la había visto atravesar los prados de noche, sin rumbo descifrable.

Desde el primer partido, Irigoyen entendió la función

secreta del estadio; en las gradas, los hombres del petróleo encontraban a las mujeres que llegaban en canoas y balsas de los caseríos cercanos y no pagaban entrada para los partidos. A las cinco de la tarde, los gritos inconexos, el entusiasmo que no dependía de los lances en la cancha, revelaban que el público se entregaba a sus propios ritos en las tribunas. La cancha de los Rayados era la plaza que faltaba en el pueblo. En ocasiones había golpizas y algún acuchillado, riñas del todo ajenas al partido. A las siete de la noche, servía de poco apagar los reflectores; en las gradas aparecían fogatas, radios con música de guitarras y acordeones. "Cuando se construían las plataformas, hubo que traer mujeres de Chetumal; los hombres enloquecían con estos calores", le comentó Uribe ante un vaso de licor verde. Desde su terraza, los fuegos en las tribunas del estadio sugerían un festejo bárbaro.

El lunes en la mañana la panga se llenaba de mujeres solas. Olivia era distinta; había venido de más lejos y se quedaba en tierra.

En el claro de palmas bajas Irigoyen sintió por primera vez que ella lo miraba de un modo inequívoco.

Regresó al búngalo; se metió en la regadera y la tortura del agua helada lo alejó de los ojos brillantes, las piernas tostadas, los pies lamidos golosamente. Se secó con rabia.

Al retirar la toalla, encontró a Olivia:

—Quería verte.

A partir de ese momento Punta Fermín fue el talle estrecho de Olivia entre sus manos, los pezones oscuros, el olor vegetal que exhalaba su garganta, los pies manchados por la hierba, los ocasionales vahídos del perro que la esperaba afuera del búngalo.

Olivia hablaba poco; en cambio, su sonrisa decía demasiado, como si contradijera sus motivos. A Irigoyen le divertía pensar ese gesto a la manera de un penalti: la finta hacia un lado, el tiro al otro.

Al despedirse de él, decía: "El señor me espera", en el tono que Marcelo Casanueva usaba para sus citas con Dios en el área chica.

Era difícil guardar secretos en el encierro de los Rayados. El vasco debía conocer y, de un modo complejo, aceptar su trato con Olivia. A Irigoyen le sobraba tiempo para pensar junto a las piedras pulidas del cenote, viendo los giros de las golondrinas, y llegó a una hipótesis que lo hubiera inquietado en otro sitio pero que en ese ambiente suspendido adquiría una suave normalidad: Uribe lo contrató porque era un solitario y podía ser vigilado por Olivia, una razón tan caprichosa a fin de cuentas como la que le dio el *Zorri* Mendieta: "Tu nombre le gustó". Irigoyen acabó por acostumbrarse a esa ironía: él, que despreciaba el marcaje personal, era custodiado hasta la intimidad.

Quizá el sol calcinante y la lejanía de las ciudades tuvieron que ver en su tranquila aceptación de esa vida llena de pausas, horarios extremos (insomnios bajo las tormentas tropicales, un sueño de piedra en las interminables carreteras), domingos de estrépito, lunes desiertos, Olivia repartida entre el búngalo, la casa de Uribe, el local del sindicato, los bailes de los que algunas veces le hablaba y que, según sus ánimos, él vislumbraba como fiestas pueblerinas en las que se rifaba alguna iguana o como orgías con un decorado irreal: palmeras en macetas de oro, camastros inmensos de dictador centroamericano. El entorno lo asimilaba paulatinamente a otra lógica. Además, Irigoyen tardaba en preocuparse de lo que ocurría en proximidad, lo sabía demasiado bien y volvía a recordarlo cada vez que encontraba un pasador de su exmujer en el último pliegue de una maleta. Imaginaba las cosas de acuerdo a la posición que ocupó en la cancha; lo suyo fue correr junto a la línea de cal, llenar un hueco repentino en el extremo izquierdo, anticipar los viajes del balón, nunca ser el que está sino el que va a estar, mantenerse un poco al margen, como si ya supiera desde entonces que su destino continuaría fuera del campo, en la banca de entrenador, en esa costa del Caribe donde el país extrañamente seguía existiendo.

A fines de mayo el cielo reventó en aguaceros y un vapor caluroso se apoderó de las noches. El pelo de Olivia se volvió más rizado en ese clima; se veía siempre húmedo, como una señal de lo que pasaba afuera. Un día en que llovió temprano y ella no pudo visitarlo, la televisión trajo noticias de Menotti. Su equipo había jugado como nunca, pero hubo cambios en la Federación y el entrenador renunció entre una ola de calumnias. Irigoyen recordó la voz del *Sordo* cargada de fracasos: "En este negocio el que piensa pierde; cuídate, ese es el peligro de los porteros y de los que juegan en punta; les sobra tiempo para tener ideas". El portero solía ser el excéntrico del grupo; sus talismanes al pie del poste, sus vistosas sudaderas, sus rezos de rodillas en el área chica lo apartaban del resto. Con el extremo izquierdo pasaba algo parecido; allí se acababa el equipo, todo se volvía zurdo y adquiría una urgencia final. Hasta él desconfiaba de esa zona y entraba a la cancha con el pie derecho que nunca le sirvió gran cosa para patear balones. "Lo más grave es pensar fuera del estadio; los directivos nunca perdonan que tu vida siga en otra parte; en alguna ocasión me creí un individuo y me jodí", *el Sordo* Fernández se demoraba en las lacras del futbol, como si los horrores se mitigaran al detallarlos; hablaba como si el número once no representara un puesto en la cancha sino una conducta.

Irigoyen subió el volumen del televisor:

—Vino de lejos, se aprovechó de nosotros —declaró un locutor a sueldo de los nuevos funcionarios de la Federación. Se refería a Menotti. ¿También lo echarían a él de Punta Fermín? El mundo se había vuelto un sitio impaciente donde un entrenador debía hacer las maletas al perder tres juegos seguidos. Los Rayados jugaban bien, pero el sinsentido que le traía la televisión lo obligó a recordar que el vasco se ufanaba de sus arrebatos ("Mandé hacer siete veces esa pared"), alardes con los que refrendaba su autoridad. Un domingo llenaba la tribuna de tamboras y quince días después prohibía la entrada de músicos. Podía despedir a Irigoyen por cualquier cosa y, aunque no lo hiciera, ¿cuánto tiempo podía aguantar él en esa orilla donde el agua de beber llegaba en barcos y donde nadie tenía un motivo preciso para apoyar al equipo?

El patrón Uribe atendía negocios en Veracruz y la capital, y solía apartarse semanas largas de su mansión. Al regresar, se quejaba de las plantas que invadían las habitaciones y regañaba con desplante teatral a los jardineros mayas que apenas le entendían.

En uno de esos regresos fue al búngalo de Irigoyen y encaró al entrenador como si fuera responsable de las enredaderas que ganaban terreno durante su ausencia:

—¿Cómo ves al equipo? —el tono de voz denotaba que él lo veía muy mal.

Iban en cuarto lugar, ¿qué más podía esperarse de un equipo primerizo?

—Los punteros no siempre llegan a la final, hay mucho desgaste en la cima, mucha presión. Como van las cosas, podemos pasar a la liguilla y ahí dar la sorpresa.

El vasco lo estudió durante unos segundos. Luego dijo:

—Me gustó esa pendejada que dijiste: "Hay mucho desgaste en la cima…" Cuida a los muchachos. Cuídate. Tienes un equipo a toda madre —le dio una palmada en el hombro y volvió sobre sus pasos.

Irigoyen no entendió la escena, ni trató de hacerlo; desde sus tiempos de jugador había renunciado a buscar argumentos en los directivos. Sólo tenían razón cuando pagaban.

Las razones de Uribe se agotaron un viernes de quincena: los jugadores no recibieron sueldo. El vasco le echó la culpa a la caída del precio del petróleo. El sindicato tenía que ajustar gastos. Pasaron semanas de enredo en las que se habló del Golfo Pérsico, de barriles que nadie había visto y, sin embargo, los afectaban. Cuando los salarios se normalizaron, nadie tuvo ánimos de protestar por la mala noticia con la que el patrón encendió su puro: se suspenderían las primas por pasar a la liguilla.

—No hay dinero. El petróleo está cabrón.

Nadie tuvo ánimos de contradecirlo.

Irigoyen se empezó a hartar de esa lejanía en la que todo acababa sucediendo de otro modo. Las flamas que punteaban el horizonte se convirtieron para él en un límite irracional y definido. Aunque subiera el precio del petróleo, se iría pronto.

Una noche, mientras Olivia dibujaba con el dedo en su espalda sudada, Irigoyen le pidió que se fueran al terminar el campeonato. Ella replegó las piernas, se abrazó las rodillas:

—Sólo si ganas —dijo, como si eso fuera imposible.

La prensa deportiva los consagraba como la revelación de la segunda, pero Olivia atendía a otras claves. Se apartó el pelo con un soplido; los ojos le brillaron de un modo inconfundible cuando dijo:

—Te conviene irte antes. Yo paso mucho tiempo con el señor.

Irigoyen tardó en entender la relación entre ambas frases.

—¿Qué te dijo?

—Los equipos de primera viajan en avión.

Irigoyen recordó el cielo limpio que lo había cubierto durante meses. Había que viajar hasta Cancún para ver la cauda de un *jet*. Estaban demasiado lejos; los grandes equipos no aceptarían un viaje tan costoso y extenuante.

—Además al sindicato le sale más barato un equipo de segunda —Olivia cerró la pinza: no lo dejarían ganar—. Vete antes.

Irigoyen insistió en que partieran juntos. Ella repitió, con la sonrisa que significaba cualquier cosa, que para eso debía ganar. Había un énfasis deprimente en su mención de la victoria. Quizá porque eso significaba su despido. En sus labios, el título era una desgracia que implicaba partir con ella, atarse a su mala suerte.

El futuro fue el domingo hasta llegar a la liguilla de ascenso. Ganaron sin trabas ante equipos que confiaban en las marcas persecutorias y no anhelaban otra cosa que un gol fortuito, de preferencia a balón parado. Marcelo Casanueva jugó como si ya estuviera en su siguiente equipo. A Irigoyen le repugnaba verlo salir del campo como si ignorara sus proezas, pero sabía que esa era su ventaja: el ariete frío, inconmovible.

La televisión cobró un afecto voraz por los Rayados; el equipo sorprendía, no tanto por sus partidos como por el atrevimiento de ganar en esa lejanía donde nadie esperaba que ocurriera algo.

El candidato lógico para ganar la liguilla de ascenso

era el Atlético Hidalgo. Irigoyen tenía una memoria escurridiza para los infinitos vaivenes de los equipos y los jugadores del futbol mexicano. Era incapaz de recordar en cuántos clubes militó *el Zorri* Mendieta. ¿El Atlético Hidalgo había estado dos o tres veces en primera división? En todo caso se trataba de un equipo malo con tradición, un poco el basurero y otro poco el parvulario que los equipos grandes necesitan para sus vejestorios o sus novatos.

En los primeros partidos de la liguilla Irigoyen habló ante un sinfín de periodistas sudorosos. Todos soltaron la palabra *sorpresa* en la primera pregunta. El futbol sólo existe si pasa por televisión y él se resignó a la cansada monotonía con que los locutores describían los asombros de Punta Fermín. Durante años había detestado a los locutores que "entienden" el partido después de cada gol (si el balón va a las redes, el cretino de turno comenta que el equipo está bien entrenado). Pero con el tiempo, y quizá con la distancia de Punta Fermín, se acostumbró a disfrutar los elogios sin imaginación de los comentaristas televisivos. El largo campeonato había servido para eso, para que los imbéciles se jodieran apreciando a los Rayados. Ante las azoradas cámaras de televisión, el equipo hizo de lo insólito una rutina y llegó a la final contra el previsible Atlético Hidalgo.

Hubo una semana de descanso y un lunes la casa-club se llenó de reporteros llegados en helicópteros y Jeeps de alquiler. Irigoyen esperaba —aunque eso lo entendió después, cuando ya era humillante— felicitaciones idiotas sobre la "magia" de sus Rayados. Pero desde la primera pregunta supo que el clima había cambiado en las nubladas mentes de los comentaristas. ¿Qué se sentía enfrentar a un equipo imbatible? ¿Acaso creía en milagros? ¿A qué virgen se encomendaba?

El vasco Uribe presidía la mesa, tras una nube de tabaco, y permitió un aluvión de intervenciones en las que la inesperada presencia de los Rayados en la final parecía, más que un mérito, un desafío petulante o una ingenua desmesura. De golpe, el Tecnológico, con su estadio en Pachuca, a una hora de la capital, representaba un centro simbólico y poderoso, inconquistable desde las orillas.

Irigoyen odió la conferencia, no tanto porque esa gente hablara del Tecnológico como si ya hubiera ganado la final, sino por haberse entusiasmado con sus comentarios anteriores.

El martes, el *Esto* anunció que el Tec recibiría refuerzos del América, el Atlante y el Guadalajara. La señal era inequívoca: tres franquicias poderosas sacrificaban a sus reservas en favor de un equipo del centro. Irigoyen pensó en los aviones imposibles mencionados por Olivia.

Uribe había ido a la capital para discutir las condiciones de la final en la Federación. Después de conocer los préstamos de última hora que recibiría el Tecnológico, Irigoyen quiso hablar con él. Pasó de un teléfono celular a otro sin oír la asmática voz del patrón.

En vísperas del partido de ida, se agravó el desastre. El autobús de siempre, pintado con palmeras de delirio, fue sustituido por un ejemplar de asientos metálicos. Los

Rayados llegaron a Pachuca dos horas antes del juego, como espectros de sí mismos.

El árbitro se encargó de devolverlos a la realidad: se tragó el silbato cuando quiso, marcó un penalti rigorista y sólo recordó que llevaba una tarjeta amarilla en el bolsillo cuando fracturaron al lateral derecho de los Rayados. El 0-2 les salió barato. El vasco fue a saludarlos a los vestidores. Después de tanto tiempo sin verlo, a Irigoyen le pareció curiosamente rejuvenecido:

—Ni modo, muchachos, se hizo lo que se pudo —aunque buscaba un tono resignado, lucía nervioso. Irigoyen entendió sus temores: aún los creía capaces de una voltereta en Punta Fermín.

Pasó las veintiséis horas del camino de regreso convenciéndose de que nada le convenía tanto a Uribe como perder en la final. Apenas le sorprendió que el patrón lo llamara a su oficina un día antes del partido de vuelta. Reconoció el aire de aquel sitio al que casi nunca entraba; el puro llevaba horas apagado pero el vasco aún lo tenía en los labios, incapaz de pensar en otra cosa que no fueran las ideas rotas que le iba a comunicar:

—Aquí sólo el calor es real —empujó el sobre; Irigoyen distinguió el filo verde de los dólares—. A ver si despiertas: tuviste un sueño de mierda. *El Zorri* me habló de ti y te aposté como esos imbéciles que arriesgan su dinero según los nombres de los caballos. Eras primerizo y tenías los delirios de grandeza que siempre hunden a los equipos. Pensé que con algo de suerte harías una temporada decente, pero nada más. Te debí mandar a la chingada en la primera vuelta. A veces uno se pasa de generoso. Montaste un equipo excesivo, ¿no se te ocurrió que no se puede jugar así en los pantanos? ¡Relevos por los extremos en este muladar! ¿Sabes cómo conseguí mi franquicia? Gente de arriba, con la que no has soñado, necesitaba que los petroleros tuvieran otra diversión que las putitas locales. ¿Crees que nos dejarían llegar a primera? ¿Has visto un avión en este puto cielo? ¿Sabes lo que cuesta transmitir por televisión desde aquí? Nunca va a haber equipos en las fronteras. Aquí no se acaba la cancha, aquí se acaba el país.

Irigoyen tomó el sobre con el dinero y observó a Uribe, como si quisiera perfeccionar su desprecio. Sintió un dolor en el esternón, una profunda náusea ante ese plato con ceniza fría. Pensó en ganar. De un modo absurdo, eso también significaba llegar a Olivia.

La cabeza le dolía con fuerza cuando entró al vestidor antes del partido. Supuso que también sus jugadores habían recibido dinero para perder. Algunos, los veteranos a punto de despedirse, no tenían grandes motivos para rechazar un pago fuerte. Otros (por primera vez vio a Marcelo como a un aliado) simplemente no podían aceptarlo; tarde o temprano la noticia del soborno llegaría a algún periodista; no costaba trabajo imaginar una reprimenda ejemplar y exagerada, la suspensión de por vida para varios jugadores y una multa gorda pero a fin de cuentas llevadera para los directivos.

Su arenga duró mucho. Al terminar, todos lo miraron con un respeto que se debía más que nada a que alguien hilara tantas palabras con tan poco aire. Salieron de los vestidores como de una cripta al interior de una pirámide. Nunca la cancha de Punta Fermín le pareció tan fresca. "No jueguen para el vasco, no vean al palco de honor..." ¿Qué más había dicho? De nuevo respiró los olores primarios del futbol; habló del dinero sin gloria, los ídolos de la infancia, las cuentas que tendrían que rendir, todo muy confuso, muy apasionado, poco convincente.

Irigoyen fue el primero en traicionar sus palabras; en el aire que había vuelto a ser ardiente, buscó la piel tostada, el mechón oscuro de Olivia en el palco de Uribe y los líderes sindicales.

Si ganaban se acabaría el equipo; era fácil adivinar el fin de la historia: el vasco estaría obligado a negociar con la Federación y rematar su franquicia a directivos con un equipo en el centro del país. El destino de los Rayados estaba sellado; en cambio, la tarde tendría misteriosas consecuencias para Irigoyen. Se dejó llevar por una idea turbia, insistente: que la decisión de Olivia dependiera del marcador, era un motivo para perder. "Yo también me la estoy jugando", le había dicho mientras él le miraba la marca que tenía en el muslo. Durante meses había besado esa piel lastimada con fervor, como si buscara entrar en contacto con una clave adicional de Olivia. "Me cayó ácido", decía ella para explicar su cicatriz. Resulta difícil creerle; aquella cicatriz hacía pensar en los hombres del petróleo, en los castigos que ella recibiría si trataba de desobedecerlos. Sí, Olivia corría otros riesgos. Las noches pagadas por Uribe habían desembocado en una apuesta. Irigoyen supo, mejor que nunca, que estaba fuera de la cancha.

El partido fue un teatro de errores: los veteranos que llegaban tarde a las jugadas apenas se distinguían de los ansiosos que se barrían demasiado pronto. Por primera vez, Marcelo jugaba del lado de las emociones; erraba pases sencillos y disparaba con un ímpetu que terminaba en el graderío. Lentamente, mientras la ropa se le empapaba de sudor en el banquillo, Irigoyen comprendió su desatino. Su discurso le había sentado mal a todo mundo; era un agravio para los sobornados y un motivo de tensión para los otros.

En el descanso, con el marcador 0-1 y el global 0-3, buscó apaciguar los nervios: jugaban contra sí mismos, no contra el Tecnológico y sus refuerzos, tenían que tocar más la bola, mostrar gusto por el juego; a fin de cuentas, en futbol, el que no se divierte no gana. Leyó la desilusión en las miradas; sus jugadores no le creyeron, o en todo caso creyeron que Uribe lo había visitado en el banquillo con un cheque para modificar sus opiniones. Los jóvenes lo miraron como si la calma fuera un soborno y los veteranos con molesta simpatía. Añadió algún consejo para abrir la cancha y marcar al esquivo número nueve. Nadie lo oyó.

Faltaban veinte minutos para el final cuando Marcelo fue sembrado en el área. Aun ese árbitro que tomaba la violencia como un requisito deportivo tuvo que marcar el penal. El tirador designado era el propio Marcelo. Irigoyen sabía de sobra lo que la adrenalina produce en un cuerpo recién fauleado; sin embargo, el sustituto podía fallar adrede. Dejó que él cobrara. Desde que lo vio correr, con un vuelo desmesurado, supo que la pelota iría muy lejos de la portería. Marcelo tenía tantos motivos para anotar que ninguno acabaría en la red.

Había amanecido. El tanquero se recortaba contra un cielo amarillo. Irigoyen vio el óxido que cubría los costados de la proa. El sobre le abultaba la camisa; aún tenía una oportunidad de grandeza: destruir los billetes. Sin embargo, desde que empacó sus cosas supo que no lo haría; poco a poco aceptaba la idea de una liquidación, exagerada, si se quiere, pero todo había sido un poco confuso en esos calores; elegía un drama menor, una derrota pactada.

En el embarcadero, volvió a sentir el tirón de su vieja fractura en el tobillo. Aguardó hasta que oyó risas lejanas. Al cabo de unos segundos vio los rostros cansados de las muchachas que regresaban de su noche en Punta Fermín. La presencia del entrenador las hizo guardar silencio. Una de ellas le ofreció un cono con hielo azul. Por primera vez probó ese jarabe fragante a pétalos desconocidos. Casi todas las muchachas estaban descalzas. Las vio bostezar, protegiéndose del sol con los antebrazos. Ninguna parecía mayor de veinte años. Al poco rato se encendió el motor de la panga. Irigoyen subió a la madera podrida con el pie derecho, y sintió el empellón que lo alejaba de la costa.

Buscó el estadio detrás de unos manglares. Sólo entonces supo que aún pensaba que Olivia podía acompañarlo. Irigoyen había perdido la apuesta; el equipo seguiría ahí y ella no tenía urgencia de salir, pero tal vez se trataba de otra finta, con ella nunca se sabía. Minutos después, le pareció que alguien lo llamaba. Se equivocó; el viento traía ruidos rotos de cualquier parte.

Navegó río abajo, rodeado de mujeres con sueño, y obtuvo una vista insólita del estadio. Un enclave de felicidad, plantas, prados perfectos. Entonces distinguió una silueta junto al agua. El perro le lamía los pies. Olivia no agitó la mano en señal de despedida; vio la balsa en el río caliente, como si él hubiera llegado para irse, para desprenderse hacia un lugar sin nadie, la punta que significaba el fin del juego.

La alcoba dormida

> La alcoba se ha dormido en el espejo.
>
> VICENTE HUIDOBRO

–Él cenará después –dijo doña Consuelo.

Se persignó de prisa y tomó la cuchara de latón. Me gustaban esos cubiertos superlivianos. Frente a mí, el profesor Rafael se alisó el bigote con tres dedos manchados de nicotina, luego se palpó la corbata, como si apenas recordara que la tenía puesta. Era una prenda común que en él lucía modernísima: un fondo azul cielo salpicado de triangulitos.

–Conque estrenando… –doña Consuelo también había notado el ademán.

Rafael mordió la cuchara; me inquietaba su manera de rematar los bocados; al sentarme a la mesa, no podía dejar de revisar mis cubiertos en busca de las incisivas huellas del profesor. Rafael era su apellido; su nombre entero tenía un sonido descompuesto: Ismael Rafael. Daba clases de civismo y cada dos meses doña Consuelo lo ayudaba a calificar composiciones sobre el himno nacional o la bandera. Doña Consuelo no podía leer sin mover los labios; ya avanzada la noche, el cansancio la hacía repetir palabras sueltas: "arrostrar sin temor"... "la contienda"... "los paladines"...

Desde que llegué a la pensión (doña Consuelo se empeñaba en llamarla "casa de asistencia", como si fuera una institución de misericordia) di por sentado que la dueña de la casa y el profesor eran amantes. El marido de doña Consuelo (el Difunto, como le llamábamos) había muerto hacía varios años.

Ella seguía poniendo su lugar en la mesa y no dejaba de repetir la frase ritual: "Él cenará después". El Difunto era adorado en un altar de platos fríos.

En esa época mis gustos literarios hacían que no me perdiera un momento de patetismo ni una frase sentenciosa. Estaba convencido de que doña Consuelo se entregaba a ese incesante recambio de cubiertos movida por la culpa, por la ignominia perpetrada con el profesor. Era católica de escapulario en cuello y Rafael un judío sefardita que asistía al estricto templo de la calle de Monterrey. Nunca los sorprendí en intimidad mayor que sus sesiones para calificar exámenes, pero no necesitaba pruebas concluyentes; me bastaba ver la fruición con que el profesor mordía las rosquetas de chocolate que ella compraba afuera de la Catedral —cada bocado, una transgresión.

La casa también era habitada por doña Eufrosia, aunque más que de un inquilino había que hablar de un quejido. Doña Eufrosia estaba postrada en su cama y sólo su lastimosa respiración llegaba hasta nosotros. Me negaba a creer que doña Consuelo limpiara sus esputos y le diera de comer en la boca sólo por bondad; también en esto veía un deseo de reparación.

Mi vida de entonces me parecía disminuida. Había llegado a la ciudad para ocupar un puesto ínfimo en un almacén, algo muy alejado de mis melodramáticos empeños literarios. Desconfiaba de todo y de todos, como si eso le pudiera dar relieve a mi destino; la sospecha era una piedra de afilar ideas. Doña Consuelo y el profesor Rafael me eran simpáticos, pero me sentía obligado a mantener las distancias. Por otra parte, ellos tampoco daban pie a un acercamiento. Nos hablábamos de usted, doña Consuelo siempre estaba atareada y el profesor, apenas llegaba a la pensión, se dedicaba a leer el periódico tras una espesa nube de Delicados.

Vivíamos en la calle de Licenciado Verdad, muy cerca del almacén. De haber estado borracho el día de mi llegada, la vista del edificio me habría devuelto la sobriedad: paredes despellejadas que seguramente se vendrían abajo con el próximo temblor. La fachada no era más ruinosa que las otras del Centro de la ciudad, pero el hecho de que yo fuera a vivir ahí la convertía en un escenario de tragedia. Sin embargo, la pensión en el segundo piso se conservaba en buen estado; el baño común estaba limpio, el cuarto era agradable –un armario con un pulcro espejo, un botellón de agua en el buró, persianas que corrían bien.

También me gustó la sala de la televisión, aunque

doña Consuelo hablaba con vergüenza de su viejo aparato de bulbos: cada vez que un avión pasaba sobre el edificio, la imagen se distorsionaba. Lo que me llamó la atención fue el calendario colgado en la pared: un emperador azteca sostenía a una india desmayada; el pintor había trazado con tal detalle el turgente cuerpo de la india que el desmayo tenía una fuerza sexual; al fondo, los volcanes brillaban con una nieve tornasolada.

Lo primero que le oí decir al profesor fue que ya estaba a punto de conseguir la medalla de la televisión. No entendí nada y él me explicó que, en cuanto le dieran la medalla al mérito cívico Benito Juárez, podría comprar un aparato a colores. Esto no me importó gran cosa porque desde la primera noche me senté a ver el calendario. No me fijé en las caras que temblaban en la pantalla; veía los pechos de la india, cubiertos de una tela que parecía nieve delgadísima.

Pasaron varios meses y el profesor siguió a un paso de obtener la medalla. Aquel triunfo siempre pospuesto se convirtió en algo tan penoso que dejamos de mencionarlo. Rafael me parecía víctima de una injusticia, sobre todo a partir de que me recomendó con el jefe de redacción de un periódico en la colonia Tabacalera, no lejos de la pensión. Me encargaron escribir las cartas de los lectores. Para llegar al periódico pasaba junto al Caballito; miraba de reojo la cara de imbécil de Carlos IV y la mano que sostenía un rollo de papel; así me debía ver en el momento de entregar las cartas de los "lectores". De cualquier forma, eso me ayudó a sobrellevar las jornadas en el almacén; mi vida era algo más que nudos y cajas dobladas (aunque en mis momentos abismales pensaba que ese "algo más" era mucho peor). Sin embargo, lo que en verdad agravaba las cosas era que vivía en un hueco doloroso en el que casi nunca caían las mujeres. No sólo me faltaban dinero y experiencia para una conquista, además –lo confieso a toda prisa– me sentía avasallado por el dentista provinciano que me colocó un lamentable diente de oro. Ahorraba, con la vulgar ilusión de ponerle a mi diente una funda de porcelana, pero también me dejaba estafar por las putas locales.

Cerca de la pensión había una tienda de medias. Me quedaba viendo las piernas suspendidas hasta que mi soledad me resultaba insoportable. Regresaba despacio, dolido por tantas formas agradables.

Rafael se vestía exactamente como profesor de civismo, por eso me encandiló la corbata azul celeste. Sin embargo, no es esta la razón por la que recuerdo el incidente. Ese fue el día en que las gemelas llegaron a Licenciado Verdad.

Era un sábado y nos tocaba cambio de sábanas. Los colchones estaban recargados contra la pared ("para que se oreen", había dicho doña Consuelo). Melania y Paloma Milán se pasearon por la casa y no dejaron de palpar los colchones. Es lo primero que recuerdo de ellas: las manos delgadas acariciando las rayas azules y blancas.

Las ayudé a llevar su equipaje al cuarto tres (absurdo

que en una pensión tan pequeña los cuartos estuvieran numerados).

En la comida, el profesor Rafael habló de la expulsión de los judíos españoles y de su refugio en Salónica.

–Los nombres de ciudades son portadores de sangre judía –dijo, pero las gemelas no sabían nada del asunto ni se interesaron en la historia. A mí me agradó que tuvieran apellido de ciudad.

Melania y Paloma habían llegado a México para consultar a un médico; aunque se veían igualmente sanas no dejaron dudas acerca de la gravedad de Paloma. Venían de un poblado similar al mío (adivinaba la misma rotonda de pirules, los perros insolados, la vida detenida en un eterno mediodía de polvo), pero me impresionó su aire mundano, su forma rapidísima de entrar en confianza. En especial Melania hablaba como si siempre hubiera estado ahí, como si descalzara sus palabras y las echara a correr entre nosotros. La ciudad les había parecido "hórrida". Recordé mi primera caminata por las calles del Centro, entre ciegos y vendedores andrajosos. Vi a una mujer enorme, sucia, muy rubia, orinar incansablemente en la banqueta; vi a un oso llagado bambolearse al compás de un pandero; vi a una anciana que sostenía una vitrina con gelatinas plagadas de moscas; vi a los desempleados en el patio de la Catedral, vi sus herramientas en el piso, junto a un gato muerto, y no me atreví a decir que la capital de mi país era una mierda. En cambio, fue lo primero que dijeron las gemelas. El profesor las escuchaba tras el humo de su cigarro. Pensé que iba a hablar de aztecas y edificios coloniales, pero estaba tan absorto como yo; no era fácil acostumbrar los ojos a esas figuras esbeltas en un lugar donde los únicos visitantes eran agentes viajeros, hombres de maletas cuarteadas y pocas palabras que venían por una noche y se marchaban sin dejar otra huella que un periódico arrugado.

Melania usaba el pelo suelto y tenía un lunar en la mejilla. Paloma se peinaba con una estricta cola de caballo. Fuera de esto eran idénticas. Su belleza parecía hecha para castigar a un escritor, al menos a uno como yo. En primer lugar, ni siquiera me atrevía a verlas de frente; su desparpajo me ofendía tanto como mi diente de oro. En segundo lugar, me costaba trabajo decir por qué me gustaban tanto. Hasta entonces creía en la supremacía de los senos épicos, los mismos que uno colocaría en la proa de una fragata o en la imagen de la patria. Después de frecuentar tantas páginas de revistas eróticas exigía en las mujeres imposibles lo que no encontraba en las putas: pelo rubio, pezones rosados, ojos enormes. Ahora me doy cuenta de que mi mujer ideal era una variante oxigenada de la india del calendario. Las gemelas, en cambio, eran atractivas de una manera nerviosa. Hablaban de prisa, como si pensaran en varios asuntos a la vez; sus cejas gruesas y bien delineadas se unían sobre una nariz pequeña, imperiosa; sus cuerpos delgados transitaban como claras sombras, sus labios merecían el nombre de "sensibles". ¡Cuánta palabrería para decir que había encontrado en estas muchachas normales algo nunca visto! Empecé a pasar más tiempo en Licenciado Verdad, escuchando los ruidos de las gemelas. Las cartas que escribía para el periódico se volvían progresivamente alegres. Esta etapa duró un par de semanas; después me di cuenta de que no tenía mayores motivos de dicha: Melania y Paloma Milán no hacían sino constatar mi fracaso; era incapaz de salvar los cinco o seis metros que me separaban de ellas. Me solacé en autoescarnios ante el espejo: detenía la mirada en el diente de oro, mis facciones me parecían trabajadas por un boxeador. Mi depresión tomó la forma de una nostalgia sin sujeto; añoraba cosas nunca alcanzadas. El tiempo en que las gemelas no vivían con nosotros me parecía una etapa de libertad, a salvo de su tiránica belleza.

Me había presentado con ellas como periodista y el profesor Rafael (tal vez por ser mi padrino en el trabajo) se encargó de reforzar la ficción:

—Excelentes, sus comentarios sobre Irán —y hacía una intrincada relación de mi presunto artículo.

Pronto se volvió costumbre que el profesor "redactara" mis textos en la cena. En más de una ocasión sus frases me parecieron repugnantes, pero sabía que él actuaba en mi favor y no quise poner en entredicho la paternidad de los engendros. Las gemelas no siempre se entretenían. Aproveché una ocasión en que Paloma contemplaba las manchas en la pared para decirle al profesor en voz baja:

—La gente se aburre.

Melania me alcanzó a oír y comentó:

—Sí, a Paloma ya se la llevó el río.

Luego explicó la frase. En su pueblo, la creciente de un río se había llevado a una mujer distraída; desde entonces, cuando alguien se distraía decían "se lo llevó el río". También nosotros empezamos a usar la frase en la pensión.

Una noche, doña Consuelo le dijo al profesor:

—Pa'mí que ya se lo llevó el río.

—¿Eh? —dijo el profesor, aletargado.

—¿Qué no oye? ¡Ya se le fue el santo al cielo!

Rafael pareció regresar de una zona muy remota. Le costó trabajo explicarse. Mencionó que nos tenía una sorpresa, pero su voz era triste.

Fue a su cuarto y regresó con un pesado bulto. Me pareció curioso ver los listones rosas del almacén en el que trabajaba.

—Para que no se aburran tanto, señoritas —dijo el profesor Rafael, como si doña Consuelo no fuera la principal interesada en la televisión (otro motivo de sospecha) y se secó el sudor con un alarmante pañuelo amarillo.

De la medalla, ni una palabra. Era evidente que no la había obtenido. Crucé una mirada con doña Consuelo.

Con el nuevo aparato las cenas se hicieron más rápidas. El profesor también acortó la extensión de mis supuestos artículos. Yo aprovechaba cualquier momento para que mi mirada pasara del mantel de hule a las gemelas. Eran tan parecidas que estaba orgulloso de todas las diferencias que les encontraba. Melania era más expansiva, sus manos se movían mucho al hablar, costaba menos trabajo que se riera. También era orgullosa, al menos conmigo, porque con doña Consuelo mostraba una solicitud extrema, incluso la ayudaba a lavar y a cambiar a doña Eufrosia.

En cuanto fui capaz de discernir las diferencias, me enamoré de Melania. Supongo que también la salud trabajaba en su favor. Paloma no parecía enferma, pero yo desconfiaba de un mal tan discreto, sin nombre ni síntomas aparentes.

Creo que fue un sábado cuando me encontré a Melania en el pasillo. Salía del baño y tenía una toalla en la cabeza. El lunar brillaba sobre la piel pálida. Olía a jabón, a ropas limpias, casi pude sentir la tibieza que el agua había dejado en su cuerpo. Sus manos sostenían el camisón, el cepillo, el frasco de champú. Quizá fueron estas manos ocupadas las que me hicieron sentirla indefensa, quizá distinguí en sus ojos brillosos el desafío, lo cierto es que actué con la urgencia de todos mis días desolados. La tomé de la cintura, la atraje hacia mí, besé su cuello apenas humedecido. Ella soltó el frasco, el champú se derramó sobre mi pantalón. Luego se apartó de mí, me vio con una superioridad en la que ni siquiera cabía el odio y entró al cuarto tres. Fui al baño a limpiarme aquella mancha. Mis dedos pasaron por la sustancia pegajosa al tiempo que veía la espuma en la coladera, con vellos que sólo podían provenir del cuerpo de Melania y que en mi desesperación estuve a punto de recoger.

Después de esto creí que no me volvería a hablar. Evité cenar en la pensión al día siguiente. Regresé tarde, pensando que todos dormirían. Sin embargo, me encontré a Melania en la sala de la televisión; lloraba frente a un programa sin volumen. Quise seguir hacia mi cuarto, pero me pidió que la ayudara a escribir una carta para sus padres. Me extendió el cuaderno en el que anotaba con gran cuidado las medicinas y las dosis que debía tomar Paloma. Alcancé a ver una lista y me di cuenta de su atroz ortografía; aún ahora me arrepiento de haber visto sus accidentados acentos en el momento en que me revelaba la enfermedad de su hermana. Contra la evidente normalidad de Paloma, los médicos habían diagnosticado un mal incontenible. Melania había decidido no preocupar a su familia. Me pidió que atenuara el padecimiento en la carta. Su dictado salió entre arranques de llanto. Aceptó mis sugerencias y me dio las gracias varias veces. Se veía abatida, como si se reprochara su salud, ser el espejo vigoroso de su hermana.

Fui a mi cuarto; en el pasillo se mezclaron el quejido de doña Eufrosia y el ruido vivo, abundoso, con el que Melania se sonaba la nariz.

Esa noche me despertó su susurro. Antes de que pudiera ver algo sentí un aliento tibio, el contacto de labios delgados y resecos. Luego distinguí el lunar, el pelo ondulado de Melania; la desvestí, seguro de que no había dicha mayor que el olor dulzarrón de su perfume barato.

Sólo al día siguiente pensé en los motivos de Melania. A pesar de los éxitos periodísticos que me inventaba el profesor, yo carecía de interés, por no hablar de virtudes físicas. Entendí que Melania agradecía en exceso la carta redactada. Sin embargo, esa noche repitió la visita.

A partir de ese momento empecé a vivir para las horas que Melania pasaba en el cuarto. Esperaba con ansia el rechinido de las duelas de madera. La luz de un arbotante se colaba a la habitación; el cuerpo de Melania se reflejaba en la luna del espejo.

La felicidad me rebasaba de tal modo que me libraba de pensar —ni siquiera pensé que era feliz—. Pero durante el día, mientras bostezaba sobre cajas de cartón, entorpecía mis recuerdos con preocupaciones. Pensaba en la piel de Melania, en sus manos hábiles, en la entrega apasionada y silenciosa de alguien acostumbrada a amar en secreto. ¿Quién más se había visto favorecido por esa furtiva pericia? Procuraba que me contara algo de su vida, pero me ponía el índice en la boca: "Nos van a oír".

Tampoco de día hablaba conmigo, así estuviéramos solos. Melania tenía pavor de que Paloma nos descubriera; por nada del mundo le hubiera revelado su pasión a la hermana enferma (que, dicho sea de paso, seguía sin mostrar otro síntoma que una creciente palidez). De cualquier forma, no insistí en hablar con ella; temía violentar el milagro que se repetía puntualmente en esa alcoba dormida para todos los demás.

Una noche nos quedamos viendo la televisión. Los demás ya se habían ido a sus cuartos. Ella no me veía, su nariz altiva se perfilaba con los reflejos de la pantalla. Pensaba en la forma de acercarme cuando se fue la luz. La televisión crujió, con ese ruido que hacen las cosas recién apagadas.

Fue como si un alambre se quebrara en la noche, en mi cuerpo nervioso, en mis manos tensas. Cuando toqué su rostro, nuestros ojos ya se habían acostumbrado a la penumbra. Su expresión de desconcierto me hizo pensar que estaba loca. Melania me visitaba en las noches como quien consuma un ritual vacío, semejante al cambio de cubiertos de doña Consuelo. No me costó trabajo llegar al cuarto en la oscuridad. Di un portazo que debió despertar a los que ya dormían. Quise que mi puerta tuviera un cerrojo, maldije vivir en una pensión del carajo donde ni siquiera podía gozar del lujo de encerrarme. Recurrí a un remedio de película; puse una silla contra la puerta, sabiendo que era inútil.

Dos horas después, la llegada de Melania estuvo acompañada de un molesto rechinido. Se golpeó con la silla. Saltó en un pie. Me insultó.

Me senté en la cama, hablé del encuentro en la sala de la televisión, le dije que no la quería volver a ver.

—Cállate, idiota —dijo, y me besó largamente.

Con el tiempo me había acercado al profesor Rafael. Su fracaso para conseguir la medalla le daba una dignidad trágica, de oficial deshonrado; además se había vuelto el hombre de los regalos: la televisión, mascadas para las gemelas (de un violeta demasiado subido) y una corbata para mí. Después de cenar fumaba sin descanso. Pasaba tanto tiempo con él que Melania se quejaba de que mi pelo olía a humo.

Sabía que le gustaba el café exprés y pensé en invitarlo a una cafetería para hablarle de mi felicidad a medias (con la secreta esperanza de que él me hablara de doña Consuelo), pero nunca llegué a hacerlo. Una tarde lo vi de lejos en la calle de Moneda. Lo seguí maquinalmente. Dobló hacia un mercado al aire libre. Caminé en el bullicio de vendedores y merolicos; el aire tenía un leve olor a podrido. El profesor no reparaba en las mercancías —pequeños artículos de contrabando, joyas de fantasía—, como si se dirigiera a un destino definido. No sé por qué no lo alcancé de una buena vez. Seguí su saco negro, manchado de sudor en las axilas, hasta que se detuvo en un puesto de corbatas y pañoletas. La encargada era una mujer gruesa; sus brazos rollizos salían de una blusa sin mangas. Se rió con desenfado al ver a Rafael; conté al menos tres dientes de oro. Lo tomó de la cintura y lo besó. Me oculté tras un puesto de collares. El profesor se veía curiosamente frágil en los brazos de la mujer; parecía feliz de un modo intimidado. En el puesto reconocí la corbata azul celeste, el pañuelo amarillo, las mascadas. Alguien les llevó licuados. Los vi intercambiar los vasos.

Me sentí defraudado, como si llevara el diario de una persona equivocada. El romance que atribuí a Rafael, lleno de atávicos prejuicios, se esfumaba para dejar su sitio a una relación vulgarona, abrumadoramente normal. Luego pensé que tal vez Rafael estafaba a la vendedora —¡el dinero de la televisión debía provenir de ella!—, pero era demasiado tarde para buscar nuevas sospechas. El profesor judío había dejado de ser interesante.

Caminé mucho rato, sin rumbo fijo, pensando en tantas cosas que estuve a punto de ser arrollado por una bicicleta. Nunca había admirado gran cosa al profesor, pero sus maneras discretas le conferían cierta dignidad, un conocimiento por encima de la vida pobretona de la pensión. La escena con la mujer lo redujo a su verdadera medianía. No sé por qué me vinieron a la mente mis cartas, las gentes que yo había sido para el periódico. Recordé sus frases comunes, la morralla de la que era responsable. Nada más común que mis invenciones, nada más falso que las personas que me rodeaban.

El cielo cobró un tono azul profundo; se veía más cercano a la tierra. Muchas veces había visto el cielo en las calles del Centro, un cielo de casas bajas, próximo. Ahora me pareció opresivo. Pensé en la cavidad azulosa del aparador de medias. Llegué deprimido a la pensión, sólo para enterarme de que las gemelas se habían mudado a un hospital donde Paloma se sometería a los últimos análisis.

Esa noche fue como si doña Consuelo dijera por primera vez: "Él cenará después". No mencionamos otra palabra en la mesa.

No era extraño que Melania se fuera sin avisarme, a fin de cuentas nunca me participaba nada de su vida. No dejó dicho a qué hospital iban ni cuándo volverían (el equipaje seguía en el cuarto tres).

De madrugada, entré a la habitación de las gemelas. Encendí la luz, abrí el armario, vi sus ropas perfectamente dobladas. Pensé en la dedicación de Melania, en sus manos hábiles; me di cuenta de que me había visto favorecido por la desgracia de Paloma. El destino de Melania parecía apuntar más lejos y sólo el lastre de su hermana la había dejado a mi alcance. Me conmovió su total resignación; mientras más desagradable me veía a mí mismo, más admirable me parecía su entrega. Lloré, inventé toda suerte de equívocos sensibleros, me sentí abandonado y amado en exceso.

En esa época se publicó mi primer artículo firmado, una prosa amarillista que los recortes de la mesa de redacción volvieron ilegible. No me alegró tanto ver mi nombre en el periódico como saber que las gemelas regresaban a la pensión.

–Vienen por sus cosas. Pasarán una noche con nosotros –dijo doña Consuelo.

Paloma se veía demacrada pero estaba de buen humor. Contó anécdotas divertidas del hospital mientras yo buscaba en vano los ojos de Melania. Deslicé un pie bajo la mesa, toqué algo que podía ser madera o un zapato. En eso escuchamos un carraspeo profundo.

–¡Doña Eufrosia se ahoga! –dijo doña Consuelo.

Melania la acompañó a ver a la anciana y no volvió a la mesa. Paloma contó una historia que no registré, algo relacionado con inyecciones y pacientes confundidos.

Por la noche mis nervios me hicieron oír el crujido de las duelas de madera mucho antes de que llegara Melania. Mi corazón latía con fuerza, mis manos tocaban los bordes combados de la cama, se diría que mi cuerpo se preparaba para un suplicio. Así estuve hasta que se produjo el delicioso rechinido. Abracé a Melania con fuerza y la sentí menuda entre mis brazos. Apenas nos separamos, me acerqué al botellón de agua y tomé un largo trago. Melania tenía un olor extraño. No me atreví a decírselo pero varias veces interrumpí sus caricias para beber agua. Era la única forma de soportar su cercanía; no tengo más remedio que decirlo: aquel cuerpo adorado olía a puritita mierda.

Después de unas horas estaba tan confundido, el vientre hinchado de agua, que me tardé en registrar la sorpresa que ella me reservaba. Se despidió de mí, fue al armario y sacó un frasco de crema. Vi pasar sus dedos sobre la mejilla, los vi mancharse de negro, vi que el lunar desaparecía. Frente a mí, Paloma sonreía sin reservas. Me incorporé en la cama, quise decir algo, pero ella salió del cuarto.

No supe qué hacer, tenía ganas de despertar a toda la pensión, de mandar a la chingada a quienes en su ignorancia habían sido cómplices del engaño. Pero me quedé en la cama, sin poderme reponer de ese mínimo artificio: dos dedos sobre la mejilla habían bastado para que entendiera la frialdad de Melania. Fui lo bastante canalla para pensar en un contagio. No pude dormir. El rostro pálido de Paloma aparecía frente a mí con un lunar intermitente.

A las seis de la mañana se abrió la puerta. Vi el pelo suelto y ondulado, el lunar en la mejilla, y pensé que se trataba de una nueva transfiguración (¡estuve a punto de lanzarle el frasco de crema!). Pero Melania habló con rapidez.

Me costó trabajo entender lo que decía. Tuvo que repetir las frases una y otra vez, como cuando me dictó la carta. Me dijo que Paloma le había contado de nosotros.

—Debes saber la verdad —no sé si fue esa la primera vez que me tuteó.

Paloma estaba desahuciada pero el día anterior la habían tranquilizado diciéndole que una operación era posible, por eso se atrevió a revelar su identidad. No había querido que yo me sintiera atado a una moribunda. Me dejó de engañar en el momento en que la engañaron. Melania también me dijo que Paloma sabía de mi "asalto" en el pasillo; tal vez fue eso lo que la indujo a entrar en mi cuarto.

—En todo caso no podemos juzgar a alguien que va a morir —dijo Melania con sincero dramatismo justo cuando empezaba a juzgarme a mí mismo. ¿En qué medida las noches en vela habían contribuido al mal? Tal vez se habría salvado de no ser por mí.

No quise visitar a Paloma en el hospital. Melania me mantuvo al tanto. Me dijo que su hermana había entrado a un mundo ilusorio. No sé si pronunció mi nombre antes de morir.

Cuando recibimos la noticia, me hinqué a rezar el rosario con doña Consuelo. Sólo entonces me di cuenta de que había olvidado la letanía. Produje algunos balbuceos mientras escuchaba el eterno quejido de doña Eufrosia. Maldije ese trozo de vida envuelto en trapos. El profesor nos trajo una tarjeta con letras hebreas. No le pregunté qué querían decir. Fui a mi cuarto. Empecé a empacar mis cosas.

Melania y yo nos casamos a los pocos meses. Ella decidió el asunto con la celeridad con que hace todo. De regalo de bodas, el profesor nos envió un mantel –seguramente escogido por su amante– demasiado parecido a un capote de torero. Algunos parientes de Melania asistieron a la ceremonia. "Se la llevó el río", oí que decía uno de ellos.

Melania siempre es ella más el recuerdo de su hermana. La vida dividida de antes se ha desdoblado en una infinidad de actos, gestos, frases apenas reconocidas. Melania me ha hablado mucho del mal congénito que destruyó a Paloma. No todos en su familia lo padecen, pero no dejo de pensar que nuestra felicidad tiene un aire de desgracia aplazada. A veces pienso que Melania me escogió al saber que también ella era sensible al mal. Ayer la fiebre le subió a treinta y nueve grados, el inicio de un resfrío, tal vez.

Escribo estas líneas en el escritorio de la recámara. Melania está dormida. Escucho su respiración, casi puedo contar las pausas de la sangre que late en sus sienes. Cruje un mueble de madera y recuerdo con excesiva precisión el viejo suelo de duelas. Veo su reflejo en la luna del armario, un mechón de pelo en la frente, los labios ligeramente abiertos, como si fueran a silbar.

Melania duerme en el espejo. La he observado incansablemente; su rostro a veces me parece terrible, a veces banal. Tal vez se trate de mi mala vista o de las impurezas del vidrio, pero no veo el lunar que la distingue de Paloma.

La casa pierde

Terrales fue fundado por gente desprevenida, que se quedó sin gasolina en la sierra y no quiso volver a pie a los soles del desierto. El único sitio de reunión (aunque sería más exacto decir "de paso") era un galpón destartalado donde los traileros jugaban póquer. Por un motivo que nadie conocía, ahí le llamaban "Terrales" a la tercia de ases. Esas barajas siempre traían mala suerte.

El Radio mostró sus tres cartas perdedoras. No tuvo que enseñar las otras dos.

—¿Un fuerte? —Guadalupe se acercó a la mesa.

La dueña de La Polar conocía los sitios de donde venían los camioneros; había recorrido el norte con Los Intrépidos, unos músicos que se vestían como vaqueros del espacio. Durante unos años les consiguió tocadas, supervisó el escenario (que ella llamaba *"stend")* en todos los pueblos de la frontera y pasó una temporada en Monterrey, en una casa con dos antenas parabólicas. Su momento de gloria ocurrió en Estados Unidos: vivió con un gringo que la llevó a ver *El cascanueces sobre hielo.*

Su "anticlímax" (le gustaba repetir la palabra que sacó de la cambiante fortuna de Los Intrépidos) también ocurrió del otro lado: el gringo la dejó en un dentista y no pasó por ella, como si anticipara las fundas de porcelana que le iban a "desfigurar la risa".

—"A mí me falta corazón…" —una voz lastimera salía de las luces y las burbujas de plástico de la rocola.

Guadalupe tocó la camisa del *Radio* con sus dedos fuertes, los mismos con los que una vez hurgó en su pantalón. Él guardaba un recuerdo turbio de la mañana en que llegó a La Polar por un café; los dos habían pasado la noche en vela, él en la cabina de transmisiones de Paso de Montaña y ella sirviendo mesas. Se miraron como sonámbulos hasta que un estruendo partió el aire: "Las avionetas", dijo Guadalupe. Se asomaron a la cañada y vieron los aviones fumigadores que soltaban ráfagas de veneno color de rosa. Sin que mediara otro contacto entre ellos, Guadalupe le bajó el cierre y lo acarició con su habilidad para abrir botellas con una sola mano. *El Radio* había visto a una mujer romper con los dientes el cordón umbilical de un recién nacido. Guadalupe actuó de un modo similar, con una urgencia práctica. Cuando él sintió que se vaciaba hacia el precipicio, ella dijo: "Va a crecer una mandrágora", una de las cosas raras que aprendió con Los Intrépidos, o en Monterrey, o con el gringo que la llevó a un ballet sobre hielo.

No repitieron el encuentro ni hablaron de él. Desde entonces *el Radio* supuso que los secretos de Guadalupe eran más importantes que sus historias en las ciudades.

Las nubes de humo rosado, el aire frío, las picadas de las avionetas y la caricia casi insoportable se fundieron en una sola palabra: *mandrágora*. Nunca preguntó el significado porque deseaba que siguiera significando las cosas inconexas de esa madrugada.

—...y en el depósito llevaba mil sandías —Guadalupe hablaba sin destinatario preciso; empezaba una frase en la trastienda y la completaba en cualquiera de las mesas de lámina—. ¡La casa pierde! —exclamó, al ver que alguien entraba por la puerta.

El hombre tenía la cara enrojecida; sus ojos fijos delataban que había recorrido sin tregua la recta de Quemada y que no había dejado de odiarla. Avanzó sin despegar las botas del piso, como si hubiera olvidado la forma de caminar. Se detuvo junto a la imagen de San Cristóbal; estudió la "Oración del chofer":

Dame, Dios mío, mano firme y mirada vigilante
para que a mi paso
no cause daño a nadie...

—Por aquí —Guadalupe lo tomó del brazo.

—Vengo desde Zapata —dijo el hombre. En cualquier municipio del país había un pueblo que se llamaba así. Para producir ese rostro y esos movimientos aletargados, el Zapata del trailero debía quedar a dos días sin descanso.

—¿No trae ayudante? —preguntó Guadalupe.

—¿Dónde está el *water*?

Guadalupe lo acompañó al fondo, por el pasillo de tablones de madera mohosa. ¿Lo ayudaría hasta el final, con esas manos duras, lastimadas, que reparaban todo? *El Radio* la miró sin prisa cuando regresó a la sala; el cuerpo flaco de la mujer, sus ojos inyectados, revelaban el trabajo excesivo, las horas partiendo bloques de hielo para enfriar cervezas que de por sí estaban frías, las noches lidiando con borrachos y vómitos sin el menor asco. ¿Qué milagro o qué tragedia la había colocado ahí? ¿Qué le pasó en otro sitio para que eso fuera mejor?

—¿Puedo? —una mano con anillo de calavera señaló la silla vacía— ¿De a cómo va la fregadera? ¿Las Vegas o póquer normal?

Aunque los separaban dos sillas, *el Radio* pudo oler el chaleco de borrego del recién llegado. El hombre recogió las barajas y vació una Estrella que nadie le había ofrecido. Lucía recompuesto, dueño de una atención tensa. Debía tener suficiente cocaína para viajar a Zapata de ida y vuelta.

—¿Va a la frontera? —le preguntó alguien.

—¿A dónde más?

Después de un par de juegos insulsos, el hombre vio al *Radio:*

—¿Tú trabajas en Paso de Montaña?

—¿Cómo sabes?

—Por el chingado escudito —señaló la camisa del *Radio:* un micrófono atravesado de rayos—. No sabía que llevaras uniforme, hemos hablado muchas veces, tu voz se oye más recia en el micrófono.

La camisa era uno de los regalos absurdos que le dejaban los traileros, la propaganda de una radiodifusora del Misisipi; los rayos rojos, ribeteados de hilo amarillo, sugerían a un superhéroe de cómic.

Había cinco jugadores en la mesa, pero el trailero sólo se presentó con *el Radio*:

—Chuy Mendoza —le tendió una mano gorda.

—¿Qué llevas en el tráiler? —preguntó otro jugador.

Mendoza estudió sus cartas, respiró hondo, se tocó el pecho con cautela, como si tuviera un piquete que ya había rascado demasiadas veces:

—Maderas finas.

El Radio pensó en árboles prohibidos, un aserradero clandestino, la aduana sobornada para pasar las tablas al otro lado. No le extrañó que el otro dijera:

—¿Subimos las apuestas?

Dos jugadores vieron sus relojes y se pusieron de pie. Al fondo del local, Guadalupe pulía el elefante de plomo que rescató de un accidente. También el paisaje que adornaba el negocio provenía de un choque. Un tráiler cervecero se volcó muy cerca y ella se quedó con la lámina que representaba una bahía entre el hielo. De ahí sacó el nombre de La Polar.

Al fondo del cuadro, bajo una aurora boreal, se veían bultos que podían ser osos o iglúes. *El Radio* se concentró en ese punto final de la pintura hasta que sintió una mano en el antebrazo:

—Tú hablas.

Pidió dos cartas. Se asombró de su tranquilidad para

perder la partida; empujó las corcholatas que hacían las veces de fichas.

—¿Entras a las siete, verdad? —le preguntó Chuy Mendoza—. Nos queda media hora; si quieres te acompaño a Paso de Montaña y le seguimos ahí, hasta que el cuerpo aguante. Traigo barajas.

Una vez más, sólo se dirigió a él. Conocía sus horarios, su gusto por las cartas. Volvió a presionarse el pecho, se aflojó un botón para rascarse; *el Radio* pudo ver un collar con un animal de oro, el tipo de joya que Los Intrépidos usarían cuando triunfaran.

Luego revisó las despellejadas botas de piel de víbora, muy costosas, muy jodidas. El nombre de Chuy Mendoza sonaba falso, a pistolero en una película de los hermanos Almada. Las maderas finas debían ser otro invento. Lo único cierto es que quería pasar la noche en vela; tal vez necesitaba llegar a la *línea* con el turno de madrugada.

—Me corto —dijo el otro jugador que seguía en la mesa, facilitando la respuesta del *Radio*.

Guadalupe pulía el elefante con una dedicación perturbadora. *El Radio* hubiera preferido que los demás siguieran ahí como si nada, con la indiferencia con que oían al gringo que cada sábado llegaba a hablar de la guerra nuclear y proponía construir un refugio en la montaña. Ahora, todo mundo fingía estar en lo suyo, con molesta discreción. ¿Qué le sabía el trailero? Conocía su voz, las palabras que ayudaban a los camiones a pasar entre la niebla; había llegado como si tuvieran una cita. Tal vez estaba al tanto, tal vez sus conversaciones por radio habían sido una confesión confusa, mil veces interrumpida, pero una confesión al fin y al cabo. No, ni Guadalupe lo sabía, él no era sino un micrófono nocturno, incluso se había acostumbrado a pensar en sí mismo como *el Radio* y se sobresaltó cuando Patricia gritó su nombre la primera vez que durmieron juntos. Su turno empezaba en quince minutos.

Se levantó de prisa, ignorando el aire impositivo de su adversario:

—Yo pago.

La puerta se había hinchado con las lluvias; tuvo que empujarla con el hombro. Se preguntó si el rechinido despertaría a Patricia o a la niña.

Encontró un termo de café en la mesa; encendió la luz de la cabina, activó el micrófono. El hombre lo siguió con pasos que vibraron de un modo peculiar en la madera. Las botas de víbora, tal vez.

Escuchó el reporte del meteorológico de San Vicente Piedra: una noche de niebla cerrada y tráileres estacionados en la sierra. Pensó en la resistencia del intruso (de golpe se le presentaba en esa condición). ¿En cuánto tiempo cedería el efecto de la droga? ¿Llevaba más? Vio sus uñas brillosas, con medias lunas negras. A la luz del foco desnudo, sus ojos lucían amarillentos; sus pestañas eran tiesas, como cerdas de escobeta. Volvió a rascarse el pecho. *El Radio* imaginó mordeduras de insectos del desierto, animales que abrían la piel para depositar sus huevecillos, aguijones que inyectaban un veneno lento. Tal vez en un par de horas Chuy Mendoza se desmayaría sobre las corcholatas que había puesto en la mesa.

Las voces de los traileros rara vez tenían acentos norteños; hablaban de otro modo en el micrófono, como si desearan probar algo en la banda civil. *El Radio* orientó un camión rumbo al acotamiento del kilómetro ciento cuarenta, otro a la explanada del ciento sesenta y siete. Les dijo que pasaran ahí la noche, con las calaveras encendidas. De vez en cuando llegaba una canción de fondo, la infinita tristeza de Los Bukis.

Chuy Mendoza estaba muy atento a los mensajes que se oían en la cabina, como si pasara al reverso de una película. ¿Cuántas veces habría hablado con él?

—¿Vienes mucho por aquí?

—Cuando hace falta. Partes tú.

—¿De a cómo va a ser?

Chuy sacó unos dólares, los contó con parsimonia, dejó tres billetes en la mesa; *el Radio* esperaba una apuesta más alta.

En una laguna de silencio, mientras miraban sus cartas como si cada una llevara dos mensajes, algo crujió en el dormitorio. Tal vez Patricia tenía una pesadilla. Los sueños de la mujer llegaban a la cabina como rechinidos en la madera.

El Radio sirvió café, más por calentarse las manos en la taza de zinc que por beber algo.

—¿Tienes un fuerte? —Chuy Mendoza dejó caer cinco diamantes.

Él buscó en la alacena. Detrás de dos bolsas de harina, estaba la botella. Sirvió en un vaso que había contenido una veladora.

El hombre bebió deprisa:

—¡Pura mierda! —dijo en tono elogioso. Acarició la cruz en el asiento del vaso.

Un tráiler que se identificó como *la Marisca* quería pasar a toda costa; el conductor hablaba como si se lavara la boca con diesel: *tenía* que llegar a la frontera antes del amanecer.

—Esos cabrones tienen cita con su novia —comentó Chuy.

También *el Radio* conocía los turnos del contrabando: las novias llevaban una .45 reglamentaria, botas de cuero, lociones penetrantes, anteojos oscuros y se corrompían con horario fijo; si el pretendiente llegaba tarde, podían pasarle muchas cosas, pero ninguna conducía al otro lado. Las novias despechadas eran los mejores policías: se vengaban tasajeando respaldos y desinflando llantas en busca de drogas finas.

En la sierra todos hablaban del altar, el pretendiente, el infaltable monaguillo, la aduana como un cortejo negociable. Había un curioso respeto en este sistema de representación: los hombres sobornados no eran putas; podían ser novias hijas de la chingada, pero nunca putas.

La Marisca aceptó detenerse cuando ya iba muy arriba —escucharon el ronquido metálico de la palanca que parecía pasar de sexta a quinta velocidad—; el tráiler entró al acotamiento de grava del doscientos treinta y seis. Fue como si algo lo engullera allá arriba: un silencio absoluto, con el cv encendido, y luego la melodía de una armónica, un sonido lastimero, de rieles que se pierden en la noche.

—La novia se quedó sin serenata —Chuy Mendoza dijo lo que hubiera dicho cualquiera. Desde que entró a La Polar no había mostrado otra singularidad que la de ganar con una constancia pasmosa. Sus uñas tamborileaban en la mesa. *El Radio* sirvió el resto del aguardiente.

Entraron a una zona de cartas bajas y dispersas, donde un par parecía un triunfo.

—La miseria le ganó a la pobreza —dijo Chuy al perder una mano—. ¿Dónde consigues esta mierda?

Guadalupe recibía el aguardiente en tambos de metal y lo vaciaba en botellas con un embudo. El hombre estaba fascinado con el mal sabor de la bebida.

La luz del cuarto impedía ver hacia afuera. En los días despejados, Nuevo Terrales parecía muy cerca, pero las curvas lo apartaban unas diez horas. De niño, *el Radio* había visto rodar remolques destartalados; recordaba la sorpresa del primer camión frigorífico que entró a sacar fresas del Bajío. La sierra había sido la misma, sólo cambiaban las cosas que la atravesaban. Ahora el campo de avionetas al otro lado, la estación meteorológica, la cabina de radio, el avance nocturno de los tráileres (difícil ver un coche en esa ruta sin ciudades), dependían de radares y ondas invisibles. *El Radio* no conocía a los dueños del meteorológico, ni siquiera sabía quién le pagaba para vigilar las travesías nocturnas. Una *pick-up*, nunca conducida por el mismo hombre, le traía billetes atados con una liga; en ocasiones, los dólares se mezclaban con los pesos y tenían un dejo perfumado, como si vinieran de las novias de la aduana. Cada tanto le subían la tarifa, revelando que había un orden, que alguien se interesaba en las pistas de aterrizaje y el rodar de las mercancías. En Terrales nadie sabía cuánto dinero pasaba por las carreteras estrechas, donde los oyameles formaban túneles verdes. Según Guadalupe se trataba de fortunas, pero a ella le gustaba imaginar lo peor: la verdad siempre era más ruin. El pueblo y el puesto de Paso de Montaña vivían de los traficantes: "Los sultanes del *swing* mueven todo; somos sus esbirros", ella hablaba de sus lejanos benefactores con idénticas dosis de odio y admiración.

El Radio ganó un par de juegos; quizá se trataba del único método para el azar; no concentrarse, tener una atención divagante.

—Voy a mear —Chuy se levantó para romper la racha.

El Radio salió con él. Orinaron hacia el desfiladero; les llegó el olor de los cedros en la niebla. Los orines cayeron como si el vacío fuese interminable. ¿La mandrágora sería algo que sólo existía muy abajo?

El llamado de un tráiler hizo que *el Radio* regresara a la cabina. Quizás el otro aprovechó para sacar un pase de cocaína. En todo caso, cuando regresó al cuarto lucía igual de alerta y cansado.

—¿Hasta cuánto puedes llegar? —puso un dedo en la estrella de una corcholata— ¿Le subimos tres ceros?

En La Polar, la propuesta hubiera detenido las conversaciones, pero ahí, con la cabeza llena de cartas malbarajadas y tráileres repartidos en los acotamientos (las luces palpitando como una constelación perdida), esa cantidad empezaba a ser posible. Chuy Mendoza lo calaba, con un fastidio tranquilo, como si revisara un motor que aún no quería desarmar.

El Radio vio las manos que tomaban las cartas; en forma física, como si un segundo cansancio le presionara la nuca, supo que Mendoza conocía su hallazgo y había llegado a jugar por él. Sólo eso explicaba la apuesta. Las habitaciones de madera, la piel de tejón clavada en una pared, el quinqué en la mesa de la cocina, al lado de una caja de cereal y dos cucharas desiguales, el micrófono de pera (un desecho de la segunda guerra que asombrosamente funcionaba), los tambos de gasolina junto a la puerta con tela de alambre, hacían que una sola mano como la que proponía el visitante fuese absurda. A partir de ese momento, también era lógica.

—Nos quedan dos horas —a eso había ido Chuy, a que la niebla los cercara hasta el amanecer. La bocina emitía una estática pareja que significaba el sueño de los otros. *El Radio* se preguntó si el otro actuaba por su cuenta o si lo habían mandado. Quizás unas manos distantes, con los anillos imposiblemente lujosos descritos por Guadalupe, habían encontrado la manera de alcanzarlo. Hubiera sido más fácil enviarle a uno de los recaudadores que recorrían la sierra y podían enterrarlo en cualquier cañada. ¿Por qué condicionar el rescate al juego? Sólo entonces, con un asombro incomodo, advirtió que aún podía ganar. En tal caso, ¿cómo le pagaría Mendoza? Las botas de piel de víbora y el animal de oro hablaban de mejores días, pero el chaleco de borrego, el cansancio contenido a base de coca o benzedrinas, las uñas destrozadas, sugerían un destino acorralado. Tal vez había planeado durante meses el encuentro: subió y bajó la sierra comunicándose con *el Radio*, los insectos mancharon mil veces su parabrisas, su antebrazo izquierdo recibió la marca de la interminable recta de Quemada, mantuvo sus citas en las aduanas, fue uno con su cansancio hasta que de esa obstinada travesía salió la forma de llegar a lo que ocultaba la cabina de radio, el secreto de las colinas donde se acababan las gasolineras.

El Radio estudió la voz de Chuy Mendoza; cuando se volcó el Thornton, otro tráiler venía detrás; él lo detuvo con la frase acordada: "Hubo un extraño". Luego se puso una manga y tomó una linterna sorda para salir a la tormenta a buscar los restos del Thornton. Mientras tanto, alguien aguardaba a pocos kilómetros, en la "curva del berrendo". ¿Pero cómo supo que entre los cuerpos desnucados del chofer y su ayudante estaba la caja de metal? Tal vez tardó en atar los cabos; también él se enteró mucho más tarde de que el galgódromo de Quemada había perdido una fortuna (el dinero que mandaban al otro lado para comprar perros). Cuando le preguntó a Guadalupe, ella agregó detalles sucios: el verdadero negocio eran las peleas de perros. Por alguna razón, se sintió aliviado de que la caja de metal viniera de un juego de azar; los galgos habían corrido para eso; los desconocidos perros de pelea se habían destazado para eso. Sin embargo, sólo la abrió una vez y no contó los billetes. Buscó una forma de hablar del dinero con Patricia. No encontró ninguna. Guardó la caja en el galpón, a doscientos metros de su cabina de radio. Su padre había pasado ahí sus últimos años, sin hacer otra cosa que fumar mariguana y ver el horizonte. "Este cuarto es chico por dentro y enorme por fuera", decía, refiriéndose a la vastedad que lo rodeaba. Desde la ventana se dominaba el valle, el campo de las avionetas, la carretera con líneas punteadas donde su padre había esperado el regreso de un auto pasado de moda, el Valiant que cerraría el círculo.

El Radio apenas recordaba los años en que sus padres tuvieron un búngalo con dos cuartos de alquiler en Terrales. Muy rara vez un viajero decidía pasar allí la noche. En rigor, lo único que le quedaba de ese tiempo era una escena obsesiva. La había repasado tantas veces, agregando detalles exactos, dañinos, que le llegaba con un realismo acrecentado, como si la hubiera visto en distintas edades. El búngalo era un entorno borroso, pero la luz de la cocina estaba encendida. El calvo usaba camiseta de basquetbolista; era verano y un óvalo de sudor le cubría el vientre hinchado. Debía de tener unos cincuenta años; su pecho estaba cubierto de canas; en el dorso de las manos, sus cabellos seguían siendo rojizos. Sonreía sin tregua ni objeto, como si la estupidez fuera un regalo para compartir. Pasó tres días con ellos, una eternidad en esa región de tránsito. Mataba el tiempo haciendo hombres con cerillos. Tal vez conocía a su madre desde antes; en todo caso, el recuerdo lo convertía en un huésped sin sentido, que retorcía cerillos hasta llegar a la noche en la cocina. Lo más relevante era su deterioro físico, los brazos blancuzcos, la respiración asmática, la calva abrillantada de sudor, la sonrisa imbécil y, sin embargo, había logrado tender a su madre en la mesa de la cocina. Con insoportable lentitud, *el Radio* recordaba las manos con vellos pelirrojos retirando el calzón, las piernas alzadas, los absurdos zapatos de tacón en el cuello del hombre, y el rostro de indecible entrega; no el contacto desapasionado, el desahogo de dos solitarios en la sierra, la ayuda sin complicaciones de Guadalupe, sino una alegría incomunicable, como si el cuerpo joven de su madre no esperara otra cosa que ser penetrado en esa mesa. Tal vez fallaba algo en el recuerdo, tal vez *el Radio* lo estropeaba adrede para hacer más ruin la huida posterior; en todo caso, la cabeza que volteó a verlo fue real, los ojos repentinamente abiertos fueron reales: su madre lo descubrió en el pasillo y esto la decidió a irse; no hubiera soportado que el testigo de su mejor noche en la montaña creciera junto a ella. Al día siguiente, salió de la casa con una maleta de cuero. El hombre la esperaba junto al Valiant, se le acercó, trató de tomarla de la cintura. Ella se zafó, subió al auto.

Habían pasado suficientes años para que *el Radio* admitiera una fría revisión de la escena: ¿por qué no apagaron la luz de la cocina? Todo tenía un tono sobreexpuesto, la piel demasiado blanca, el sudor brillante, el vestido estampado de flores, los zapatos ribeteados de lodo, el hombre de cerillo que cayó al suelo, la mesa con un clavo a punto de zafarse. Si el clavo hubiera cedido, su padre se habría despertado, ahorrándose los siguientes veinte años, la escopeta con un cartucho para cada quien, la mirada fija en la carretera.

En la pared del galpón había un cuadro donde ella sonreía, un poco a la manera del calvo. Era un retrato coloreado: los ojos azules de tan negros, las mejillas color frambuesa. El recuerdo en la cocina se parecía a esa foto.

Cuando *el Radio* iba al galpón por alguna herramienta, veía el retrato de reojo. Le parecía increíble que esa mujer, más joven de lo que él era ahora, retocada por colores falsos, hubiera vivido allí. De ese cuerpo había comido.

Su padre murió en el sueño, de cara a la ventana, la parte "grande" de su casa. A veces, *el Radio* imaginaba que había muerto con la escopeta en las rodillas; luego retiraba esta obviedad: murió con placidez, como si una espera tan larga fuese otra forma de cumplir su venganza.

Escucharon unos pasos, los pies de Patricia en la madera.

La mujer se recargó en el quicio de la puerta, de un modo incómodo, el rostro suavemente hinchado por el sueño, el pelo sobre los ojos:

—¡Qué frío! —siempre decía "Qué frío" y caminaba descalza, como si no supiera que estaba en Paso de Montaña. Llevaba un fondo celeste que apenas la abrigaba. Dio unos pasos, se acurrucó en una banca. *El Radio* vio los dedos de sus pies, donde la piel cambiaba de color y se volvía muy blanca.

Fue por una cobija al cuarto donde dormía la niña. En la penumbra, distinguió una botella de refresco. La almohada olía a fomentos de eucalipto. Lo primero que conoció de Patricia fue a la hermosa niña que sonreía detrás de la puerta de tela de alambre y decía que su coche "estaba roto".

Desde la primera noche que durmió con él y gritó su nombre y se convirtió en la única persona que no le decía *Radio*, Patricia le dejó una palabra caliente en el oído: "Vámonos". Pero se quedó allí y consiguió un trabajo en la planta de fibra de vidrio, a quince kilómetros de Terrales. *El Radio* había visto las humaredas a la distancia; según Guadalupe, el trabajo envenenaba y unas astillas de cristal se formaban en los pulmones. Patricia trabajaba con tapabocas y rociaba sustancias con una manguera de aspersión. Le gustaba imaginarla tras las nubes del *spray;* de algún modo, ella miraba las cosas como si interpusiera una sustancia vaporosa, una tela de alambre, un filtro que le permitía estar donde no quería.

El accidente del Thornton ocurrió pocas semanas después de que Patricia empezó a hacer la casa habitable y a pedir que se fueran. Él estuvo de acuerdo, pensó en un óvalo de arena, perfectamente iluminado, donde los perros rápidos decidían la suerte, y luego, como si eso no tuviera relación, en los billetes que no había contado.

Descartó la idea de usar el dinero; no supo ni cómo lo hizo; lentamente algo se apoderó de él y le impidió contárselo a Patricia; todo asumió la forma de un secreto amargo. Patricia tenía tantos deseos de irse que la caja escondida en el galpón se convirtió en la esperanza que él traicionaba sin que ella lo supiera. *El Radio* colocó la frazada sobre Patricia; la vio sonreír como si soñara algo bueno e intransferible. Volvió a la mesa de juego. Casi sintió alivio cuando recogió la tercia de ases. "Terrales", dijo para sí mismo. Pidió dos cartas. Con lenta monotonía, fue a todo lo que apostó Mendoza. Perdió la partida y desvió la vista a la ventana acariciada por la niebla. La bocina produjo un siseo en el que no hubo palabras. ¿Cuántas noches había velado junto al termo de café, aplastando migajas en la mesa, memorizando *scores* de bateo, extendiendo las barajas de un *solitario?* Alguien tenía que estar despierto para que los demás pasaran. Así de sencillo. Ese era el sentido del rumor en la bocina y de sus ojos ante la ventana donde sólo se veía un vapor oscuro.

Después de horas de silencio, la primera voz sonó extraña en la bocina:

—¿Tienes un tráiler allá arriba?

Chuy Mendoza se rascaba el pecho. *El Radio* lo vio a los ojos. Chuy negó con la cabeza.

—No —respondió—. ¿Por qué?

Reconoció la voz. Le hablaban del meteorólogo:

—Hay un vato fuera de ruta. Pasó por Terrales. ¿Algún extraño?

—Nada.

El hombre repartió las barajas, sin agradecer la mentira. ¿Alguien lo vigilaba? ¿Alguien esperaba su descenso con la caja? Sus ojos amarillentos se concentraron en *el Radio*:

—¿Cuánto falta? —señaló sus corcholatas, una ventaja abrumadora.

¿Qué era peor, perder el valle, las luces de neón, la vida abierta a la que podía descender con Patricia o que ella nunca conociera el tesoro intacto en la caja de metal? Era como si apostara el sueño de la mujer. Cuando ella abriera los ojos, volvería al cuarto pobre, a las cosas que pensaba abandonar y que, sin embargo, mejoraba.

Tuvo que ir por una bolsa con corcholatas perforadas que habían servido como rondanas para clavos. Hubiera sido más fácil regalárselas al hombre, pero continuó el ritual, perdió un juego tras otro, hasta que las sumas se hicieron innecesarias.

—¿Dónde la tienes? —preguntó Chuy Mendoza.

Una luz parda se untaba a la ventana; en unos minutos los tráileres encenderían sus motores y pedirían señas para volver a la carretera.

Salieron al aire fresco; tomaron el camino de tierra apisonada que llevaba al galpón.

El Radio empujó la puerta y respiró el polvo. Se asomó a la ventana; la niebla se desvanecía, vio la carretera distante, la línea punteada.

La caja estaba bajo el retrato de su madre, a un lado de la escopeta. ¿Estaría cargada? Le pareció curioso no saberlo.

—Aquí —retiró la frazada que envolvía la caja, abrió la tapa—: ni siquiera los conté —los billetes lucían tiesos, rasposos, como si hubieran sido impresos durante la noche.

El hombre salió de la caseta con indiferencia, como un recolector de bloques perdidos en la sierra. Después de unos minutos, *el Radio* escuchó el motor del tráiler.

Vio la foto en la pared, el suéter guinda, el cuerpo débil del que había comido, la mujer joven que no reconocería cuando volviera a Terrales, porque iba a regresar, tal vez sólo por unos minutos, lo suficiente para verificar una parte de su vida o, como tantos, para demostrar que en ese punto perdido era posible detenerse.

Se acercó a la ventana. La tierra se extendía, como si la anchura fuera una oportunidad. Las luces de la pista de aterrizaje se apagaban una a una, como cuentas de oro. Se llevó los dedos a la nariz, tenían un olor metálico, de tanto empujar corcholatas.

El galpón era el último punto de mira en la montaña. Se preguntó qué pasaría si alguien, en algún sitio, pudiera observarlo. ¿Sabría por qué estaba ahí? ¿Comprendería lo que significan un hombre de cerillo y una tercia de ases? ¿Imaginaría la boca de Patricia, abandonada a lo que cambiaba durante su sueño? ¿Sentiría lo mismo que él? ¿Pensaría que había perdido o ganado algo? ¿Entendería lo que empieza cuando la gente se queda sin gasolina?

EL PLANETA PROHIBIDO

Como todos los inviernos, ese era el peor. Tormentas de nieve, pies mojados, vitaminas que oscurecían la orina. Fernández se compró unas botas pesadísimas y un sombrero de fieltro de cazador de hurones ("Setenta por ciento del calor corporal se va por la cabeza", le había dicho la secretaria del Departamento de Economía, una mujer con pasión por los tejidos y las estadísticas).

Sus cuartos amueblados daban a una fila de chimeneas de ladrillo, lotes con autos bloqueados por la nieve, un edificio color turquesa con una bandera demasiado densa para ondear y, muy al fondo, un cielo parejo y blancuzco. Estaba en el centro de New Haven, pero el paisaje hacía pensar en las afueras. Tardó una semana en descubrir que detrás de todo eso estaba el mar. Una mañana de viento distinguió grúas, gaviotas y, si sus ojos no lo engañaban, mástiles de yates. Se reconcilió un poco con aquella vista, quizá también porque ese lunes le habló su hija Juliana. De golpe, a ella le parecía urgente (¿o dijo "básico"?) saber cómo vivía, supervisar su comida en el refrigerador, cerciorarse de que no acosara a demasiadas rubias.

—¿Cómo te va de "cerebro mojado"?

Elizabeth lo había comparado con los "espaldas mojadas" que trabajaban en el valle de la fresa para bajarle los humos de profesor visitante. Le gustó que la hija de su primer matrimonio usara una expresión de su segunda mujer.

—¿Cuándo vienes? —preguntó Fernández.

Con enorme entusiasmo, Juliana contestó que no sabía. Oírla era eso: un arrebato seguido de posposiciones.

Su hija se interesaba en tecnologías alternativas y destrezas difusas que giraban en torno a un nombre unificador: "realidad virtual". En sus siguientes llamadas de larga distancia, describió sus compromisos con unos japoneses que estaban en México, la gripe de Rodriguito, el talentoso proyecto de Rodrigo, las cambiantes razones que la retenían en México.

Para Fernández, la posposición del viaje de Juliana al menos tenía una ventaja: no tener noticias de su yerno. Detestaba a Rodrigo de un modo íntegro, con razón y sin razón. En siete años no había podido acomodarlo en su vida. De nada servía el comentario de Elizabeth: "Odiarías igual a cualquier compañero de tu hija" (¿por qué tenía que asumir esa pose liberal? ¿Desde cuándo un cretino de tiempo completo calificaba como "compañero"?).

A saber cómo hubiera reaccionado con otro yerno. Juliana tuvo pocos novios y él los ignoró a todos. Sólo cuando ella anunció su matrimonio, detuvo la vista en aquel inolvidable suéter de cuello redondo, sin camisa abajo. Rodrigo tenía la nariz fina, la quijada fuerte y las manos firmes y cuidadas en las que el mundo confía para anunciar lociones, alguien enteramente dispuesto a fascinarse a sí mismo. ¿De dónde sacó su hija a ese embaucador capaz de cortar el aire con sus dedos bronceados mientras hablaba del "lenguaje multimedia"? A Elizabeth le pareció fantástico, y ese fue otro golpe.

—¿Viste qué nalguitas? —ella sonrió, disfrutando la molestia que causaban sus palabras. Fernández trató de suprimir el recuerdo de Elizabeth, descalza en un parque de hacía veinte años, cuando dijo algo parecido de él.

Sí, Rodrigo tenía nalgas estupendas. Y lo sabía.

Después de varias reuniones forzosas y de un intenso esfuerzo neurológico para concentrarse en lo que decía Rodrigo, Fernández supo que su pasión era la "vida al aire libre". Sin embargo, lo importante de este impulso rústico es que ocurría en una computadora. Rodrigo trabajaba en un programa para alpinistas virtuales.

Al cepillarse los dientes, Fernández empezó a hacer cuentas de todos los dentistas y los juegos de frenos que le pagó a Juliana.

La noche en que cenaron con Juliana y Rodrigo para saber cómo les había ido en su luna de miel, Fernández contempló demasiadas fotos con desgano y, ya en la casa, abrió un frasco de somníferos ante Elizabeth. Ella lo miró con aire comprensivo, le untó en el pecho un ungüento de eucalipto, lo abrazó sin importarle que el fomento se le embarrara en el camisón, bajó su mano hacia el pene, terminó de provocar la erección y él no tuvo valor para rechazarla. Le molestaba que el ardor del momento proviniera del contacto con la joven pareja, de cuerpos hermosos que no eran los suyos. Tal vez las manos de su hija tocaban las nalgas de Rodrigo mientras él soportaba la lengua deliciosa y aguda en la oreja, demasiado tarde para encontrar una excusa convincente y demasiado pronto para fingir el efecto del somnífero. Fernández cedió a esa suave aquiescencia, aceptó el acoso que dependía de otro abrazo, las manos perfectas y vacías que dominaban a su hija.

El matrimonio de Juliana tenía que durar poco, no tanto por la capacidad autocrítica de su hija, sino por el egoísmo de Rodrigo y su aptitud para encandilar a otras mujeres. Pero durante siete años sólo Fernández pareció advertir ese egoísmo. Camelia, su primera mujer, elogiaba a Rodrigo sin parar, una excepción en un país de machos, siempre dispuesto a cambiar pañales, rebanar sushi y otras tareas desagradables.

Juliana parecía feliz entre los dos Rodrigos, al menos se sentía suficientemente bien para rechazar la ayuda de su padre. "No me gustan los apoyos de arriba abajo", comentó en una ocasión, como si fuera una Organización No Gubernamental y como si el dinero paterno pudiese llegar de otra manera.

Fernández delegó en Elizabeth la compra de regalos y la elección de los restoranes donde debían reunirse. Le pidió a Rodrigo que le hablara de tú y escuchó con amarga atención lo que su yerno tenía que decir: avanzaba en su programa para alpinistas sedentarios; gracias a una fina red de estímulos electrónicos, las memorias del frío y la ascensión serían tan auténticas como las de quienes se arriesgaban en la limitada vida real. El proyecto estaría listo en el siguiente siglo, cuando Fernández hubiera muerto. "Los celos que no tienes como esposo los tienes como padre", le decía Elizabeth. Era cierto; con Camelia jamás padeció las vejaciones de la inseguridad amorosa; cuando supo que se acostaba con Ramiro Leal, lo único que le asombró fue aquel paradójico apellido; para entonces, el matrimonio estaba liquidado, él ya había descubierto a Elizabeth y fue un alivio que también Camelia tuviera adónde irse.

Pero la mente necesita sus zonas conspiratorias y él desplazó su reserva de celos a Juliana y a la competencia en el trabajo. Jamás combatía por un ascenso en forma consciente, pero no toleraba ser "saltado". En buena medida, por eso permaneció tantos años en secretarías de Estado; el sistema cortesano, con sus alianzas de pasillo y sus intrigas sutiles, se prestaba para que tres o cuatro grupos en pugna lo reclamaran como aliado y mitigaran toda noción de competencia directa. En su calidad de asesor de finanzas, en el techo teórico de la macroeconomía, podía conservar el puesto aunque el peso se desplomara y la deuda creciera. Nunca tuvo cargos de decisión, de modo que sus gestiones en la sombra se cubrían de una ambigüedad protectora: muchas veces las medidas se tomaban en contra de sus sugerencias.

Durante dos sexenios fue coordinador de asesores, una sombra entre las sombras, a suficiente distancia para decir sin trabas que todos los políticos son corruptos, y a suficiente cercanía para preciarse de mitigar sus daños. En los buenos días, olvidaba que uno de sus asesores estaba ahí porque el secretario odiaba al subsecretario del que ellos dependían y había decidido vigilarlo desde la "alberca de especulación" de Fernández. De cualquier forma, las alianzas eran tan complejas que en ocasiones su único apoyo era el espía del secretario.

Al cumplir sesenta hizo toda clase de cálculos para un "retiro anticipado". Tarde o temprano tendría que volver a la academia de la que juraba no haber salido. Además, el Tratado de Libre Comercio necesitaba otra clase de celebradores. En cierta forma, él había contribuido a los cambios; los jóvenes ambiciosos, con el pelo cubierto de *mousse* y la cabeza llena de nociones de "primer mundo", eran su oblicua herencia, pero faltaba poco para que lo encontraran demasiado lento, casi petrificado en el sillón de cuero donde había visto el ocaso de incontables políticos. El retiro estaba lleno de virtudes: libre de presiones y pactos de lealtad, narraría la intensa picaresca de sus oficinas, ejercería una feroz autocrítica a destiempo. También se sentía capaz de negociar que le dejaran el chofer para ir tres veces a la semana a su seminario en El Colegio de México.

Los lunes en la mañana, al regresar de su casa en Tepoztlán, aprovechaba la carretera para pulir sus próximos años. El paisaje arbolado se fundía en planes inciertos que, sin embargo, le dejaban la impresión de que el porvenir era un sitio donde él estaba contento.

Curiosamente, la señal de alarma estalló en Tepoztlán, donde las llamadas parecían venir de una estepa barrida por el viento. Apenas logró oír la voz del subsecretario.

Apagó maquinalmente el velador del cuarto, encendió la luz del baño, buscó su rostro en la pared –una mancha parda y azulina en los mosaicos de Talavera, una barba descuidada en el espejo–, se rasuró minuciosamente, pasando dos veces la hoja, para no dar la ventaja de un rostro humillado.

Elizabeth lo vio salir sin preguntarle nada; sabía de dónde llegaba la orden que lo hacía meter papeles en el portafolios (más una superstición que un recurso).

–¿Te espero a cenar? Estoy descongelando un pescado.

–A lo mejor –sabía que era imposible, pero quiso darse ese lujo, una cita posible, el pelo cenizo de Elizabeth bajo las copas colgadas del entrepaño, los cristales cubiertos por el vapor cargado de laurel.

El chofer iba a recogerlo hasta el lunes y tuvo que manejar bajo una lluvia constante y tenue.

Gómez Uría lo recibió con un enfático apretón de manos. La temperatura de la oficina era tibia, pero el subsecretario llevaba un suéter bajo el saco, una costumbre adquirida en sus años de Oxford. La ropa contrastaba con el bronceado del rostro. Gómez Uría explicó que había ido a la Copa Davis. Toda la clase política estaba ahí. México perdió, pero de chiripa.

Fernández vio los libros de arte en la mesa de centro, inútiles tomos sobre el muralismo, el mole poblano, los peces del Golfo. Entonces le llegó la palabra *ciclo*.

¿Valía la pena continuar el rito? El hombre que seguramente sudaba bajo su suéter estupendo habló con expresión neutra, como si los ciclos pertenecieran al mundo maya y no al despido que estaba por hacer.

—¿Dónde te firmo la renuncia?

—No es necesario. No estás contratado.

Aunque merecía explicaciones, supo que ninguna lo dejaría satisfecho. Escuchó la oferta de conservar el coche con chofer.

—El mayor golpe de salir del presupuesto es quedarte sin chofer en una ciudad del carajo —Gómez Uría sonrió con desgano.

Era lo que él había pensado tantas veces en la carretera donde se inventaba retiros.

—El coche está en la puerta —Fernández tiró las llaves sobre el libro de peces, con una sobreactuación que jamás había mostrado en sus relaciones con las mujeres.

Durante años había jugado ajedrez con Elizabeth, pero a últimas fechas jugaba solo, contra la computadora que le regaló Juliana. El sistema de retadores en las competencias oficiales sugería una infinita cadena de la inteligencia: de las cafeterías de barriada a la estepa casi metafísica donde oficiaba el último genio ruso. Bobby Fisher, con su locura y su hueca vanidad de superestrella, era el eslabón roto en la cadena, el imbécil genial que a veces asaltaba el tablero.

Después de hablar con Gómez Uría se encerró en su estudio a reproducir "la lanzadera", de Carlos Torre. Poco a poco, el tablero lo llevó a otros recuerdos, la agotadora batalla de Karpov contra Kasparov. Al principio estaba con Kasparov, el retador ególatra y fantasioso. Cinco veces Kasparov demostró su inventiva audacia, y cinco veces pagó el precio. Faltaba una partida para que Karpov retuviera el título, cuando el otro K cambió de estrategia: convencido de que no podía ganar, jugó a no perder. Los titanes comenzaron a empatar. Al finalizar el invierno, habían hecho tablas cuarenta veces. Karpov lucía demacrado, a una jugada de la demencia. Fue entonces que Fernández cambió de favorito. La tortura del triunfo siempre aplazado lo hizo ponerse de parte del hombre que llevaba cuarenta empates a punto de retener el título. Ya no importaba quién era mejor sino quién resistía la devastación nerviosa. Lentamente el joven Kasparov hacía que Karpov descendiera hacia él, la cadena de la inteligencia era alterada por otra forma de la sucesión: la resistencia física. Kasparov *heredaría* el título por agotamiento del veterano. Cuando la Federación interrumpió el campeonato, Fernández sintió un profundo alivio. Kasparov había demostrado una enervante capacidad de ascenso: mientras el campeón enfermaba de empates, él aprendía a combatirlo.

Estuvo hasta la madrugada ante el tablero inmóvil. En cuanto amaneciera, uno de sus alumnos se iba a sentar en su sillón de cuero y decidiría cambiarlo por un armatoste aerodinámico. El invierno de los empates había concluido, las piezas se difuminaban ante su vista cansada, algo más fuerte y lejano que Gómez Uría había decidido esa partida.

Aceptó dar un curso sobre la privatización de las empresas públicas y se asombró de lo fácil que le resultaba comunicarse con jóvenes que no fueran sus hijos. Juliana era demasiado nerviosa y Sebastián un lánguido desastre; desde los catorce años (y ya iban dieciocho) tenía un pelo que le cubría la mitad del rostro a la manera de Lana Turner (aunque seguramente él se comparaba con alguna potestad del rock pesado) y un rostro pálido que fascinaba a todas las muchachas autistas de México; no podía llegar a Tepoztlán sin una adolescente que se sentaba en el pasto a contar hormigas en una postura incomodísima, no comía nada ni disfrutaba otra cosa que no fuera arruinarle el día a los otros. Sebastián siempre acababa de reprobar cuatro materias, llevaba animales raros a casa de Camelia (la cadena del psicópata: del hámster al halcón) y sólo había tenido un trabajo, como cargador de cables de un músico electrónico que vendió sus sintetizadores para pagarse una operación de cambio de sexo. Una tarde, Fernández lo espió en el jardín de Tepoztlán: durante una hora su hijo mordió una rama. Trató de recordar la caída que le secó el seso en la infancia, el trauma que lo llevó a esa inmovilidad pasmosa. De niño,

Sebastián no se orinaba en la cama ni era pirómano ni quería sacarle los ojos a un conejo. No dio señas de una mente perturbada, aunque tampoco mostró el menor sentido del dinamismo. Dormía en calzones y camiseta porque, en su religión de la calma, la pijama aún era una investidura inmerecida. Sólo se salvaba del calificativo de *mediocre* por la ocasión en que llegó rapado, con una rata de agua amarrada al antebrazo y una novia de trece años y ojos azorados, como si todas las cosas despidieran quinientos watts, y por la tarde en que fue a dar al hospital por beber pintura de aceite. Fernández lo hubiera sometido con gusto a una batería de pruebas psicológicas, pero Elizabeth lo detuvo. Su hijo no sólo era normal sino inteligente, lo decía no sólo como su madrastra sino como psiquiatra. Por desgracia, nadie podía explicarle por qué usaba su inteligencia para beber pintura.

Las discusiones en torno al Tratado de Libre Comercio llevaron a Fernández a varios programas de televisión. Sus ideas no habían cambiado desde que estuvo en Hacienda, repitió las críticas que fueron puntualmente ignoradas por sus jefes. "La mejor forma de volver al gobierno es criticarlo como tú lo haces", le dijo un amigo que llevaba treinta años fracasando en la oposición.

A los pocos meses, Gómez Uría, apurado por cerrar un nuevo ciclo, le ofreció su viejo empleo. El subsecretario elogió su habilidad para hablar sin "tapujos" y brindar "datos duros" en sus ocasionales artículos de periódico. La sinceridad que antes le hubiera costado el puesto se había convertido en su camino de regreso.

Disfrutó intensamente decir que no. Tenía otros planes: "Voy a dar un curso en Yale", mencionó la universidad porque el hombre de saco de *tweed* y coderas de cuero la tomaba por un santuario.

Elizabeth tenía demasiados pacientes para acompañarlo durante un semestre. Además, había decidido ampliar la casa de Tepoztlán: un estudio con vista al valle para que él escribiera su libro definitivo.

En el avión, pidió un *bloody mary*. Tal vez porque había dormido mal y porque nunca bebía a esa hora, se sumió en una blanda melancolía: sus meses sin Elizabeth serían un desastre. Ya extrañaba el contacto con sus pies fríos en la cama, su ardor rápido, sus opiniones decididas; era incapaz de leer el periódico sin dialogar mentalmente con ella (lo extraño es que rara vez anticipaba sus opiniones: imposible prever a Elizabeth, imposible mejorarla en la imaginación).

Después de diez años de películas de Bergman y otros diez de películas de Woody Allen, parecía una falta de carácter querer a alguien con pareja intensidad. Sin embargo, así había sido con Elizabeth; el misterio superior consistía en averiguar lo que ella veía en él. Se recordó a los treinta y seis años, cuando la conoció: le habían recomendado una raíz zapoteca para luchar contra la calvicie y reía con la boca torcida para no mostrar sus dientes. Su único rasgo virtuoso era la lengua que podía enrollar como un taquito para producir un raro silbido que no heredó ninguno de sus hijos.

Pidió otro trago y silbó con su lengua circular. La

mujer de al lado tenía la edad de Elizabeth, pero parecía extirpada de un altar de piedra. Lo vio con simpleza reprobatoria, pensando que festejaba las piernas de la azafata. ¿Podía entender esa matrona de torso acorazado que su silbido aludía a carencias metafísicas?: el hijo correcto que no tuvo, lo que hubiera querido heredarle.

Como tantas veces, pasó de Elizabeth a Camelia, los años de suéteres de cuello de tortuga, hijas de la República Española que sí cogían, cuadros abstractos pegados con tachuelas en las paredes de su primer departamento, una ciudad a la que se llegaba en tranvía a todas partes, con palmeras en las calles y un sinfín de cabarets donde se anunciaba la gran noticia: los marcianos llegaron ya y llegaron bailando chachachá. ¿Recordaría Camelia la azotea a donde la llevó con el pretexto de contemplar el amanecer y donde le quitó los calzones, esos calzones tejidos que no volvería a ver y que su memoria convertía en algo antiguo y museográfico, un paño inverosímil, como si hubiera desvestido a una muchacha de Vermeer? El tercer marido de Camelia era notario y pintor aficionado, de pelo blanquísimo y trajes impecables y azules. Fernández no podía saludarlo sin pensar en los calzones tejidos tirados en la azotea. Le llevaba esa ventaja. Sus dedos podían comparar el vello púbico de Camelia −erizado y escaso− con la mata densa y suave de Elizabeth. Obviamente esto sólo le importaba a él, una partida de ajedrez contra sí mismo. Si algo lo unía con el notario pintor no era la mujer con la que una vez copuló furiosamente, sino los hijos. Cosme (nombre absurdo para un notario, y más para un pintor) soportaba a Sebastián con paciencia franciscana. Había que agradecerlo. Después de todo, sus vidas no se habían torcido por completo. Tenían problemas, claro, pero ¿quién quiere vivir en Suiza?

Terminó su segundo *bloody mary* y cayó en un sueño lleno de sol, oloroso a pasto recién cortado.

El departamento que le consiguió la universidad era la locación ideal para filmar a un asesino antes de su magnicidio: Oswald aceitando el rifle bajo la luz rayada de las persianas.

Salvo un par de ancianas que circulaban por los pasillos con misteriosas bolsas de papel estraza, todos los inquilinos parecían estar de paso.

Al ver el desparpajo con el que los colegas hablaban de televisión (algo impensable en el refinado culto a las apariencias de El Colegio de México), supo que si no disponía de una pantalla se iba a quedar, no sólo sin una actividad para las tardes de cuarenta grados bajo cero, sino sin tema de conversación. Rentó un aparato donde los blancos se veían color naranja y los negros morados. En las noticias abundaban las muertes violentas (una cada catorce minutos, según le dijo la secretaria de Economía). Se volvió experto en los casos del momento: la mujer que emasculó a su marido, los hermanos que acribillaron a sus padres mientras comían helados frente al televisor, la patinadora que mandó lesionar a su rival.

El primer día de clases recibió una circular sobre

"Formas de reconocimiento y prevención del acoso sexual". La puerta de su cubículo debía permanecer abierta mientras él estuviera allí, estaba prohibido establecer "contacto visual" con los alumnos, se recomendaba hablar de temas neutros en los encuentros casuales.

Dedicó esa mañana a espiar a sus colegas. Descubrió a un célebre medievalista italiano con tres alumnas en el pasillo; el profesor no despegaba la vista del garrafón de agua para proteger a sus discípulas (una de ellas con un leotardo que revelaba que venía del gimnasio sin pasar por el frío) de una mirada digna de Petronio.

Como Fernández sólo estaría ahí un semestre, podía arriesgar el escándalo de verle la cara al alumnado. Eso sí, refrenó su tendencia a tomar a su interlocutor del antebrazo y en elevadores y cafeterías habló de un tema suficientemente genérico: los crímenes de moda. Le sorprendió la facilidad con que sus alumnos perdonaban a los culpables. "Hay que saber por qué lo hicieron." Lo decisivo no eran los balazos en el paladar sino los ultrajes previos, las mentes torturadas, dignas del departamento donde él vivía. La omnipresencia del crimen y el gusto teatral por los juicios habían logrado que aquellos muchachos con gorras de beisbolista puestas al revés y camisetas que anunciaban el fin de la virginidad, del mundo o del temor a la gordura, encontraran motivos para vaciarle dos cargadores a una octogenaria.

Más que los argumentos (el respeto a la libertad individual transformado en el fundamentalismo de la autodefensa), detestaba la disposición de sus alumnos para castigar a los padres, los abuelos o los jefes por horrores de otro tiempo. No le costó trabajo imaginarse atado con dinamita a una silla y a Sebastián con un cerillo en la mano.

Cuando caminaba entre la nieve y los edificios neogóticos del campus, se cuidaba de no ver a los ojos a los mendigos que ofrecían sus tintineantes tarros de zinc por temor a que se sintieran amenazados por su mirada y tuvieran una legítima ocasión de protegerse matándolo.

Las ambigüedades de un mundo donde se comprende demasiado lo que más se teme y donde las normas puritanas de la oficina contrastan con las ofertas hipersexuales de la calle, le provocaban un fascinado extrañamiento. Estaba y no estaba ahí. Era el hombre temeroso de concentrarse en la comisura manchada de yogur de durazno de una alumna y el hombre excitado por los anuncios de sexo por teléfono que salpicaban los periódicos (en especial le gustaba una mujer de espaldas; sus nalgas pequeñas, torneadas, tersas, le hacían suponer que era coreana, un perfecto culo oriental y un mensaje embarrado en la espalda: *fuck me*. Al lado, con involuntaria ironía, se anunciaban potentes aspiradoras).

En la escalera del Departamento de Economía había encontrado envolturas de condones. Las marcas tenían resonancias arcaicas (Trojan o Ramsés), acaso para demostrar que con ellos se sobrevivía y ofrecían una vana protesta contra los pasillos llenos de papeletas y horarios, un ambiente sólo perturbado por los ronquidos de la vetusta cafetera de metal.

No estaba en el mejor momento para apreciar una biblioteca infinita. Los volúmenes de la Sterling demostraban lo mucho que ya no iba a leer. Sus apuntes para un libro avanzaban despacio. Los obstáculos para trabajar en México ahora se le presentaban como acicates: necesitaba interrupciones para mantener la mente alerta, pero el teléfono apenas sonaba, los profesores hacían del distanciamiento una forma de la cortesía, no había tráfico ni compromisos que lo alejaran de su escritorio. Sólo su torpeza para las cosas prácticas lo ayudaba a matar el tiempo; confundía los cheques que debía enviar por correo, desconfiaba de sus decisiones en el supermercado y se convenció de que cualquier operación cotidiana resuelta "a la primera" estaba mal hecha. Trataba de prefigurar cada trámite, por nimio que fuera, en una serie de ensayos y borradores. El más complejo le llegó en un cesto de ropa sucia. No había forma de delegar esa actividad. En la gasolinera, podía acercarse a la bomba de los paralíticos y los mutilados, pero aquel cesto era la última frontera del quehacer individual. Si no le gustaban las máquinas en su edificio, podía cruzar la calle hacia un negocio donde encontraría las mismas máquinas.

Cuando bajó al sótano con una caja de detergente supo que los ruidosos ojos de las lavadoras le brindarían los ratos más decisivos e inconfesables de su estancia en New Haven.

¿Cómo decirle a Elizabeth que lograba equivocarse en todo, que la cantidad de detergente y el tiempo de secado le preocupaban más que sus clases? ¿Entendería alguien la profunda sensación de ridículo de sostener en sus manos los calzones que seguían sucios?

En su primera visita vio que los inquilinos encendían las lavadoras, subían a sus departamentos y regresaban al cabo de media hora. Fernández hizo lo mismo. En el elevador, el cesto vacío le provocó un placer infantil.

Tardó en volver al sótano para convencerse a sí mismo de que no había visto el reloj cada cinco minutos.

Abrió una máquina secadora, metió su ropa mojada, escogió una temperatura media, volvió a su departamento.

Pasó un rato ante la televisión. Una actriz confesaba que también ella se había acostado con Elvis. El Rey olía estupendamente.

Cuando regresó al sótano, su máquina estaba quieta. Abrió la ventanilla circular. Calzones empapados, miserables. Tal vez se necesitaban dos rondas de secado. Colocó otras cinco monedas.

Media hora después, la ropa seguía húmeda. Sólo a él se le ocurriría insistir con una máquina descompuesta. Fue a ver al portero. Recibió papel, lápiz, una cinta adhesiva para colocar un letrero informando que la máquina no servía. Escribió su nombre y su número de departamento para que la compañía de lavado le devolviera el dinero.

—¿Su nombre es Fernández? —escuchó una voz a sus espaldas.

Se volvió. Un muchacho señalaba el letrero.

—Me llamo Jonathan.

Fernández apretó una mano gruesa. Luego miró la camiseta con el mensaje *"Too drunk to fuck"*.

—Perdón. Es la última que me queda —acarició una ventanilla—: Es mejor que la televisión, ¿verdad? ¿Tuvo problemas con su máquina?

Fernández contó su pequeña historia.

—Use la mía —Jonathan lo ayudó a cambiar la ropa y depositó el dinero en la ranura.

Fernández no tenía muchos deseos de conversar, pero el muchacho le había prestado dinero y parecía ansioso por hablar durante la media hora de secado.

—¿Estudias en Yale? —le preguntó Fernández.

—Yo no. Mi hermano. Vine a visitarlo pero ya llevo ocho meses. No quiero regresar. Odio a mis padres —atenuó la última frase con una sonrisa, como si temiera ofender a alguien que seguramente tenía hijos.

—¿Dónde viven tus padres?

—En California.

—¿Y no extrañas el clima?

—De ahí no extraño nada.

Fernández desvió la vista a la ropa de colores confusos que giraba en la secadora. Unos veinte minutos más, por lo menos.

Jonathan siguió hablando, sin modificar su tono suave, como si lo que contaba careciera de emoción. Durante unos años estudió periodismo. Una tarde, mientras regaba el jardín de su casa, escuchó que lo llamaban sus vecinas, dos ancianas de cincuenta años.

—Perdón —dijo Jonathan, calculando que Fernández era mayor que sus vecinas—. El caso es que ellas habían descubierto una pelota de tenis en un fresno y me pidie-

ron que la bajara. Subí al árbol, me caí y me rompí la
columna. ¡Por una pelota de dos dólares! Ahí tiene mi
historia –Jonathan sonrió con raro entusiasmo–. Voy a
terminar de doblar mi ropa.

Fernández lo vio moverse con torpeza.

–Piense en eso: una pelota de tenis –Jonathan salió
del cuarto.

Llegaba al salón unos quince minutos antes que sus
alumnos y fingía releer un texto mientras acariciaba
las monedas de veinticinco centavos que servían para
el lavado. Poco a poco, la mesa de roble que ocupaba el
centro del cuarto se iba llenando de mochilas, gorras
de béisbol, galletas, sándwiches de atún. Los alumnos se
sentaban en derredor, con rostros adormilados; algunos
apoyaban el antebrazo en la madera y dormían sin tregua. Cuando supo que lo mismo pasaba en el seminario
del eminente Thompson, Fernández encontró otro motivo para aceptar lo insensato como una costumbre local.

En una ocasión creyó ver a Jonathan en las sillas al
fondo de la clase, donde se sentaban los oyentes. Lo mismo ocurrió en la sala de lectura de la biblioteca, tan pro-
picia para los fantasmas. Le gustaba ese espacio con sillones de cuero raído. Allí, lo vetusto significaba dignidad
pedagógica. El polvo, las duelas disparejas, los ruidosos
tubos de la calefacción, las luces mortecinas garantizaban
un saber ajeno a los caprichos de la época; el descuido
intencional (casi se podría decir "renovado") hacía que

lo rancio se confundiera ventajosamente con lo "clásico". Entre esas paredes recorridas por sombras, Fernández desvió la vista de su libro varias veces. Pero no se trataba de Jonathan.

Juliana habló para decirle que tampoco esa semana podía ir; se moría de ganas pero estaba metida en algo astronómico y confuso (la técnica se llamaba "videoinstalación", y el resultado, *Las nueve lunas de Saturno*).

–Tengo que pedirte un favorzote. Me urge un material de El Planeta Prohibido.

–¿El Planeta Prohibido?

–¿Todavía no lo conoces? ¿En qué galaxia vives?

Fernández apuntó la dirección en la orilla de un periódico. Juliana le hizo repetir las siglas llenas de consonantes y números de los videos que necesitaba.

Lo mejor del viaje en tren era la llegada a Nueva York, la energía en la estación de Grand Central, la intensa fábrica de pasos, rumores, guantes que sostenían periódicos y portafolios.

Se sintió capaz de sumirse en los túneles de la ciudad sin perderse en sus numerosas nervaduras. Entró a un vagón que parecía un ejemplo paródico del metro: demasiados cortes de pelo, demasiados idiomas, demasiados grafitis. Se concentró en un negro con la cabeza rapada a la altura de las orejas; luego, el pelo se alzaba en un compacto budín y desembocaba en unas trencitas idénticas a los fusilli que él comía en los restoranes italianos de New

Haven. Contó los aretes en la nariz de una oriental y trató de entender el tatuaje en el tobillo de una adolescente. Un hombre pequeño y pálido se ató un listón negro en el antebrazo, se colocó un cubito de espejos en la cabeza y empezó a salmodiar acompasadamente. Fernández tardó en entender que se trataba de un judío ortodoxo. Quizá porque se dirigía al Planeta Prohibido, le hubiera resultado más natural ver la jeringa y el antebrazo listo para la sobredosis.

Los detalles lo alejaron del conjunto; el conductor dijo algo por una bocina devastada y mucha gente se quedó en un andén donde las máquinas de refrescos tenían tres capas de grafiti. Luego, como si saliera de un mareo, supo que el tren ganaba velocidad: vio los pilares en fuga de una estación. Una mujer que había estado en trance ante una revista con un mandril en la portada, le preguntó a Fernández:

—*Express?*

El tren devoraba millas subterráneas; las luces se apagaban de cuando en cuando sin que disminuyera la velocidad. Fernández sintió un extraño relajamiento. No podía hacer nada. Le llegaron palabras que no habían perdido fuerza desde su infancia. El culo del mundo. La casa de su chingada madre.

Descendió en un andén de Brooklyn. Vio a cuatro hombres con audífonos en los oídos. Se acercó a un anciano que mordía un pretzel. Le preguntó cómo regresar a Manhattan.

El hombre habló con una potencia considerable para

alguien con la boca llena de harina. Fernández memorizó el número del andén.

Media hora después avanzaba en algo que parecía un vagón de deportados; las ruedas golpeaban los rieles en un festival del óxido y la chatarra. No llegaría a tiempo a la tienda.

Al regresar a su hotel, se tendió en la cama sin quitarse los zapatos. Despertó a las dos de la mañana, el estómago le dolía de hambre. Recordó una tienda coreana en la acera de enfrente, abierta las veinticuatro horas.

Compró una ensalada y un vaso con café. Regresó al hotel cargando una bolsa de papel estraza. El portero le preguntó si deseaba compañía. Quizá su pelo revuelto por la siesta y el viento de la calle, su bolsa con comida barata, su nueva costumbre de no ver a los ojos, lo convertían en alguien urgido de compañía. Se sintió humillado. De cualquier forma, al terminar la ensalada frente a un histérico programa de concursos, le habló al portero.

La muchacha debía tener unos diecinueve años. El lápiz labial corrido sugería que la habían besado en el pasillo. Se quitó el abrigo, mostrando una falda pequeña, imitación cuero. También la chamarra era de hule, cruzada por cierres inútiles. El hotel estaba cerca de una zona de bares donde la gente llevaba aretes de chatarra y pelos de colores y la música, estruendosa y monótona, se oía con el estómago.

—¿Quieres que te coma? —preguntó la muchacha.

Él asintió sin saber a qué se refería.

La muchacha se arrodilló frente a él, le bajó el cierre, se introdujo el pene flojo en la boca.

Él tardó mucho en eyacular unas cuantas gotas. "Una venida de viejo", pensó mientras contaba los billetes, agregando una propina excesiva para mitigar la sensación de repudio y suciedad que se le pegaba al cuerpo.

Ella salió sin decir palabra. Fernández no le había visto el cuerpo, ni siquiera obtuvo de ella un nombre falso. Imaginó un maravilloso tatuaje en la espalda, le atribuyó un olor rancio y agradable, un vello púbico escaso y suave, un moretón donde él podía hacer un daño delicioso, aretes en el ombligo y los pezones. Pasó dos horas inventándose otro cuerpo, ante el molesto milagro de que el sexo aún le resultara tan agobiante, tan decisivo para sus manos marcadas por pecas, su respiración difícil, el olor a maleta de cuero que descubría en sus camisas.

El día hubiera sido genial de no haber terminado. Fue a la retrospectiva de Lucian Freud y, más que la vibrante realidad de los lienzos, le sorprendió que ese despliegue perteneciera a un hombre mayor que él. Como de costumbre, dialogó mentalmente con Elizabeth; entendió su preferencia por el agua escurriendo de un caño y la inabarcable espalda de un hombre rapado; creyó recordar algo que ella había citado alguna vez: la pintura al óleo se inventó para celebrar la piel humana. Se requerían numerosos colores para producir las tensas superficies que a la distancia adquirían un solo tono inconfundible y vivo. Recordó su televisor, donde los blancos eran color naranja. Luego se preguntó si Juliana apreciaría ese prodigio sin fantasmas. "Supercopias, replicantes, clones, androides", recitó algunas de las figuras que su hija le había enseñado a envidiar. Para ella, nada atractivo podía ser "tal como era"; su pintor favorito no era pintor: un artista de luz que creaba espacios virtuales, formas que se veían sin rebajarse a existir.

"Te vas a morir el día en que el campeón de ajedrez no sea ruso", le decía Juliana. Tenía razón. Era un animal de costumbres, requería de constancias: la Tierra giraba en torno al Sol, el whisky sabía mejor en un vaso corto, facetado, el campeón de ajedrez era ruso. Odiaba a Bobby Fisher.

Compró un catálogo para Elizabeth y una postal para Juliana. "Saludos desde El Planeta Prohibido."

Por la tarde, en un bar, recordó el lugar común de los bebedores de martini: "Nunca más de dos, nunca menos de dos, como los senos de las mujeres". También recordó la observación de Rodrigo, bebedor de agua hervida y devoto de la ciencia ficción: "A mí sí me gustaría una mujer de tres senos". Luego, su yerno había mencionado una película pornocibernética donde una radiación nuclear producía turgentes mutaciones.

Bebió un tercer martini. Sintió una helada quemadura en el esternón.

En el metro comprobó que las escaleras servían para medir la edad. A partir de los cincuenta, el mundo era un sitio poblado de escalones. En México rara vez tenía que vérselas con esas zonas sofocantes y en Yale buscaba elevadores y rampas para minusválidos, pero en Nueva York no había escapatoria: ir de un andén a otro significaba recorrer cuatro escaleras; perdía el pulso, sudaba en el aire denso, sabiendo que quitarse el abrigo era suicida; en cualquier momento, las cavernas serían barridas por un viento oloroso a hules, carbones, ventiladores ahumados.

Al salir del metro respiró un aire marino. Vio a un chino diminuto, con un pescado brillante en las manos. Junto a una toma de agua, otro chino leía un periódico impreso en ideogramas y calentaba sus pies en el vapor que salía de una alcantarilla. Fernández le preguntó por Broadway. El hombre se rascó al cabeza, produjo un sonido interrogante y señaló la entrada de un mercado. Fernández entendió que por ahí se cortaba para llegar a la avenida.

El regusto fragante del martini empezaba a ser relevado por una sensación acre. Avanzó entre carretillas que transportaban plantas viscosas, tal vez setas marinas. ¿Había setas marinas? Ante una hilera de braseros, aspiró humos que olían a medicamentos.

Caminó entre animales, jaulas, tarros con jaleas indescriptibles. Lo único continuo era el barullo, la multitud que lo empujaba sin recato, el enjambre de ruidos, las avispas de cristal que reventaban en su oído.

Tenía la nuca empapada de sudor. De cuando en cuando, la caricia helada del aire llegaba de algún sitio. En lo alto, el mercado semejaba una nave industrial, llena de ventiladores que seguramente se encendían en el verano.

Se detuvo ante un mostrador. Un termo cromado le devolvió su rostro como una mancha enrojecida. Un vendedor le tendió una taza en la que cabían unas cuantas gotas. La tomó maquinalmente y sacrificó una de las monedas de veinticinco centavos que llevaba en el bolsillo derecho.

El té no sabía a nada, algo insólito en ese sitio hinchado de olores. Sin embargo, estaba tan caliente que Fernández sintió que el sudor le brotaba en la coronilla.

Se concentró en unas plantas hasta que temió que fueran mariscos o gusanos milenarios. Alguien le tocó la cadera. Se volvió. Una anciana le tendió un pañuelo. Sólo entonces supo que el sudor le chorreaba en las pestañas. El pañuelo era de un género poroso y fino. Debía verse muy mal para que la mujer le permitiera ensuciarlo de ese modo. Buscó su reflejo en una cacerola colgada en una tienda; vio una mancha opalina, circundada de anillos de tiro al blanco. Devolvió el pañuelo. La mujer le pareció más baja. Los chinos se encogían a medida que él caminaba.

Pasó por una región de cajas y enseres casi abstractos. Al fondo, vio un rectángulo negruzco. La calle.

El paisaje cambió por completo al salir del mercado. Una zona de fábricas transformadas en galerías de arte. Vio unas sillas de neón que se movían en verde y azul turquesa. Sintió una punzada en el pecho. En la acera de enfrente, un taxi amarillo tenía la puerta abierta, como si lo hubiera citado ahí.

Se desplomó en el asiento, hurgó en su abrigo, sacó un trozo de papel periódico, corrió la ventanilla antibalas y se lo entregó al chofer.

Dormitó gran parte del trayecto. De vez en cuando veía nieve plateada y bolsas de basura.

El taxista tuvo que sacudirlo para que despertara. Abrió los ojos ante un fulgor eléctrico. Le costó trabajo discernir los renos de poliuretano en la vitrina de un almacén.

¿Dónde estaba? Lejos de las casas pequeñas y las esquinas de ladrillo del sur de Manhattan. Había dado otra dirección, una tienda de juguetes para Rodriguito. Buscó en su abrigo y sacó un papel fruncido, húmedo de sudor, leyó y las letras le dolieron en los ojos: "El Planeta Prohibido". Depositó el papel en la mano ocre del chofer.

—Estábamos a dos calles de ahí —el hombre silbó una escala rápida, su forma de hacer habitual lo incomprensible.

La nieve se fue tiñendo de negro en el largo camino de regreso. Fernández vio cartones, botellas vacías, un televisor en una pila de desperdicios.

Cuando el taxi se detuvo, un destello rebotó en el hielo que cubría el asfalto. Fernández alzó la vista y encontró un planeta orbitado por aros de neón. Había llegado tarde. Aun así se acercó al escaparate; contempló los estuches de plástico, los colores abusivos, las letras cromadas y en relieve que cautivaban la imaginación de Juliana.

La tienda abría hasta el lunes. Él debía volver a New Haven.

Al entrar a su departamento, con el abrigo todavía puesto, habló a México. La comunicación era nítida, quizá demasiado para acusarse con su hija.

—No te preocupes, ya me lo imaginaba —contestó ella.

—Perdóname m'ija —de golpe se sintió en una película del cine mexicano, el único lugar donde se decía "m'ija".

—No hay bronca, en serio, ya había pensado en otras cosas por si no llegabas a El Planeta.

Le dio gusto encontrar a Jonathan en el sótano de lavado. Habló de Nueva York: el tren exprés, las direcciones cruzadas, El Planeta Prohibido.

—Su hija debe odiarlo —Jonathan sonrió.

—¿No vas a lavar ropa? —preguntó Fernández.

—Ya terminé. Lo ayudo con la suya —sin aguardar respuesta, empezó a introducir calcetines y calzones en una lavadora—. Me imagino cómo lo odia, carajo —cerró el puño y se pegó con entusiasmo en la palma—. ¿Por qué no fue primero a la tienda? ¿Hace cuánto que no lava su ropa?

—No sé.

—No lo he visto por aquí.

—¿Bajas todos los días?

—Todas las noches. Los lavadores nocturnos son mejores. En las mañanas hay viejitas siniestras y fracasadas; como yo —sonrió, con el gusto que le daba insultarse—. Las noches son de los culpables. Es más interesante.

Fernández le preguntó por su espalda. En la planta

baja había un consultorio de fisioterapia, tal vez Jonathan pasaba ahí las mañanas.

—Ya terminé con eso. Hice lo que pude. Igual que usted con la tienda. ¡Casi atrapo la pelota! La hubiera visto entre las ramas. Hasta puedo olerla.

—¿A qué huele?

—A nuevo. Deliciosa —aspiró con fuerza—. Es increíble lo que pueden lograr dos dólares. Una pelota en un árbol, dos ancianas que ni siquiera juegan tenis, mi mano en el aire...

Jonathan tenía los ojos pulidos de emoción. No podía salir de aquella escena perfectamente inútil, perfectamente grave.

Fernández notó una marca en el cuello de Jonathan. Le preguntó si tenía que ver con el accidente.

—No. Mis padres me ponían un collar de castigo. Cuando salían de la casa nos dejaban amarrados a un mueble. ¿Ha visto esos armazones de cuero? También se usan para perros. A Tod y a mí nos llegaron a gustar las correas. Ladrábamos, nos rascábamos con una pata. ¡Era divertido creernos perros! Si te alejabas mucho del mueble, sentías un tirón en la espalda y luego las correas asesinas en el cuello. Mi mamá es limpísima; no le gusta que desordenemos la sala. Había que jugar en corto, cuidar la respiración. Recuerdo el aliento de Tod en mi nuca, oloroso a dulces de mantequilla. Fuimos perros excelentes hasta que tembló en Los Ángeles. Mis padres no estaban en la casa. Nos habían dejado atados, junto a un tazón con lunetas de chocolate, por si nos daba hambre. Tenía la cabeza sumida en el tazón cuando empczó a temblar. Oí que las ventanas vibraban y que alguien aullaba en otra casa. Tod logró zafarse, su correa se rompió de inmediato. Yo me quedé atado, como siempre. Casi me estrangulo tratando de huir —pasó el índice por la cicatriz—. El terremoto tiró cosas por todos lados y entonces pensé que tal vez no había temblado donde estaban mis padres y nos culparían por los platos rotos. Me oriné nada más de pensar esto. Nos daban muy poca agua en la mañana, para que no nos orináramos mientras estábamos atados. ¡Los padres piensan en todo! Pero ahí estaba mi charco apestoso. "Mariquita", me dijo Tod, cuando dejó de temblar —Jonathan hizo una pausa y sonrió con entusiasmo—. ¿Sabe lo que más me gusta de New Haven? La nieve no deja ver a los vecinos.

Juliana le envió fotos de Rodriguito. El nieto tenía las cejas altivas de su padre. Fernández recordó el parto, las horas de espera en el hospital. Cosme, el tercer marido de Camelia, llevó un juego de barajas para hacer trucos en la cafetería. No era muy hábil y puso nervioso a todo mundo. Elizabeth y Camelia se trataban con extrema consideración: hablaron de estambres, cremas sin calorías, videos de ejercicios, temas que no les interesaban. De vez en cuando, alguien elogiaba a Rodrigo. Tan participativo. Tan cariñoso. Tan buen futuro padre.

Es difícil decir que no se entiende una camisa. Sin embargo, Fernández no entendió la camisa que su yerno llevó al hospital (sin cuello, con un triángulo de tela atravesado a medio escote, como la pechera de un húsar).

Camelia lloró mucho abrazada a Fernández cuando vio a su nieto a través del cristal de maternidad. Elizabeth y el notario guardaron una distancia prudente. Rodrigo se acercó y abrazó a los abuelos por atrás, con brazos larguísimos. El gesto hubiese sido agradablemente atlético si no fuera también asquerosamente patriarcal. Camelia miró a su yerno con ojos húmedos y él le limpió las lágrimas. Sus dedos morenos, cuidadosos, cumplían siempre un propósito.

Fernández se preguntó si su nieto sabría enrollar la lengua como un taquito.

Bajó solo a la cafetería. Llevaba más de diez años sin fumar pero le pidió un cigarro a un adolescente que lo vio con infinita reprobación.

Cuando Elizabeth lo alcanzó, iba en el tercer cigarro.

—Todos preguntan por ti —estaba tan contenta que tardó en advertir el cigarro.

—Sólo por hoy —dijo Fernández—. Estoy celebrando.

Se dejó conducir por Elizabeth al cuarto de su hija, se sometió a los abrazos de familiares y conocidos, respiró el agobiante aroma de las flores.

Juliana lucía conmovedoramente hinchada, feliz, y Fernández se estremeció al comprobar que aún podía mostrar más emoción. Gritó al verlo, extendió los brazos en los que llevaba una pulsera de hule, sollozó en su cuello, de un modo abundante, total, perfecto. Cuando recuperó el aliento, le dijo al oído un apodo que él le puso de niña y que no habían usado en eras.

En un rincón del cuarto, Rodrigo lloraba sin hacer gestos. Dejaba que las lágrimas le escurrieran como otra de sus extrañas declaraciones de principios.

—Es un hígado —Fernández le dijo a Elizabeth cuando manejaba rumbo a la casa. Pasaron el extenuante alto de Barranca del Muerto hablando de celos. Luego ella mencionó el cigarro, de un modo suave, desdramatizando la debilidad de su marido. Tanta precaución revelaba que el cigarro no era un problema de salud sino un defecto de carácter.

Cuando salieron del nudo de automóviles, Elizabeth habló de un pájaro feroz, una especie normal y repugnante donde las crías despedazaban a sus padres. Los machos dejaban de cantar cuando las hembras ponían huevos, pero había una isla donde los huevos eran empollados por otra especie y los machos seguían cantando. También eso era normal.

¿Habría una agencia de viajes que pudiera llevarlo a esa isla?

—Es un hígado —insistió Fernández.

Entonces Elizabeth utilizó una palabra desterrada del vocabulario masculino que él odiaba cuando se refería a un hombre. Rodrigo era un hígado "adorable".

Al regresar de sus clases, Fernández descubrió a Jonathan en una pizzería. Estaba ante una mesa llena de monedas de veinticinco centavos. Las miraba ensimismado. Al cabo de unos segundos, desplazó una con el pulgar, como si jugara a algo.

Esa noche, Fernández bajó a la lavandería. Oyó voces y se detuvo en el umbral. Jonathan hablaba de su lesión:

—Cuando sueño, estoy entero. Sueñas que corres y saltas y luego abres los ojos y sabes que estás roto. ¡Carajo!

Fernández alcanzó a ver el letrero en una máquina descompuesta. Una voz gruesa agradeció a Jonathan las monedas que le había prestado. Momentos después, un nuevo vecino salió del cuarto sin reparar en Fernández.

Durante unos minutos largos, Fernández aguardó en el pasillo, escuchando el rumor cíclico del lavado. Luego se asomó al cuarto, apenas lo suficiente para ver a Jonathan ante una lavadora, con los brazos extendidos y los pies abiertos, como alguien arrestado contra una pared.

Jonathan movió la cabeza de repente, como si volviera en sí, y abrió la ventanilla. La lavadora se detuvo. El muchacho se acercó a respirar el aire tibio y jabonoso. Había hecho lo mismo con la ropa de Fernández. El otro inquilino bajaría en media hora, encontraría la máquina averiada, él le prestaría dinero y hablaría de la pelota en el árbol, el instante del que no podía salir.

Fernández oyó que alguien corría en el pasillo. Antes de incorporarse sintió un empujón.

—¿Qué haces aquí? —gritó un muchacho.

—Vengo por un refresco —Fernández señaló la máquina de dulces y refrescos y se sintió estúpido: responder era delatarse.

—Perdón, no estoy hablando con usted. Es mi hermano —señaló a Jonathan—. ¿Qué haces aquí?

El muchacho tenía un rostro picado de viruela y unas patillas delgadas y largas, trabajadas con esmero.

—Es Tod —Jonathan se dirigió a Fernández, con una risa nerviosa.

—¿Lo está molestando? —preguntó Tod.

—No.

—¿Lo está molestando? ¿Lo está molestando? —insistió el hermano. Sus ojos tenían pupilas enormes, opacas, fijas.

Fernández negó con la cabeza, las manos extendidas hacia Tod, que parecía al borde de un ataque.

Tod respiró con ansiedad, las costillas se marcaron en su camiseta:

—La pregunta es: ¿lo está molestando?

—¡No! —Fernández lo vio de frente. Trató de encontrar algo más allá del brillo turbio con que Tod miraba la lavadora abierta.

Por un momento, Fernández pensó que Jonathan había invertido las historias: el enfermo era su hermano. El pelo grasoso y las uñas negras pertenecían a alguien que llevaba meses de encierro. Pero las botas tenían marcas de nieve y lodo.

—Perdón —dijo Tod—. Es difícil cuidarlo: un enemigo público —cruzó sus brazos raquíticos, sin apartar la vista del hermano.

Jonathan sonreía de un modo imbécil. Sus ojos miraban con perturbadora ingenuidad, como si ignoraran una desgracia que los otros ya habían advertido. Parecía la única persona capaz de distinguir que Tod era mayor y había logrado quitarse la correa en el terremoto.

Juliana confirmó su llegada. Pasaría el fin de semana en Nueva York y el lunes estaría en Yale. Le avisaba con tiempo porque no quería competir con ninguna rubia en el departamento.

El domingo Fernández soñó que unas manos pequeñas rasguñaban su ventana. Al despertar, vio la nieve erizada en los cristales. La décima tormenta del invierno.

Abrió el refrigerador: a su hija le iba a parecer una zona de desastre. Anticipó con gusto los muchos desperfectos que Juliana encontraría en su departamento y su rápida manera de corregirlos.

En el supermercado, volvió a sentir el vértigo de las etiquetas llenas de informaciones. ¿*Extra-slim* superaba a *low-fat?* Escogió los envases por los colores que más le molestaban y prometían productos casi médicos.

Había descubierto una tienda de pasteles a diez extenuantes cuadras de su edificio. Caminó, concentrado en sus pasos crujientes; los nativos tenían razón, había que "negociar" el camino entre la nieve.

Entró a un recinto oloroso a dulces y harinas tibias, un refugio de cuento infantil. Sólo la nieve derretida en el suelo de linóleo recordaba que estaba en una ciudad atroz.

Una vez superado, el frío lo cargaba de energía. Compró un pastel demasiado grande.

En el camino de regreso sintió un tirón en la espalda, pero no se detuvo. Rodrigo podía irse a la mierda con su programa para alpinistas imaginarios. Él estaba ahí, en la realidad donde la espalda era algo que dolía, donde la caja de cartón se cubría de nieve y pesaba cada vez más, donde un mendigo lo llamaba desde la otra acera, incapaz de levantarse, pero no de pedir una moneda de veinticinco centavos.

Sintió copos en las pestañas y estuvo a punto de resbalar en una esquina. Se aferró a un tubo que sostenía una señal de tránsito.

Encontró a Tod en la puerta del edificio. No llevaba más que una camiseta bajo su abrigo abierto. Lucía afiebrado. Sus ojos buscaban varios sitios a la vez.

–Perdón por lo del otro día. Jonathan es una vergüenza pero a veces hay que vivir con la escoria.

"Piece of scum", repitió Fernández para sí mismo. La expresión era perfecta para Tod.

Cuando entró a su departamento, el teléfono sonaba. Por alguna razón, pensó que llevaba diez minutos sonando.

Escuchó la voz agitada de Juliana y de inmediato supo que los trenes de Nueva York estaban atascados, que el invierno era una mierda, que no había forma de llegar a New Haven.

–Te hablo mañana, a ver si puedo salir de aquí.

Creyó reconocer un dejo de alegría en las palabras de su hija.

Permaneció ante la caja del pastel hasta que la nieve formó un charco en la mesa de centro.

Recordó el invierno de los ajedrecistas rusos, aquellos empates que sólo llevaban al delirio. Juliana nunca llegaría a New Haven, o llegaría sin tiempo suficiente para interesarse en otra cosa que su propia energía.

El agua escurrió al piso. Fernández fue por una jerga. Al abrir la caja, le sorprendió que el pastel siguiera intacto.

No sabía cuál era el departamento de Jonathan y temía que Tod abriera la puerta. Aguardó hasta las ocho y bajó a la lavandería. Encendió una máquina y el rumor lo acompañó un rato. Un par de inquilinos entraron y salieron del sitio sin notar su máquina vacía.

Se sentó ante la mesa que servía para doblar la ropa, apoyó la mejilla en el antebrazo, como hacían sus alumnos, y dormitó hasta que una mano le tocó el hombro. Fernández alzó la vista.

–Bajé a buscarte –le dijo a Jonathan.

–¿Por qué?

–Esperaba a mi hija para hoy. Tuvo que quedarse en Nueva York. La tormenta detuvo todos los trenes. Compré un pastel –señaló la caja de cartón.

Eran alrededor de las doce de la noche. Las máquinas de lavado estaban detenidas. Tres tubos de neón brillaban en el techo.

—¿Otra rebanada? —preguntó Fernández.

—Sí. Hace mucho que no tragaba como un puerco —Jonathan sonrió.

—Yo tampoco.

Al cortar la rebanada, un trozo de corteza cayó al suelo.

—Es mío —dijo Jonathan, y levantó el índice.

Se puso una mano en la espalda, flexionó las rodillas, descendió muy despacio, los ojos cerrados por el esfuerzo. Recogió la corteza y se incorporó de prisa. Se quedó inmóvil un instante, como si aguardara un espasmo. Luego resopló con alivio.

—Gracias —dijo Fernández.

—Pensé que el suelo estaba más lejos —bromeó Jonathan.

Una curiosa vibración llegaba al sótano, como si el cuarto absorbiera sonidos pulverizados. Los pasos dispersos, las palabras dichas en el sueño, las cosas que dejaban caer manos adormiladas bajaban como una tensión del aire.

Comieron hasta que en la mesa sólo quedó la corteza que había recogido Jonathan.

Fernández tomó el cuchillo y la partió en dos, con mucho cuidado.

EL DOMINGO DE CANELA

–Sagitario se atreve a todo –dijo el gordo.

Marcos lo vio partir su filete con esmero y luego pasar la mano sobre la bolsa de la camisa donde llevaba las apuestas. Era imposible pensar en el gordo Echeverry sin su atuendo de leñador extraviado; la camisa cuadriculada de franela, las botas que según él (lo repetía con sospechosa insistencia) causaban delirio entre los montañistas.

Por el momento, las botas no causaban otra cosa que tropezones entre quienes circulaban en el pasillo. Marcos veía el cuero negro y las agujetas tremendamente amarillas cuando el gordo se volvió a quejar del filete. Había desquiciado a los meseros con su precisa noción de lo que debía ser un filete sangrante; el mismo plato fue y vino varias veces, mientras Marcos trataba de contar las apuestas que despuntaban en la camisa. Eran suficientes para recordarle que llevaba mucho sin pagar un quinto en el hipódromo. Tomó otro trago de cuba, buscó algo que lo distrajera en una mesa vecina; le molestó ser incapaz de responder a la generosidad del gordo. Echeverry se hacía cargo de las cuentas con magnánima distracción, como si además de los billetes rápidos de las apuestas ganadas y perdidas dispusiera de una cantidad ilimitada; en verdad sólo era rico por minutos, pero no podía hacer algo sin exagerar, incluso como locutor tenía un estilo tan bombástico que en su voz *nosocomio, aromático grano, galeno,* parecían elecciones naturales, preferibles a sus raquíticos sinónimos.

Y el gordo jamás le había hecho sentir la crueldad de la cuenta acumulada, al contrario, actuaba como si el dinero fuera un sobrante, algo que en sus manos resultaría estorboso, y como si no fuera a dar a Marcos sino a una causa superior, el teatro mismo. ¿No fue él, a fin de cuentas, quien lo convenció de que valía la pena seguir trabajando con Peñalosa? ¡Seis meses de contorsiones y alaridos, de entender el teatro como un acoso visual, para no dar una función!

La luz daba de lleno en el ventanal que separaba el restorán de la pista. La primera carrera había terminado como una oscura ráfaga, imposible distinguir los apretados cuerpos de los caballos, más allá del cristal centellante. Ahora la sombra había ganado la tierra arenosa; un hombre de pies pequeños pisoteaba las hendiduras en la pista.

La segunda carrera sólo sirvió para que Marcos se preocupara más. El gordo volcó la mantequillera y la salsa mexicana con sus puñetazos en la mesa. Luego llegaron otras cubas y la siguiente carrera lo encontró más relajado. Se entretuvo viendo a las mujeres desaforadas. Le fascinó el momento en que los caballos pasaban frente al restorán y las mujeres saltaban entre alaridos, los pechos oscilando en blusas más vistosas que las de los *jockeys*. Se distrajo tanto que le aplaudió a otro caballo. Tuvo que ver la cara de su amigo para saber que estaban del lado equivocado de la carrera. El disgusto de Echeverry por el nuevo desperdicio de *trifectas* y *candados* se extendió a las mujeres del hipódromo. Despreciaba ese entusiasmo elemental, los brazaletes agitados con furor que en el cierre de cada carrera convertían el restorán en una joyería asaltada. Si Marcos podía sacar algo en claro de los lances amorosos del gordo era que sólo le interesaban las mujeres que tuvieran complicaciones.

Buena parte del ceremonial del domingo consistía en fingir que también a Marcos le gustaban mucho las carreras. No se veían en otro sitio. Sus ensayos terminaban a las cuatro de la mañana y Echeverry entraba a las seis a cabina. El domingo se ponían al tanto de lo que sucedía en sus horarios contrapuestos; Echeverry le preguntaba del teatro, él procuraba no mencionar la radio y lo hacía hablar de la mujer que le había hecho compleja la semana.

Empezaba a oscurecer cuando se escuchó el grito de "¡Arrancan!" por el altavoz. Esta vez Marcos siguió la carrera hasta su nítido desenlace: *Arlequín, Mañoso, Neon Light.*

—Es lo malo de los sagitarios —dijo el gordo—. Nos tienta el azar pero no tenemos dotes adivinatorias. ¡No tengo un pinche planeta en Piscis!

Una vez metido en terreno astrológico, Echeverry divagaba con pasión. Había que cambiar de tema.

—Estoy pensando en volver a la tele —dijo Marcos.

—¿Qué? Si quieres dinero te presto. Basta una vida abyecta en esta mesa.

No había vuelto a pensar en el tema desde que trabajó en una telenovela sobre un santo. Actuó de misionero y ofreció caridad en un español tan histórico que venía de alguna etapa anterior a la gramática. Después de su último capítulo, en el que besó un crucifijo oloroso a Resistol, hizo una auténtica profesión de fe: no regresaría a la televisión, seguiría para siempre en la madera cruda de los escenarios. Pero esto tampoco le traía grandes recuerdos; actuó en condiciones que merecían la intervención del Tribunal Russell: azotó y fue azotado, lo ataron de pies y manos, se desnudó infinidad de veces, fue rociado de saliva por recitadores exaltados, lo suspendieron de cabeza en lo alto del escenario, aprendió a despojarse de su cuerpo, a someterlo a un castigo exultante, se convirtió en carne elocuente. Y luego, por fortuna, vino el cambio, la austera elegancia de los parlamentos, el teatro de voces, en ocasiones Peter Handke, casi siempre Harold Pinter.

Bastó que Marcos insinuara que ahora sí iba a claudicar para que Echeverry hablara del teatro pobre con entusiasmo suficiente para desatender dos carreras, nunca era tan buen amigo como en los momentos en que le recordaba su historia teatral, trabándola con una lógica que sólo él era capaz de ver.

—Ahorita vengo —dijo al fin, seguro del efecto de su perorata.

Dejó el folleto del hipódromo sobre la mesa, *Retinto* y *Barcelona* enmarcados en óvalos de tinta.

Los reflectores se encendieron. Las plantas al centro de la pista adquirieron mayor relieve. Marcos vio los arbustos en forma de trébol y herradura mientras los caballos se paseaban calmosamente con sus cobertores. Encendió un cigarro y aspiró despacio, disfrutando del restorán donde los platos y los meseros habían desaparecido. Una agradable modorra antes de volver a las mujeres frenéticas y la ansiedad de Echeverry, que llegó con nuevas tiras de papel en su camisa.

La séptima carrera se inició con un tropel de ruidos en las mesas. Echeverry se pasó las manos por el pelo, o lo que quedaba de él, los mechones hirsutos que flanqueaban su amplísima frente. Se concentró en la pista. Marcos veía los brazos bronceados de una mujer cuando los gritos de Echeverry lo hicieron desviar la vista a la carrera. *Canela* se despegó en la primera curva, punteó en todo el recorrido y cerró con dos cuerpos de ventaja sobre *Barcelona*. El *jockey* entró a la meta como una ráfaga violácea y Echeverry alzó su boleta como un pendón triunfal. Abrazó a Marcos, le gritó al oído, lo palmeó cuatro, cinco veces, se enjugó las lágrimas.

—¿No le ibas a *Retinto?* —preguntó Marcos, aún incapaz de compartir la excitación.

—Cambié en el último momento. ¡Una inspiración! Nos había ido pésimo con los favoritos.

En el marcador de las apuestas empezaron a cuajar números luminosos. Marcos vio la cara tensa de su amigo, la mirada que parecía seguir tratando de discernir los caballos confundidos en la meta, y deseó que la apuesta pagara mucho, mucho, como para justificar las manos aferradas al mantel en tantos domingos de derrota.

Echeverry había hecho tal escándalo que cuando el marcador se detuvo en una cifra excepcional, recibió aplausos de las mesas vecinas. Agradeció con excesiva parsimonia, tal vez para mostrar que estaba acostumbrado al triunfo.

El pasillo se había llenado de gente, pero él se abrió paso con facilidad; su atuendo tenía una autoridad propia: nada más lógico que la apuesta récord fuera a dar a un leñador extravagante y no a los expertos que llevaban en la corbata un fistol con una pequeña herradura.

Echeverry disfrutaba inmensamente su momento, como si cada uno de sus actos le reportara un triunfo adicional. Regresó a la mesa, la bolsa de la camisa hinchada en una forma casi alarmante, no quiso ver la siguiente carrera, dejó una propina exagerada y habló de celebrar toda la noche.

Las mesas estaban dispuestas en distintos niveles. El gordo vio a un conocido allá abajo; se despidió con un ademán que pareció abarcar el restorán entero. Marcos lo siguió y alcanzó a escuchar que brindarían en una terraza magnífica a la salud de *Canela* y *Barcelona* y las almas de cuarenta y cinco kilos que los habían tripulado. Echeverry anunciaba sus ocurrencias en voz alta, un heraldo de sí mismo, hasta que en su entusiasmo menospreció un peldaño y resbaló aparatosamente.

—¡Puta madre, mi tobillo!

Marcos lo ayudó a incorporarse y se dio cuenta de algo que no supo cómo acomodar en su mente, una sorpresa malbarajada entre otras sorpresas: en la bolsa de la camisa no había más que papeles revueltos.

—Pero si te caíste de *un* escalón —dijo por decir algo.

—Sí, pero lo tengo falseado de por vida. Hace siglos me dieron con un bastón de hockey.

—¿De hockey? Basta un resbalón para que mejores tu biografía.

El gordo se apoyó en él y siguió en el mismo tono delirante:

—Jugaba en una liga bastante respetable para un país tropical. Yo era pésimo, naturalmente. Mi función consistía en tirarme como obstáculo en el hielo. Recibí más bastonazos de los que merece una *res cogitans*. Todavía tengo astillas incrustadas —saltaba en un pie, la mano derecha aferrada al antebrazo de Marcos; parecía increíble que un tobillo se pudiera torcer dentro de esa bota acorazada.

—Agh, no puedo ni apoyarme. Vas a tener que manejar tú. Ya lo sabía, tengo a Saturno en la sexta casa. Date de santos que no me maté.

Fue tan difícil introducirlo al coche que Marcos apenas tuvo energía de preguntar a dónde iban.

—A mi casa, ¿a dónde más?, tengo el tobillo de elefante.

Hacía mucho que no iba a la casa, de modo que Echeverry tuvo que guiarlo en la maraña de calles de un solo sentido.

Tal vez la construcción fuera menos vieja de lo que aparentaba; en todo caso, el último brochazo de la fachada debía de haber caído por 1960. Echeverry sacó un manojo con tantas llaves como si fuera celador de un internado.

–Los robos están cabrones –dijo, mientras Marcos abría la última cerradura, a nivel del piso.

La casa estaba en total desorden. Marcos recogió una estatuilla que había caído al suelo. Increíble que Echeverry viviera de ese modo. Realmente hacía mucho que sólo eran amigos durante cinco horas del domingo.

Pasaron a la cocina, el único sitio de la casa que parecía habitado.

–¿Se te antoja un té? –el gordo abrió una lata y hasta Marcos llegó un olor a tabaco de pipa.

Luego Echeverry se sentó con trabajo. Resopló. Hurgó en sus bolsillos y sacó cosas que hacían pensar en la otra parte de la casa: un pañuelo revuelto, cáscaras de cacahuates, la cuenta del restorán, las llaves, un cortaúñas oxidado, un objeto pequeño, tallado en hueso, semejante a la espina de un pez sierra. Echeverry los vio uno por uno y los guardó distraídamente en su bolsillo. Sólo las cáscaras quedaron en la mesa.

La revelación del gordo le produjo un estupor sin sorpresas, como si entrara en contacto con algo frío y afilado pero no demasiado extraño, un utensilio de la cocina, tal vez. Pensó en abalanzarse sobre él, y por eso no lo hizo.

¿Había algo más absurdo que *pensar* sus impulsos? Ya estaba demasiado lejos, en un sitio donde Sandra guardaba reliquias que a él le parecían ridículas, trozos de tepalcate, aquel objeto dentado que ahora se complicaba en su mente, convirtiéndose en un signo de otro tiempo. Tuvo la impresión de disponer de una contraseña invertida, que sólo servía para cerrar puertas que habían quedado abiertas.

En una época en que la obra de moda se llamaba *El efecto de los rayos gama sobre las caléndulas* todo parecía posible, incluso que ellos tres fueran actores. La vida los había juntado en algo que a la distancia parecía una fraternidad con las mismas ciegas preferencias. Las conversaciones crecían hasta el amanecer y referirse al teatro era como anunciar una forma del futuro; sólo se interrumpían en los momentos de crisis en que se acababan los cigarros y alguien (casi siempre el gordo Echeverry) tenía que ir a los velatorios del ISSSTE, a la vuelta de donde vivía Sandra.

La habían conocido en uno de tantos ciclos dedicados a los Actores Eternos. Marcos y Echeverry acababan de entrar a la Facultad; encontrar cómplices era ya un poco estar en un reparto. Esa noche, James Stewart besó lentísimamente a Grace Kelly. Cuando la sala los devolvió a su molesto resplandor, Marcos la descubrió entre el público, o mejor, descubrió la bolsa delgadita que sostenía en sus dedos y parecía un estuche para guardar lápices. Le dijo algo que luego nadie podría recordar pero que de algún modo estableció un punto de contacto entre ellos y Grace Kelly.

Horas después el gordo dibujó un enjambre de planetas en una servilleta:

–Las efemérides de hoy. Así anda el cielo.

Pidió otra ronda de cervezas y durante media hora entreveró sus tres destinos con el Sistema Solar. A Marcos le hubiera dado igual que hablara de la Constelación de la Langosta, pero de cualquier forma creyó en los milagros de esa noche: Sandra había ido sola al cine, odiaba a los actores franceses que recitaban sus parlamentos como si llevaran cinco años en psicoanálisis, era actriz, nunca había actuado. Esa fue la primera noche en que Marcos vio al gordo resistir la tentación de desviar la plática a una partida de póquer.

Curioso que uno recordara las cosas por sus desperfectos, al menos a él le gustaba hacerlo así; esas pequeñas fisuras hacían interesante la vida de entonces. La casa de Sandra fue primero la puerta defectuosa que había que atrancar con un palo de escoba, y luego sería la llave de agua sin llave (sólo quedaba el tornillo y, para hacerlo girar, había que entrar a la regadera con una moneda de cinco centavos). Pero en la primera visita, la sala fue ante todo una colección de cosas extrañas que no pensaron que ella tuviera: tepalcates y puntas de obsidiana que debían venir de otro tiempo; no les costó trabajo adivinar la desagradable presencia de un antropólogo; de cualquier forma vieron con falsa admiración los flautistas de barro, las máscaras, un amuleto con forma de espina (el gordo se interesó en el tema cuando supo que era un signo adivinatorio mexica, pero dejó de hacer preguntas cuando escuchó que también se usaba para el autosacrificio).

Poco a poco se fueron acostumbrando a la casa en la que no todo tenía que ver con Sandra, y una noche el gordo fue a comprar cigarros, se tardó más de la cuenta, ya no regresó. Marcos se quedó con el pelo castaño de Sandra, sus senos pequeños, los lunares escondidos, y no le molestó que la ausencia de su amigo lo guiara como una mano secreta hacia esa zona viva, al aliento que se mezclaba con el suyo; al contrario, le pareció inverosímil haber tenido que hablar tanto, tanto preludio para llegar a la boca de Sandra.

Luego los primeros ensayos, regresar de madrugada al barrio lleno de conventos y manicomios, acostarse en el momento en que las calles se poblaban de uniformes grisáceos, negros, blancos. Tenderse en la cama con los músculos entumecidos, perderse en una región cada vez más blanda y lenta y silenciosa, lejos del mundo de afuera, donde todos tenían prisa.

Nunca le preguntó a Echeverry si esa noche había dejado pasar el tiempo en los velatorios, fumando entre llantos ajenos y el agobiante olor de las coronas fúnebres, o si se había ido directamente a casa. Lo decisivo fue que supo leer las miradas antes que ellos. Marcos no quiso mencionar el asunto porque estaba harto de entrar al dominio astrológico. Para el gordo, los temas íntimos pasaban por los planetas. Mejor hablar de su trabajo, alguna brutal genialidad de Peñalosa, que empezaba a llevar el teatro a la frontera con el crimen.

Sandra entró y salió de su vida como en un cambio de escena. Hubo muchos montajes y de golpe ese instante: Marcos ya no estaba en el sofá beige de *Viejos tiempos* sino en el sofá marrón de *Tierra de nadie*. Todo parecía una mudanza equivocada: el escenario casi idéntico al de la obra anterior −las mismas luces mortecinas, el mismo rumor de lluvia−, pero sin un sitio para Sandra. Ensayó con la mente en otro lado, con Sandra en el sofá beige.

Ella lo acompañó a alguna representación y siguió la obra con estudiada indiferencia. Nada le importaba menos que el éxito de *Viejos tiempos* se prolongara con una obra sin mujeres.

−¡Pinter es un opio! −le dijo al salir del teatro, con una voz tan cortada que él entendió "apio". Le divirtió que se traicionara de ese modo; su vanidad nunca había sido tan franca como la de las actrices menos inteligentes que ella, y también le gustó esa fragilidad que hasta entonces sólo le había visto en el escenario; anticipó sus ojos enrojecidos, el labio inferior mordido con fuerza, el mohín de reproche que le salía tan bien. Pero Sandra fue la misma de siempre en su cuarto de Tlalpan. Al otro día aceptó una absurda gira a la provincia.

La ausencia de Sandra aumentó la confusión de los ensayos. En las primeras lecturas de la obra había sentido que se sometía a los caprichos de un dios desordenado;

nada de lo que decía tenía mucho sentido. Ahora las largas distancias de Sandra sonaban en los momentos más inoportunos. Tal vez por eso se tardó en preocuparse de Echeverry. Pero cuando las cosas encajaron en su sitio y las frases inconexas del primer acto adquirieron la carga de un final dominado, Marcos se dio cuenta de algo que todo mundo parecía haber notado: Spooner era una ruina. Echeverry había hecho de su personaje un viejo vacilante; se había sobreactuado de un modo agónico. El director le pidió a Marcos que hablara con él, a fin de cuentas era su mejor amigo. No sirvió de nada. Echeverry aceptó su derrota con excesiva facilidad; el personaje estaba más allá de él.

—Además ya conseguí chamba de locutor —añadió, como si hubiera algo bueno en eso.

Marcos le dijo que buscara otros papeles, después de todo, no cualquiera convence como anciano.

—Hay que aceptarlo: soy un gordo que no da el ancho o que sólo lo da en un papel que implique carcajadas joviales, una masa enorme, puras virtudes anatómicas, y además, ¿cuántos papeles de gordo positivo hay en el teatro?

Luego vino el ensayo general, Sandra que nunca regresaba del todo, y Marcos dejó de pensar en la carrera trunca de Echeverry. El día del estreno se fijó más en su saco de ante (acababa de grabar un comercial de sopas) que en la cara que tenía.

Pasó varios meses en el departamento semiamueblado de *Tierra de nadie* sin que eso le ayudara a llegar al fin de las quincenas. Otra vez la amenaza de rematar sus discos favoritos, y el temor de que nadie quisiera comprarlos. Pero Echeverry resultó ser un amigo útil desde su nueva profesión. Le empezó a prestar dinero en los días críticos, y con bastante regularidad olvidó en su coche un sobre con mariguana. No había el menor recelo en esta ayuda. Seguía viendo a Marcos desde otro tiempo; su mirada entusiasta era la misma de los años de la facultad: el futuro abierto, el teatro posible.

Los breves retornos de Sandra no habían sido muy afortunados. Una noche la oyó hablar con el monótono desapego de un personaje de Pinter, un tono monocorde, neutro, que lo hizo desconfiar del furor con el que luego gritó en la cama. Sin embargo, fingió no darse cuenta, perpetuó aquel juego de sombras alejadas de sus cuerpos.

En esa época ver a sus amigos se volvió tan desagradable como no ver a Sandra; todos insistían en las frases desgastadas que él mismo le había dicho a otra gente: "Dos actores no pueden estar en un cuarto sin robarse el oxígeno", etcétera. De cualquier forma acabó por creer que ella de veras no había soportado lo de *Tierra de nadie*. A fin de cuentas a él también le molestó que reapareciera en una obra sin él. Peñalosa la hizo exponer sus senos bajo una luz lechosa. Y ahora sí la expresión de fragilidad, la espalda dolorosamente arqueada, Sandra inerme, acuchillada por los reflectores. Marcos tuvo una erección insoportable al ver los castigos que asimilaba Sandra. Nada hubiera sido más sencillo que salir del teatro, pero la brutalidad de Peñalosa era de una eficacia deleznable;

en todo caso él no logró oponérsele; siguió ahí, y hacia el final fue capaz de un distanciamiento que lo asombró, como si ese cuerpo nunca hubiera dormido entre sus manos. La obra tuvo tanto éxito que los críticos amigos de Peñalosa se sintieron obligados a demostrar que no era pornográfica.

El perfume de Sandra se había quedado en los cojines de la sala. Un domingo sin teatro ni carreras de caballos, Marcos ensayó un guiso hindú y todo el departamento se impregnó de un olor dulzón. Quizá fue al perder el olor de Sandra que se le ocurrió quitar la gorra de baño que ella había olvidado y desde hacía semanas le estorbaba al abrir el agua fría. La guardó en el cajón donde tenía sus guantes de portero y otras cosas que no usaba.

Ella podía alejarse de él, pero no desaparecer; en algún momento coincidirían en el reparto de una obra. Pero no coincidieron. Sólo la volvió a ver una tarde, en la cafetería de unos estudios de televisión. Llevaba un impermeable, seguramente para actuar en un programa; una lástima que en México nadie usara impermeable; ella se veía bien con paraguas, pañoletas, las cosas de la lluvia. Esta vez le pareció que había adquirido una expresión de inteligencia algo neurótica, el tipo de rostro que fotografía mejor en blanco y negro, rodeado del incesante humo del cigarro. Le recordó a las bellezas del cine francés que tanto había detestado. La saludó de lejos, ella apuró su café, le hizo una seña vaga, salió del lugar. Cuando Marcos probó el café supo que se necesitaba mucha desesperación para beber de un trago aquella miasma.

Sandra canceló a última hora su participación en una película en la que él tenía un papel modesto y no volvió a entrar en su vida, como no fuera a través de algunas fotos que se habían tomado juntos, mostrando una felicidad tan delirante que a la distancia parecía patética, o de la gorra de baño que de vez en cuando asomaba en el cajón y le recordaba la llave del agua en la casa de ella y la vieja moneda para abrirla.

Y ahora volvía por otro medio. Marcos vio aquellas cosas absurdas salir de los bolsillos del gordo, y de pronto el trozo de hueso se volvió absurdo de otro modo. Sólo al ver esa reliquia de Sandra en las manos de Echeverry fue capaz de algo que ya parecía una torpeza: adivinar hacia atrás, predecir en tiempo pasado.

Echeverry tomó una naranja de una cesta y la mondó con un cuchillo pequeño y curvo; produjo una rápida espiral que dejó en la mesa, junto a las demás cáscaras. En cambio, se tardó mucho con los gajos. Le ofreció uno a Marcos, en la punta del cuchillo.

—No aguanto el pie —desató el complicado nudo, se quitó la bota y una calceta de rombos. Marcos masticaba maquinalmente.

Hubiera querido retomar la conversación por otra punta, pero en verdad le llamaron la atención las rayitas negras que el gordo tenía en la pantorrilla. Le preguntó por el hockey.

—Son astillas, ya te dije —y se lanzó a una divagación

llena de detalles: el suéter de los Osos Grises, el chirriar de los patines afilados, las nubes de vaho saliendo de la máscara del portero, los bastones vendados con cinta aislante, las tribunas casi vacías, la gloria sin testigos de un deporte minoritario.

–Esas fueron mis primeras puestas en escena. No tan salvajes como las de Peñalosa, por supuesto.

Lo sabía demasiado bien, el gordo era una mezcla de impulsos y letargos. Lo había escuchado justificar su carácter muchas veces: "Sagitario es el centauro, la bestia mágica, mitad impulso, mitad razón. Lanza la flecha y la persigue sin saber a dónde va. Mientras avanza es aventurero; apenas se detiene es cerebral, un jinete de sí mismo".

Marcos se preguntó en qué dirección caería la siguiente flecha, pero en eso vio una batea con verduras remojadas. Una frase le llegó de algún sitio:

–*Tal vez ella sea vegetariana.*

–¿Vegetariana?

–Nada. Un parlamento de una obra en la que ya no saliste. Se repite una y otra vez: *Tal vez ella sea vegetariana.* ¿De veras eras tan mal actor?

–Me viste en *Tierra de nadie*. Me sobreactué hasta la madre, por pura inseguridad, Leo nomás no llegó a mi esquema.

–Mejor el teatro secreto, actuar sin público: un partido de hockey en un lugar donde a nadie le gusta el hockey. ¿Has visto a Peñalosa?

–No –contestó Echeverry, sin dejar de masticar; el

rostro se le había encendido, como si morder gajos de naranja fuera un trabajo extenuante.

–Supe que otra vez dirigió a Sandra. El maestro sigue haciendo de las suyas. ¡Quién iba a decir que duraría tanto!

–Es un cabrón con suerte. A veces vamos al hipódromo; un domingo ganó de la primera a la novena.

–¿Y no te ha ofrecido un papel?

–Estoy fuera. Troné. ¿Quién puede tomar en serio a un locutor que ni siquiera se niega a participar en la Hora Nacional?

–No sé, tal vez con la euforia de las apuestas… además no has dejado de practicar; tal vez con el hockey te pasaba igual y seguías dando bastonazos fuera de la cancha.

Pensó en las mujeres ficticias que ocultaban a Sandra en las conversaciones del domingo. Quizás hubiera algo de verdad en lo que contaba el gordo, la historia de la astróloga era tan descabellada que debía tener un fondo cierto; sin embargo, a estas alturas lo que menos importaba era si Echeverry había inventado con autoridad o si él era capaz de creer cualquier cosa.

Tomó un sorbo del té atabacado que le había servido Echeverry. Le hizo bien sentir la taza hirviendo en la mano derecha; controló el temblor. Echeverry había atado y desatado su vida, y tal vez lo que más le molestaba no era que hubiera forzado la ruptura, sino que de algún modo también hubiera causado el comienzo, la noche en que no regresó a casa de Sandra.

Sintió el calor insoportable en los dedos, aflojó la mano.

—¿Por qué me lo dices ahora? —preguntó deprisa, antes de que el otro viera la palma enrojecida.

—No te he dicho nada —Echeverry había dejado de masticar; ahora tenía un tono más tranquilo.

—Me enseñaste el amuleto. Era de Sandra, me imagino que tienes otras cosas de ella.

—No estaba seguro de que te acordaras de un signo adivinatorio. A fin de cuentas el apostador soy yo.

—Otra cosa. No tienes billetes en la bolsa. Me di cuenta cuando te caíste, ¿para qué tanto teatro?

—Quería darte más armas en mi contra: un traidor repugnantemente millonario. No quería que pensaras en el dinero que he perdido por tu culpa en estos años.

—¡Y ahora me pasas la factura! Eres una mierda.

—No te podía ver en los ensayos, me sentía de la chingada, dejé la obra, ¿qué más quieres? Tal vez de todos modos ya estaba fuera del teatro, pero no es lo mismo renunciar que renunciar en favor de otro. Si te engañaba te podía ayudar, era la única forma de que aceptaras algo.

—¡La traición heroica! No mames.

—Sandra y tú hubieran acabado en celdas acolchonadas, a la vuelta de su casa. La única diferencia entre ustedes es que ella se quería suicidar y tú estabas a punto de lograrlo por accidente.

—Tu intervención fue un acto sanitario. Gracias. ¿Qué más?

—Nadie separa a nadie, no seas pendejo.

—*Simplemente aprovechaste lo que toda mujer se reserva para una tarde lluviosa.*

—¿Qué es eso?

—*Tierra de nadie.* Yo te lo decía a ti.

El té estaba tibio.

Marcos bebió un trago largo. Sintió un sabor cargado y sólo entonces se dio cuenta de que no le había echado azúcar.

—Seguí siendo tu amigo justo *porque* te engañé —Echeverry vio su reloj.

—¿Y ahora qué esperas? ¿La ceremonia de perdón?

—No. Te tengo otra sorpresa.

Se levantó con soltura y fue a la estufa.

—Necesitamos más té. Fingí la caída para traerte aquí. Nunca quieres venir.

—Nunca me invitas.

—Mentira. Rechazaste tantas invitaciones que pensé que sabías lo de Sandra.

—Prefería que nos viéramos en otro sitio, es todo.

—No lo sabías porque no querías. Todo mundo se entera de esas cosas.

—¿Y por qué decírmelo ahora? No me has contestado.

—No sé. Me cansé de no saber si lo sabías. Si fingías no darte cuenta eras un caso límite de nobleza, algo insoportable.

—¿Y si te digo que siempre lo supe?

—No lo creo. Tu cara te traicionó al ver el amuleto. No te quisiste dar cuenta, que es distinto. Nobleza involuntaria, supongo. Ahora ya lo sabes. Me arriesgo a que la amistad se vaya al carajo, pero a fin de cuentas quería cambiar de preocupaciones.

Marcos buscó la azucarera con la vista; prefirió apurar el té tal como estaba. Luego le preguntó a Echeverry:

—¿Hace cuánto que no vas al hipódromo con Peñalosa?

—Bastante. ¿Hace mucho que no trabajas con él?

—Lo suficiente para no saber por qué no va al hipódromo contigo.

Marcos vio la tetera al fuego. Echeverry volvió a consultar su reloj.

—Y Sandra, ¿va a venir?

—Sería un buen fin de escena —dijo el gordo—. ¿A qué desenlace apuestas?

Trató de recordar las derivaciones astrológicas del gordo, los planetas rápidos, los planetas lentos, el sistema solar como velódromo recorrido por ciclistas incesantes. ¿De qué servía estar en el centro de la pista? Las explicaciones se le habían esfumado, y quizá fuera mejor así, a fin de cuentas las supersticiones y el azar no eran más que figuras de humo para ocultar una sólida impostura. Ahora, despejada de tantas apuestas neblinosas, la misma corpulencia de Echeverry parecía una forma de la arbitrariedad. Y sin embargo, lo había ayudado.

Junto a la batea había un periódico. Marcos aisló ese rincón de la cocina: naturaleza muerta con periódico. Pensó en un bodegón cubista que le había regalado Sandra. Echeverry veía las cáscaras en la mesa, como si ya no esperara una respuesta. Marcos se levantó y tomó el periódico. Le llamó la atención una noticia escueta. La releyó con calma, como si ese fuera el momento propicio para enterarse de que el universo tenía un horizonte fracturado. No pudo saber si eso anunciaba o refutaba algo decisivo; lo único inteligible eran los alarmantes números de los años luz. ¿Había realmente un sitio donde el hidrógeno se cansaba de llegar tan lejos? El universo no desembocaba en una tersa curvatura sino en tijeretazos apremiantes.

–Tantos años para terminar con prisas –dijo al fin; luego se volvió hacia Echeverry–. Supongo que estás esperando a Sandra.

El gordo respiró pausadamente. Vio el periódico sobre la mesa y contestó como si leyera una noticia:

–Ajá. No debe tardar.

–¿Y cuánto paga la apuesta?

–No mucho. Haberte enterado de todo esto.

Vino un momento muerto, Echeverry desmenuzó las cáscaras, Marcos buscó manchas en la pared. Luego oyeron una llave en la cerradura, varias más. La elaborada cadena de cerrojos cedió al fin. Las pisadas de Sandra sonaron en la sala. Marcos recordó el desorden de la casa y se dio cuenta de que aún no llegaba al final. La casa sólo estaba habitada por los restos de una vida anterior. Sandra y el gordo habían terminado, ella iba a recoger sus cosas; eso era lo que estaba detrás de las suplantaciones de Echeverry. Escuchó los pasos inconexos que sorteaban el tiradero.

Sandra se detuvo en el quicio de la puerta. Era evidente que no esperaba encontrarlo ahí. Echeverry había alargado el domingo para llegar a ese momento. La iluminación de la cocina, el té humeante, Marcos sentado en el centro del cuarto, todo había sido dispuesto para humillarla.

Marcos vio las rayitas de cansancio debajo de los ojos que no le había notado en las películas.

—¿Un tecito? —preguntó Echeverry.

La mirada de Sandra vaciló de un extremo a otro de la cocina. Su pelo se veía reseco. Tal vez después de muchas horas de sueño volvería a ser atractiva. En ese momento parecía a punto de desplomarse. Se frotó el empeine del zapato sobre la pantorrilla.

—No —la respuesta fue tan tardía que podía referirse a otra cosa.

Dijeron un par de trivialidades. Sandra respondió con monosílabos desde una voz fría. Se sentó a la mesa; se llevó las manos a la cara. Cuando separó los codos de la mesa, Marcos vio el suéter manchado de harina. El gordo sonrió a un extremo.

—Creía que ya no se veían —dijo Sandra.

—Ya lo ves —dijo Echeverry—; buenos amigos, como en los viejos tiempos. Ya lo dijo mi libretista favorito: "La fidelidad es para el instante, la lealtad para la eternidad".

Marcos se dio cuenta de que el cansancio y la cara desvelada de Sandra habían hecho que le concediera una ventaja excesiva al gordo. La vio revisar el periódico con calma; lo que sucedía en la cocina le importaba tan poco como que el horizonte del universo estuviera hecho cisco. También Echeverry había fracasado al buscar la fragilidad de Sandra. Marcos no era capaz de romper su indiferencia. Casi le dio gusto ver esos ojos que no lo tomaban en cuenta, la mano segura que sostenía el periódico. Ella sólo había ido a recoger sus cosas, ahora estaba seguro.

—*Llegó una vez y se fue dos* —recitó, en un tono reanimado.

Sandra se acordaba. Sonrió, como si no quisiera hacerlo, una mueca torcida.

—Peñalosa es buen director, siempre lo ha sido —Marcos estiró la mano, sus dedos pasaron por la harina. Sandra se levantó.

¿Hubiera servido de algo decirle que tampoco él esperaba encontrarla ahí? Habían llegado al final, Sandra estaba a punto de irse, rompería el cerco sin su ayuda. La vio con una mirada que en otra época hubiera sido de entendimiento; imposible saber lo que ella captaría ahora; tal vez lo mismo que acababa de decir. Sí, Peñalosa era buen director.

Echeverry tenía una expresión disminuida, extraviada, que no le veía desde *Tierra de nadie*. Qué bruto, Echeverry; se podría haber ahorrado todo eso guardando silencio hasta el próximo domingo, y otra vez las carreras, otra vez el amigo generoso y su vida corregida con libertad en la mesa de siempre. Pero había soltado la sopa y ahí estaba, vencido por los ojos cansados de Sandra, en la orilla de su última escena. Marcos recordó los ensayos de *Tierra de nadie*; los otros actores le pidieron que le hablara, era su mejor amigo, sólo a él lo escuchaba.

Le sorprendió la facilidad del gordo para aceptar el fracaso y no insistió gran cosa, lo dejó ir, con suavidad, apenas quiso convencerlo, nada menos comprometido que la mano desasida, los dedos que soltaron a Echeverry.

Hubiera querido volver a las sencillas apuestas de la tarde; empezaba a verse de un modo distinto, ya no era el ángulo pasivo de la historia, sino otra cosa, otra posibilidad a la que no quería llegar. En eso Sandra se puso de pie. Marcos alzó la vista y de pronto recuperó la luz dolorosa del cine donde la vio por primera vez. Ya en la puerta ella preguntó, como si siguiera una indicación para salir de escena de manera natural:

—¿Fueron juntos al hipódromo?

Echeverry pareció regresar de otro lado, una mirada penosa, que hacía pensar en lastimaduras, en una violencia desarmada. Cruzó una mirada con Marcos.

—¡Una fortuna! —dijo, y empezó a hablar de caballos; de golpe su voz adquirió el apremio de una sorpresa a punto de ser dicha.

Marcos sintió lástima por el entusiasmo del gordo y su deseo de seguir la historia desbocada; pensó en contradecirlo, en atajar al menos esa invención. Pero no fue necesario. Cuando la mano de Echeverry barrió el aire como *Canela* en la séptima carrera, ella ya se había ido.

CORRECCIÓN

A Ricardo Cayuela Gally

Germán Villanueva habló para pedirme trabajo. Llevábamos años sin vernos y, más que el opaco tono de su voz, me sorprendió la franqueza con que admitió su descalabro; se refirió sin pretextos ni atenuantes a su adicción a la heroína y describió el arduo tratamiento de recuperación con desapego clínico: "Estoy mejor ahora, tengo síndromes de abstinencia, pero estoy mejor". El plural en *síndromes* me pareció curioso (¿cuántas manías compensatorias podía tener mi antiguo amigo?), pero no era el momento de hacer preguntas; su abrumadora sinceridad exigía silencio o, en todo caso, una respuesta breve, afirmativa y cortés. Lo cité para el martes de la próxima semana (por darme aires, pues tenía la agenda desierta).

Conocí a Germán hace veintitrés años, en el taller de cuento de Edgardo Zimmer, el escritor uruguayo que pagó su militancia en la Cuarta Internacional con arrestos y cárceles en tres países, y llegó a México con suficientes tragedias a cuestas para que nosotros fuéramos, si no un alivio, al menos un problema llevadero. Leía nuestros manuscritos como si contuvieran una verdad honda que por el momento nadie podía descifrar. Enemigo de las cordialidades inútiles, nos criticaba con una severidad forjada en los años duros de su militancia y que nunca ofendió a nadie: Zimmer nos tomaba tan en serio que sus demoliciones eran una forma de la generosidad; había algo estimulante y aterrador en que nuestras historias importaran. Naturalmente, muchos descubrieron que ningún acto podía ser tan responsable como el silencio y dejaron el campo libre a los incautos. En aquellos tiempos (1975-1979) yo estaba al servicio del Hombre Nuevo y escribía para que los mineros entendieran su misión histórica. Por sus experiencias en comités de base y mazmorras de América Latina, Zimmer parecía un aliado natural de mis engendros, pero respetaba demasiado la literatura para confundirla con los panfletos que por entonces se imprimían en mimeógrafo y se despintaban en las manos de los pasajeros de trolebús.

Un miércoles de casa llena (Katia estaba ahí), Zimmer demostró que mi relato en turno era un desastre. Alguien había propuesto un brindis antes del taller y el maestro habló con labios teñidos por un vino barato. Nunca olvidaré esa boca terriblemente morada. Quizás el vino contribuyó a la lucidez de Zimmer, lo cierto es que me hizo morder mi vaso de plástico y concentrarme en su olor ácido para evadir mi caída ante los brillantes ojos de Katia.

A los diecisiete años, tomaba el taller como una arena de competencia. Había invertido demasiada pasión en los deportes y desconfiaba de las actividades sin campeones. Unas semanas antes de leer aquel cuento, había sufrido mi mayor derrota deportiva. Estuve en la preselección de gimnasia olímpica y el entrenador, Nobuyuki Kamata, me dijo estas inolvidables palabras: "Tú no nada". Mis manos cubiertas de talco no volverían a hacer el Cristo en las argollas. Traté de consolarme pensando que servía de poco representar a un país que de cualquier forma no gana medallas e imaginé las fracturas que seguramente habría sufrido. En vano: el rechazo del entrenador japonés fue devastador. Yo vivía en el Olivar de los Padres y lloré desde el CDOM hasta la casa, lo cual es mucho llorar si se considera que salí de la ciudadela olímpica en un camión que paraba en cada esquina.

Todo esto para decir que entré al taller de Edgardo Zimmer como a una liga deportiva; las críticas me dolieron tanto como el desprecio sin gramática de Nobuyuki Kamata.

Nos reuníamos en la Universidad, en el piso diez de Rectoría, y aquella tarde de mal vino no soporté la perspectiva de compartir un elevador tan largo con quienes habían detallado mis defectos. Cuando creí que todos se habían ido, me acerqué al vestíbulo de los elevadores y oí este diálogo:

—¿No fui demasiado duro con él? —preguntó Zimmer.

—Para nada —pronunció la cruel y deliciosa voz de Katia.

Tomé las escaleras. En la planta baja, Germán Villanueva esperaba a los rezagados del elevador. Su ruana
chilena olía a hierbas raras.

—No te azotes —me dijo—, tienes madera.

Su apoyo fue peor que el ninguneo de Katia. Caminé
por los prados nocturnos de la Universidad, esperando
que alguien comprensivo me asesinara.

Al otro extremo del campus, vi un tubo atravesado
entre dos postes, a una altura ideal para hacer gimnasia.
Germán me comprendía y Katia me ignoraba, pero yo
podía girar en un tubo, a veces con una mano, a veces con
la otra. Me consolé con una actividad de la que había sido
eliminado, algo tan absurdo como eficaz; hice un aterrizaje perfecto en la banqueta y descubrí que aún llevaba
el relato en mi morral; corté mi nombre con el pulgar y el
índice y lo tiré en un tambo que olía a desechos médicos.

Esta debería ser la historia de una admiración, el testimonio de cómo *otro* escritor salió de la bruma, pero
aún me cuesta hacer las paces con Germán Villanueva.
Me había propuesto narrar los hechos como un testigo
distanciado, pero no encuentro la forma de renunciar
a mis prejuicios. La envidia ha sido la más fiel consejera
en mi trato con Germán, lo concedo de inmediato, aunque mis motivos para detestarlo no son del todo infunda-
dos; es ruin decirlo ahora que conozco sus infiernos, pero
no escribo para posar de buena persona. "La sinceridad
es la primera obligación de quienes no están seguros
de su talento", me dijo Edgardo Zimmer hace veintitrés
años justos. Ya es hora de que le haga caso.

En comparación con Germán Villanueva, yo era tan elocuente como Nobuyuki Kamata. Zimmer dosificaba los elogios a sus relatos, como si temiese que el joven prodigio pudiera quedar ciego ante su propia luz o que un taller de admiradores le resultara inútil y nos privara de atestiguar sus progresivos hallazgos.

Katia no cayó en la vulgaridad de enamorarse del mejor de nosotros porque se acostó con el maestro antes de atribuirle un destino a los demás, y porque su imaginativa capacidad de sobreponerse a la evidencia le permitía creer que nadie escribía como ella. Yo la amaba con tenaz masoquismo. Le regalé mi ejemplar de *Rayuela*, olvidando que lo había subrayado. Me lo devolvió con este comentario: "Si tuviera que juzgar a Cortázar por tu lectura, sería un imbécil". Me masturbaba pensando en ella, pero ni siquiera en esa intimidad triste y virtual logré verla desnuda. Sus botones dominaban mi inconsciente.

Cada vez que Germán leía un texto, Katia lo escuchaba sin abrir los ojos. No lo quería ni lo envidiaba, pero sólo a él le otorgaba el respeto de sus ojos cerrados.

Cuando la Facultad de Química organizó un concurso de cuento sobre los elementos de la tabla periódica, Germán ganó con una historia sobre el cloro. Que eligiera un elemento tan impopular, fue un triunfo adicional. Yo obtuve una humillante quinta mención (me pareció muy descarado escoger el oro y escribí sobre la plata).

Germán era dueño de una intuición certera, pero se extraviaba en frases gaseosas cuando debía criticar a los demás. Mis cuentos le inspiraron vaguedades casi agrícolas: "Le falta carne", "Como que no respira", "No siento la sangre". Yo tenía madera pero él no sentía la sangre.

Después de cuatro años de deslumbrarnos con nuestras carencias, Edgardo Zimmer se fue a dar clases a Berkeley. Hubo una reunión de despedida en la que bebí demasiado ron y besé a la chilena equivocada. Ante cada rechazo de Katia, me atrevía a buscar a una de las hermosas exiliadas que también me rechazaban, pero con acento más dulce. En la fiesta de Zimmer, Katia empezaba a ser la gran dama impositiva y gorda que ahora preside la literatura nacional, pero volví a cortejarla. No recuerdo las circunstancias precisas del asunto; nuestro grupo se iba a disolver y yo estaba ante una opción de Último Asalto; actué con tal ímpetu que resultó natural que ella me diera un puntapié con su bota ucraniana.

Horas más tarde, me sobaba el tobillo en un sofá, bebía ron en un tarro de cerveza y estaba harto de acariciar el áspero sarape que cubría los brazos del sillón. En algún momento besé a María, una mujer que no sabía si me gustaba o no. Y tardé mucho en saberlo porque me casé con ella, no fui feliz ni desgraciado, y hubiera seguido en esa planicie emocional de no ser porque su prima se metió en mi cama una tarde en que leía *La muerte de Virgilio* y María nos descubrió cuando ya resultaba imposible citar a Hermann Broch. Nos divorciamos y acabé en un cuarto de azotea, rodeado de cajas inservibles. María me permitió conservar todos los discos de acetato (ya se habían inventado los compactos).

Entre la despedida de Edgardo Zimmer y el fin de mi

matrimonio, sólo vi a Germán en una ocasión. Me invitó a tomar un café y a participar en una nueva revista, *Astrolabio*, a la que cada colaborador debía aportar quinientos pesos. Yo era redactor del boletín interno del metro y andaba mal de dinero; pero me tentó la idea de pagar por ser publicado, sobre todo porque no tenía ningún cuento disponible.

Nos vimos en una cafetería en una terraza. Él llevaba una bolsa de plástico llena de monedas para darle limosna a los mendigos que cada cinco minutos se acercaban a la mesa. Además de este desplante de caridad, me impresionó lo mucho que había adelgazado. De pronto sopló el viento y pensé que se llevaría el pelo de Germán; aquellas hebras endebles eran un símbolo de su condición física.

Hizo una larga exposición de lo que debía ser *Astrolabio*, "un foro plural, ajeno a las mafias y los vicios de otras generaciones", y me interrogó con minucia sobre mi trabajo. Después de pagar la cuenta, abrió un portafolios de tela y sacó su primer libro de relatos. En la dedicatoria me llamó "condiscípulo". La palabra tenía un aire ofensivo; él ya había publicado y la crítica lo elogiaba (incluyendo a Simón Parra, el *Tenebroso)*; el tiempo de aprendizaje era un feliz pasado para él y un presente necesario para mí.

Mi recuerdo es injusto, lo reconozco. El encuentro con Germán me entusiasmó lo suficiente para escribir un relato en dos días y ahora lo cargo de amargura retrospectiva. *Astrolabio* rechazó mi texto. "¡Pero si hay que pagar por publicar!", protesté. "Es un asunto de calidad, no de dinero", dijo Germán, y me citó en otra cafetería para hablar con insoportable franqueza:

–Uno no escoge a sus amigos por su prosa; tú y yo somos cuates pero a tu cuento le falta garra.

Ignoro a qué llamaba "amistad". Llevábamos años sin vernos y sólo me había buscado por mi prosa. Encendí un cigarro y le eché el humo en la cara. Él conservó su tono desagradable, como si la gentileza y la objetividad sirvieran de algo. Propuso que le entregara otro cuento. Me juré no colaborar en la revista, pero mi dignidad no pudo medir su fuerza: *Astrolabio* no llegó al segundo número.

Pasaron los años y sólo supe de Germán por los periódicos: siempre notorio, siempre ascendente, siempre modesto. Simón Parra fue un cruzado de sus primeros libros, pero cuando advirtió que sus opiniones coincidían con las de sus rivales, se sirvió de su incuestionable inteligencia para denostar a su antiguo protegido. Este desprecio a destiempo benefició a Germán, que corría el riesgo de encontrar un respeto demasiado unánime para un autor de ruptura.

A finales de los ochenta escribió una memoria de su generación. Me mencionó como un *raro* "en el sentido de Rubén Darío". La verdad sea dicha, mis cuentos carecían de extravagancia. Eran escasos y convencionales y poco leídos. Que Germán se hiciera el generoso con una falsa definición de mi fracaso resultaba insultante. Pero no podía echarle en cara un gesto amable. ¡Hubiera sido tan fácil odiar su altanería!

Cuando me lo encontré a la salida de un cine, del brazo de su esposa, sentí un convincente puñal en el pecho: le di las gracias. Germán me abrazó con efusividad, me presentó a Laura, propuso que tomáramos algo. Yo había ido solo al cine y esto acentuaba mi desventaja; no salíamos de una retrospectiva de Rohmer a la que los conocedores van solos por tercera vez, sino de una de esas megaproducciones que sirven para juntar a la gente. Entonces Laura preguntó:

–¿Es el *raro?*

Acepté la invitación sólo por ganas de lucir normal.

Fuimos a uno de esos sitios horrendos que siempre quedan a mano en la Ciudad de México, una taquería con paredes y columnas tapizadas de jarritos de barro. Sólo quedaba un hueco en la pared del fondo, donde gente más o menos famosa había estampado su firma.

Laura debía tener unos treinta y cinco años. Su rostro conservaba una belleza algo marchita y parecía marcado por incontables preocupaciones. Se pasaba las manos por el pelo como si no tuviera otra forma de controlarlas. Había leído cada línea de Germán y lo admiraba sin reservas, pero no era la clásica insulsa que se rinde ante las necedades de su marido; se refirió a *Noche en blanco* con argumentos sagaces. Coincidí con ella en secreto. La nueva novela de Germán me había parecido estupenda pero no iba a elogiar a quien me rechazó en *Astrolabio.*

Una vez más me llamó la atención el pelo de mi colega; sobre todo, me llamó la atención que siguiera en su sitio; había algo antinatural en que esos mechones resistieran. Recordé un comentario de Edgardo Zimmer ante una foto de Samuel Beckett: "Hasta el pelo le crece con originalidad". También Germán proclamaba su diferencia en la cabeza; su pelo mostraba una férrea debilidad. Me concentré en su rostro, surcado de arrugas prematuras. Un vaquero anémico y nervioso, desgastado por intemperies emocionales.

Hasta entonces no le había descubierto una faceta vulnerable. Los compañeros de taller son los infinitos borradores que nos han leído y las críticas no siempre justas que nos han dicho. Los textos de Germán describían un temperamento, pero nunca lo asocié con sus personajes devastados. Mi admiración operaba en su contra; no podía distinguir las dosis de dolor y trabajo que hacían posibles sus historias.

Comió con raro apetito y se detuvo de repente:

—Qué pendejo, me mordí.

Una gota de sangre se le formó en la comisura de la boca. Segundos después, un hilo rojo le bajaba a la barbilla y goteaba en su plato. Germán tomó un puñado de servilletas de papel y fue al baño. Laura encendió un cigarro. Habló con una calma artificial de la salud de su marido, como si no buscara otra cosa que tranquilizarse a sí misma: Germán tenía problemas de coagulación, nada muy grave, por supuesto, pero se negaba a seguir tratamientos, había que verlo ahora, estropeando la reunión con un amigo al que deseaba ver desde hacía tanto tiempo.

—No sé qué va a pasar cuando se deje ir —Laura expulsó el humo por la nariz—. Toda su vida ha luchado para controlarse. Está enfermo de perfección. Con decirte que nació con el dedo chiquito del pie enroscado como un camarón y a los catorce años empezó a hacer ejercicios para enderezarlo. ¿A quién le importa tener un dedo chueco en el zapato? Supongo que sólo a Germán. Es tan aferrado que logró enderezarlo —Laura hizo una pausa. Sus ojos se llenaron de lágrimas y de recuerdos que hubiera dado cualquier cosa por conocer—: es tan obsesivo para escribir que no se ocupa de nada más, como si todavía siguiera corrigiendo ese dedo que nadie ve. Estoy segura de que su cuerpo sólo le importó esa vez, porque ponía a prueba su voluntad. Desde entonces ha descuidado todo lo demás.

Entrábamos a una zona que tocaba a Laura, imaginé la fervorosa soledad que significaba vivir al lado de Germán. Ella guardó silencio, viendo las firmas en la pared del fondo. Luego me dijo:

—¿Por qué no vas a verlo?

Me incorporé pero Germán ya volvía del baño; se había mojado la cabeza y su pelo parecía un trasplante exiguo. Por lo demás, lucía recompuesto. Pidió otra cerveza, habló con entusiasmo de la pésima nueva novela de Katia, que acababa de recibir un premio tan gordo como ella, y quiso que le contara de "mis cosas". Sólo por desviar la conversación pregunté si tenían hijos. Germán negó con excesiva prontitud, como si temiera una queja por parte de Laura.

No me extrañó enterarme, un par de años después, que se habían separado. Desde aquella cena la mente de

Germán estaba en otro sitio, la mano de Laura duraba muy poco en la suya, sus miradas apenas se cruzaban, ella empezaba a sobrarle y él a seguir una estrella que arruinaría su vida.

Una noche de diciembre recibí una llamada de Katia. Temí que quisiera invitarme a una de sus posadas literarias (administra una Casa de la Cultura que justifica su presupuesto con un maratón anual de "narraciones orales" y ollas de ponche), pero me saludó con un entusiasmo digno de otra causa. La voz de Katia es cada día más masculina y los fríos de diciembre la habían dejado aún más ronca:

—¿A que no sabes qué?

Esperé una mala noticia, pero no supe de quién.

—Me doy —fue mi parca respuesta.

—Germán está en una clínica. Ya sabes que es un drogadicto perdido. Se metió un *pasón* de heroína.

Yo no sabía nada y jamás había visto una jeringa con heroína. Katia no perdió la oportunidad de lucirse:

—Sí, ya sé que has viajado poco, pero Germán fue profesor visitante en Brown y escritor en residencia en una bodega de artistas de Ámsterdam. Siempre le entró a tocho morocho, pero el *caballo* pudo más que él —Katia presumió su familiaridad con las drogas fuertes; luego tosió, regresando a su realidad de gripe y cigarros Del Prado.

Le conté la escena en la taquería.

—Parece que tiene algo en la sangre, ¿crees que será sida? —preguntó Katia en tono esperanzado—, con razón sus últimas cosas me parecieron tan herméticas. ¿Te digo algo? Germán siempre te tuvo envidia. Tú eres congruente, nunca has hecho concesiones, casi no publicas.

Gracias a Katia, sentí una intensa compasión por Germán. La vida había durado demasiado para nosotros. Pensar que veinte años atrás hubiera hecho cualquier cosa por dormir junto al pelo dorado de Katia.

Inventé que sonaba el interfón de mi edificio para colgar el teléfono. No quería que me explicara por qué soy tan "congruente".

Estábamos en 1994; dos años antes, había sido uno de los numerosos beneficiados por la mala conciencia del quinto centenario de la Conquista. La alcaldía de Valladolid me concedió un premio por mi primer libro publicado en diez años. Esa módica recompensa al cabo de una década de silencio me había otorgado fama de selecto. No he viajado lo suficiente para saber si otros países comparten este elogio mexicano: "Es tan bueno que ya no escribe". Mi parquedad era una digna carta de presentación en un medio donde la renuncia no es un signo de impotencia sino una virtud dolorosa, un encomiable sacrificio del talento. Para Katia, yo representaba al narrador agradablemente ilocalizable, que no genera expectativas ni compite con los demás.

Decidí visitar a Germán pero estaba en una clínica suiza. Sus editores europeos pagaban los gastos. Incluso en su caída tenía algo grandioso. Lo imaginé envuelto en frazadas en una terraza alpina, chupando un termómetro con sobrado deleite, como si repasara un pasaje de *La montaña mágica*.

Germán Villanueva salió de su viaje al inframundo con un legado luminoso, *Abstinencia*. La crítica no vaciló en compararlo con Michaux, Cocteau, Burroughs y Huxley. Vi una foto suya en el *Excélsior*, más flaco que nunca, apoyado en un bastón de fierro.

Con ese bastón llegó a la cita que le di en mi oficina y que he demorado tanto en contar. Desde siempre, Germán es la sombra que preside mi teclado, el tic nervioso al que no puedo sustraerme; supongo que si él contara el cuento ya estaría atando nudos decisivos, pero yo aún debo abrir un paréntesis. Desde hace cinco años dirijo *Barandal republicano*, el tabloide bimestral que circula en las ruinas del exilio español. Con más nostalgia que precisión, recordamos nuestra inmensa deuda con la España de México. El 14 de abril tenemos una comida con guisos cada vez más simples (el patronato es octogenario) y muy pronto nos reuniremos en los sedantes pabellones de la Beneficencia Española. Obviamente ha sido mi mejor empleo.

Disponemos de un piso noble en los altos de Can Barceló, el restorán que en miércoles de Copa Europea ostenta banderas blaugranas. Estoy casado con Nuria Barceló, la nieta del exilio español que cumplió las expectativas que deposité en las hijas del exilio chileno. Tengo dos hijos que me impulsan a sacar fotografías de la cartera a la menor provocación y un suegro con la doble virtud de haber inventado mi trabajo y no exigirme otra cosa que comer con él cada dos semanas para probar el plato del día en su restorán y hablar durante un puro de la cada vez más difusa realidad que interesa a *Barandal republicano.*

Nuestra línea editorial comprende boletines del Colegio Guernica y la asociación Ejército del Ebro, notas de color sobre paellas guisadas con motivos cívicos, la exhumación de algún papel disperso de Cernuda o Prados, eternos ensayos sobre Ortega y Gasset y una sección bastante autorizada sobre los nuevos fichajes del Athletic, el Barça o La Real Sociedad. *Barandal republicano* apenas se deja perturbar por la vida mexicana y circula con una discreción próxima al secreto. De vez en cuando debo oír a los miembros duros del patronato que exigen críticas al rey Juan Carlos y les prometo alguna caricatura que ridiculice a la monarquía y recuerde que nuestro empeño es la república.

Aún no he descrito lo mejor de mi trabajo: la sala de juntas. Una antigualla con sillones de cuero vinoso, enorme mesa de caoba, una foto de Lázaro Cárdenas, escupideras en los rincones e inmensos ceniceros. Un vitral con el morado republicano contribuye a mitigar las luces, de por sí débiles e indirectas.

Ahí recibí a Germán. Ya dije que llegó con bastón, pero no sólo eso lo avejentaba; tenía una mirada opaca, hacía ruidos molestos con la boca, al sonreír mostraba unas encías blancuzcas. Me pareció imposible que fuese la misma persona cuyas virtudes me había acostumbrado a detestar. No quedaba la menor traza del Germán Villanueva atento, obsequioso, dispuesto a fingir una igualdad de condiscípulos. A los cuarenta y cinco años era el mejor escritor de mi generación y estaba liquidado. Luchaba por armar una frase, movía la lengua de un modo atroz. Sus libros le habían cobrado un peaje de fuego. Recordé la frase de Laura: "No sé qué va a pasar cuando se deje ir". ¿En qué momento cruzó el límite y transformó su búsqueda en una degradación? Curiosamente, no sentí lástima por él ni admiré el riesgo que había corrido. De un modo vil y filisteo me supe a salvo. Al verlo ahí, con labios vacilantes y uñas largas y translúcidas, agradecí mis últimos años, lejos de la tensión de escribir, protegido por el trabajo en favor de un país inexistente y la tranquila belleza de Nuria Barceló.

—Estoy mal —dijo Germán. Extrañamente, no se refería a su aspecto.

Necesitaba dinero. Su madre había hecho una pésima inversión, sus editores se cobraban con regalías los gastos médicos, Laura se quedó con la casa que habían comprado.

—¿Te acuerdas de *Astrolabio?* —le pregunté.

Su expresión cambió por completo; adquirió un gesto grave, casi solemne. Durante unos segundos pareció ponderar lo que iba a decir.

—¡Eso fue hace veinte años! —exclamó en tono gangoso y volvió a caer en un estado circunspecto—. Ya lo había olvidado. Perdóname —agregó, con total indefensión.

Esa mañana había leído una frase del Ejército Zapatista después de liberar a un cacique: "Nuestra venganza es el perdón". Fui incapaz de citarla, no porque me pareciera grandilocuente, sino porque no estaba seguro de ponerla en práctica. Mi venganza fue pensarla.

Otra virtud de mi empleo es que mi brazo derecho, Jordi Llorens, se hace cargo sin problemas ni fatiga de toda la producción de *Barandal republicano*. No necesitábamos a nadie. Luego pensé que si Germán corregía galeras, Jordi podría concluir el atrasadísimo libro sobre los niños de Morelia que ya nos había pagado el dueño de una cervecería.

El novelista de *Noche en blanco* empezó a visitar la oficina cada dos o tres días (más de lo necesario), con una carpeta de plástico en la que guardaba las galeras. Pasaba horas en la sala de juntas, en compañía de los tres diccionarios que necesitaba para comprobar la justicia de sus enmiendas. Bajo una lámpara con pantalla de tela de gasa, leía artículos indignos de su talento.

Los novelistas suelen ser malos correctores de pruebas; leen el estilo y no las letras insumisas, pero sobre todo, se sienten por encima de esa tarea y la hacen con descuido. Supuse que Germán, tan impaciente con mis textos en el taller de Edgardo Zimmer, detestaría el trabajo. No fue así; leyó sin comentar los textos y compró un horrendo bolígrafo con tres tintas para perfeccionar sus anotaciones.

Al cabo de dos meses, sentí que había pagado de sobra por el cuento que me rechazó en *Astrolabio*. Convencí a mi suegro de que le encargáramos una monografía sobre el exilio español en México. Como se trataría del enésimo estudio sobre el magisterio de José Gaos y las cúpulas de Félix Candela, nadie advertiría que tardaba años en producirse. Podíamos becar a Germán hasta que encontrara el tiempo y el deseo de volver a la escritura. Nuestras oficinas eran el sitio perfecto para una investigación lentísima, casi fantasmal.

Germán rechazó la oferta. Sus ojos se encendieron con un brillo ofendido. Quería trabajo, no caridad.

Decidí ver a su madre. Le pedí una cita mientras él corregía galeras en la sala de juntas, frente al retrato de Lázaro Cárdenas.

La casa en San Miguel Chapultepec tenía una barda coronada de vidrios rotos. Me abrió la puerta una sirvienta vestida de negro, con delantal blanco. En el porche había cuatro sillones de mimbre y un humeante servicio de té. La madre de Germán me aguardaba ahí. Era una mujer delgada, de molesta elegancia. Usaba guantes de piel y, algo que me pareció casi obsceno, anillos sobre los guantes. Me tendió esa mano llena de piedras engastadas en plata y oro y me agradeció lo que había hecho por su hijo.

El porche daba a un jardín extenso. Al fondo, un cobertizo con un auto envuelto en tela cromada.

—Germán ya no maneja —explicó su madre.

Las dificultades económicas habían sido un pretexto para conseguir trabajo. Hay pocas cosas más ridículas que ofrecerle apoyo a una viuda enjoyada y no supe qué decir. Por suerte, ella dominó la conversación. Germán había mejorado mucho gracias al trabajo; después de meses de no salir de su habitación, volvía a tener horarios y a amarrarse los zapatos. Comprendí que *Barandal republicano* le servía de terapia.

Volví a apretar la mano enguantada, temiendo que encubriera una prótesis. Aquellos dedos empezaban a explicar el infierno de Germán.

En las siguientes dos o tres semanas apenas crucé palabra con nuestro corrector de pruebas. Jordi estaba asombrado de lo bien que trabajaba y eso era suficiente. Desde que entré a *Barandal republicano* he tomado la precaución de no leer los textos que publico.

Una tarde en que no encontraba un cenicero en mi oficina, entré a la sala de juntas. Germán tenía una bolsa de papel estraza sobre la mesa y de cuando en cuando sacaba una perita de anís que chupaba con la misma lentitud y concentración que dedicaba a las galeras. Tardó mucho en advertir mi presencia. Cuando finalmente se volvió, sus ojos vacilaron detrás de sus lentes, como si tratara de reconocerme.

—¿Te interrumpo? —pregunté. En cinco años nadie había dicho esa frase en la oficina.

—Esto es genial —señaló el texto que leía. No respondió a mi pregunta. Una sonrisa oblicua le atravesó la cara.

Unos días después volví a invadir su territorio (la espléndida sala de juntas se había convertido en el coto de Germán). Me costó trabajo apartarlo de la lectura; él se quitó los anteojos para nublar el entorno de un modo protector.

Le pregunté por su obra. ¿No se sentía desperdiciado en ese trabajo?

—Ya no escribo —respondió con voz tranquila—. Si quieres que me vaya, dímelo —agregó sin el menor aire de ofensa—. De veras.

—Para nada, es sólo que te admiro mucho... —ahorro el resto de las tonterías que dije.

Acepté la presencia de ese corrector de lujo como el más extraño giro de la fortuna hasta que Julia Moras vino a verme. Ya en otra ocasión se había quejado de que el exilio español fuera dominado por una mafia catalana, pero aún no conocía su furia. Julia usa muchos crucifijos, no por catolicismo, sino porque cree en las misas negras. Sus hermosos ojos eran tizones que pedían un sacrificio. Resopló tres o cuatro veces y me arrojó un ejemplar de *Barandal republicano*, con un artículo muy subrayado (el de ella, naturalmente, y el único que había leído).

Por un falso pudor olvidé decir que la revista también admite ensayos sobre cualquier cosa que nadie más publicaría. El de Julia trataba de "La emoción pánica del yo narrativo". Durante cinco años, yo había aceptado sus vagas especulaciones con una cordialidad delatora. El solidario Jordi justificaba mi actitud con tres razones: habíamos sido, éramos o seríamos amantes.

Con el rostro descompuesto por la ira, Julia me pareció aún más hermosa.

—¡Lo único que tengo es mi nombre! —gritó— ¡Y tú lo has manchado!

Revisé el artículo mientras ella se sonaba. Cada palabra subrayada representaba un cambio de estilo; cada palabra en un circulito, un cambio de sentido. Habíamos publicado otro texto, sin consultarle nada. Cambiamos *de juventud ubérrima* por *novedoso; desapercibido* por *inadvertido*; *este manual puntual es emergente* por *este manual detallado cumple funciones de emergencia*. Total, un desastre.

Me sorprendió que Germán adivinara un sentido oculto en el galimatías de Julia, pero no me atreví a decirlo. Asumí el desaguisado, prometí regañar al culpable, ofrecí una carta de reparación en el siguiente número. Tomé a Julia de la mano y ella sollozó en un tono bajito. Le acaricié el pelo hasta que me tiñó de rímel la camisa.

Ese mismo día recibí una llamada de una maestra del Colegio Guernica:

—Por primera vez salieron sin erratas.

—¿Leíste el ensayo de Julia Moras?

—Nunca leo a esa subnormal.

Fui a la sala de juntas y encontré a Germán en su imperturbable corrección de galeras.

Le transmití la felicitación de la maestra; luego le conté de la visita de Julia.

—¿Qué edad tiene? —preguntó.

—Unos treinta y dos.

—¿Es guapa? —sonrió con sus encías blancuzcas.

Asentí y abrió su carpeta con una fotocopia del ensayo de Julia tachado en tres colores. Me enseñó cada una de sus enmiendas. Llegó al extremo de corregirle una cita:

—Hace quedar a Unamuno como una bestia. Le encontré una mejor.

Estuve de acuerdo en cada cambio de Germán pero tuve que decirle que *Barandal republicano* ofrecía a sus colaboradores el derecho de equivocarse. No podíamos convertir a Julia Moras en Virginia Woolf.

—¿Te acuerdas del taller? —me preguntó Germán.

—Esto es distinto. Aquí sólo recibimos versiones definitivas. Haz de cuenta que estás en la morgue.

Recogió sus papeles y salió sin despedirse. Pensé que no volvería. Sin embargo, al día siguiente chupaba una perita de anís ante un artículo que le torcía la cara de gusto.

Julia llamó por teléfono hacia el fin de la semana. Anticipé una nueva reprimenda, pero me saludó con voz desconocida, explicó que había estado muy nerviosa la tarde en que fue a verme ("Dejé de fumar y ando gruesa"), recordó que siempre la había apoyado y, como no queriendo, mencionó que había recibido muchas felicitaciones por su ensayo. Procuro reproducir su entusiasmo:

—¿Sabes quién me habló? Simón Parra. Somos medio amigos desde hace rato y como que me tira la onda, aunque no mucho, la verdad; ya ves que dicen que es impotente o que se viene demasiado pronto, algo así. ¿Fue Steiner quien dijo que todo crítico es el eunuco de un autor? Pero Simón no puede ser así, no que me conste (sexualmente, digo); lo odian por independiente y por la envidia que le tienen, ya ves que lo único bien repartido en este rancho es la envidia; bueno, pues que me habla, ¡y realmente había leído el ensayo! ¿No te parece genial? ¡Simón Parra! Te quería dar las gracias.

De inmediato la invité a cenar.

Julia estuvo radiante, instalada en una nube de orgullo infantil. Terminamos en un motel rumbo a Toluca. En la madrugada, empezó a sollozar:

–No fui yo en ese ensayo. Gustó mucho pero no fui yo. Me convertiste en otra.

Después de conmoverme con una vanidad tan transparente, Julia cedía a una ingrata lucidez.

–Quiero ser yo –repitió y acallé su sed de identidad con un beso hondo.

Dejamos de vernos por un tiempo. Aquel encuentro en el motel se asemejó a las misas negras que tanto le gustaban, una ceremonia irrepetible; nos cargó de intensidad para volver a nuestras vidas separadas y nos ayudó a pensar que *Barandal republicano* era un sitio donde teníamos un pasado, algo confuso y destruido que no deseábamos tocar, pero que valía la pena.

Amo a Nuria con una constancia que no deja de sorprenderme, quizá porque la encontré tarde, cuando la vida ya me había habituado a demasiadas relaciones imperfectas. Después del aquelarre con Julia, todo volvió al orden. Por quince días.

Escuché un toquido en la puerta de mi oficina y Germán entró antes de que yo pudiera responder:

–¿Quién es Claudia Mancera? –preguntó con enorme interés.

–Una ciega que le dicta a su sobrina.

–Ah –el rostro de Germán se ensombreció; se quedó pensativo unos segundos hasta que adivinó que yo mentía.

En el siguiente ejemplar de *Barandal republicano* publicamos "El próximo invierno en Madrid", un relato memorioso de Claudia Mancera sobre su abuela, quien durante cuarenta años tuvo las maletas listas para regresar a España. Germán lo arregló lo suficiente para que ella llegara a verme con el rostro deformado por la culpa:

–Gracias –dijo, y lloró sin consuelo posible.

No soportaba los elogios inmerecidos, pero tampoco quería renunciar a ellos. Tuvieron que pasar tres semanas para que Claudia –cada vez más pálida y culposa– aceptara mi sugerencia de tomar el sol y acompañarme a las jornadas sobre Juan Ruiz de Alarcón en Taxco.

Con un deleite que sólo puedo atribuir a quien sustituye una adicción por otra, Germán Villanueva corregía mujeres. Los textos de Julia y Claudia y Lola y Montserrat lo impulsaban a hacer vertiginosos cambios con su excitado bolígrafo de tres colores. Buscaba sinónimos, inventaba símiles, adjetivaba con tensa puntería.

También Lola y Montse llegaron a mi oficina en estado de doble alteración: las versiones publicadas de sus textos las humillaban y les gustaban, querían ser otras y las mismas, insultarme y darme las gracias. De modo misterioso, yo disponía del picaporte de su identidad y ellas deseaban un remedio ambiguo, una puerta agradablemente mal cerrada. Yo estaba a una distancia ideal para ofrecer una reparación por las agraviantes mejorías de las que era parcialmente responsable y, sobre todo, para garantizar que siguieran ocurriendo.

No evado mi complicidad en el asunto. Fui un canalla. De poco sirve decir que cuatro mujeres no son un abuso estadístico en una publicación cuya nómina de colaboradoras rebasa la centena. Sin las estratagemas de la corrección y del consuelo nunca habría podido desvestirlas. Lo más penoso es que, con excepción de Julia, a quien siempre quise ver sin otra prenda que sus crucifijos de hojalata, ninguna me gustaba gran cosa.

Decidí cortar por lo sano, pero una tarde Marta Arroiz se presentó en mi oficina. Es una ensayista de tedio imposible y prosa correcta. También a ella Germán le enmendó la plana. Iba a decirle que tratara el asunto con Jordi cuando recordé que me habían dicho que se operó los senos. Sentí una curiosidad irresistible. Ella fue la quinta.

Germán se había convertido en una sombra reactiva, sólo podía escribir sobre un texto ya narrado. Yo era una sombra de segunda potencia; sus correcciones torcían mi vida; mis momentos de singularidad dependían de su ácido e insoportable bolígrafo. En esta cadena de manipulaciones yo era quien menos tenía que ver con la escritura. De un modo sordo, empecé a envidiar a las colaboradoras. Durante años de taller, Germán no me brindó otra ayuda que decir que me faltaba aire o garra o sangre.

Llevaba años sin escribir, pero conservaba el remoto manuscrito de una novela. Tardé semanas en decidirme. Un jueves me habló Julia Moras. Acababa de tomar un curso de comida tailandesa y había preparado una maravilla superpicante. Me costó trabajo rechazar su invitación. Colgué el teléfono como un héroe de la voluntad. Me sentí fatal y purificado. Acto seguido, fui a ver a Germán.

Le dije que una de nuestras colaboradoras acababa de concluir su primera novela. Era muy joven pero tenía madera.

—¿No le echas un vistazo?

Así le entregué el manuscrito de *La sombra larga*. Me lo devolvió cuarenta y tres días después con el título de *La sombra inacabada*. Lo leí de un tirón, absorto ante ese prodigio primario y atroz: la novela que yo no había podido concluir en décadas (y que contribuía a mi fama de "riguroso") se había transformado en un mes y medio en una obra singular. El final era otro, del todo insospechado (al menos para mí). Lo más asombroso fue que el corrector no puso nada de su estilo: *La sombra inacabada* era inconfundiblemente "mía".

Había fingido que la novela pertenecía a una colaboradora para estimular los más recónditos rigores de Germán. ¿Qué podía hacer a continuación? Pensé en adoptar un seudónimo femenino, pero supe que si a la novela le iba bien, no resistiría en el anonimato. Trato de recuperar el discutible tren de mis ideas: consideré que Germán estaba en deuda conmigo; en *Barandal republicano* encontró la droga benéfica que lo mantenía vivo; ¿acaso no tenía derecho a usufructuar el talento de mi protegido? Además, el título arrojaba una clave para el lector avisado: un cuerpo en busca de una sombra ajena. No tardé en hallar ejemplos ilustres para mi causa: ¿qué hubiera sido de Eliot sin las enmiendas de Pound?

Más allá de mis trémulos pruritos, me preocupaba la reacción del corrector. ¿Sería capaz de desenmascararme?

Durante semanas no hice otra cosa que idolatrar "mi" manuscrito. Una cansada noche de domingo, Nuria me rascó la coronilla y dijo:

–Te estás quedando calvo.

Decidí publicar la novela.

No hay nada más repugnante que un autor hablando de sus triunfos. Mi caso es distinto; sólo en parte me enorgullece que *La sombra inacabada* se haya traducido a once idiomas. Además, la repentina notoriedad de un cuarentón tiene sus bemoles: "Al fin tuviste huevos de ser tú", fue el vejatorio encomio de Katia.

Germán Villanueva no hizo el menor comentario sobre los avatares de la novela. Siguió corrigiendo con meticuloso escrúpulo a la mayoría de los colaboradores y con mano exploratoria a las mujeres de su elección. Me impuse como código de honor no consolar a ninguna más allá de los Kleenex.

A pesar de las regalías y las ventas de los derechos para una película, seguí al frente de *Barandal republicano* porque Nuria y yo decidimos comprar una casa en Cuernavaca. Pasé mis mejores dos años; nacieron los gemelos, viajé mucho, nadé como un tritón en las frías aguas de Cuernavaca. Un torero, con fama de culto porque se había psicoanalizado, dijo que releería *La sombra inacabada* hasta que yo escribiera otro libro. Nuria disfrutó mucho este comentario, luego me vio con sus espléndidos ojos negros que a veces se ponen demasiado serios:

–¿Cuándo terminas tu próximo libro?

Con una inteligencia no exenta de piedad, Nuria había

separado su amor de la opinión que le merecía mi trabajo. *La sombra inacabada* la cautivó a tal grado que se atrevió a decirme lo que pensaba de mis libros anteriores. Mandó construir un estudio en el jardín de Cuernavaca y respetó las largas horas que yo pasaba ahí, dormitando ante un video.

El comentario de aquel torero lector y la pregunta de Nuria marcaron un cambio de clima. De golpe, estaba bajo la lluvia, y mi sombra me perseguía.

Quizá lo mejor hubiera sido abandonarme a un silencio digno y misterioso, rodear mi bloqueo de un halo trágico, despertar toda clase de especulaciones sobre mi escritura postergada, convertirme poco a poco en lo que la gente deseaba en secreto cuando me preguntaba por mi nuevo libro, ser un desperdicio interesante, un *caso*, un autor con el doble mérito de escribir una obra impar y ser destruido por ella. Sólo los muertos o los genios descalabrados, a los que nadie desea emular, suscitan admiración irrestricta.

Pero no me atreví a representar a un suicida emocional. La culpa se convirtió en un veneno lento hasta el día en que fui a casa de Germán. Por suerte, su madre estaba en su hacienda de Zacatecas.

También él me recibió en el porche, como si la casa no dispusiera de otra zona visitable. Lo encontré más flaco que nunca; el pelo delgadísimo ya era blanco en las sienes.

Encendí un puro y hablé de los viejos tiempos, de lo mucho que le debíamos en *Barandal republicano*, de novedades editoriales que no le interesaban.

—¿Qué te pasa? —me interrumpió de pronto.

—No puedo más —confesé y la cara se me llenó de lágrimas.

Desde el lejano rechazo de mi entrenador japonés no me sentía tan mal. Cuando al fin me contuve, Germán me miró con fría atención. ¿Por qué cosas habría pasado él? ¿Cómo logró hundirse en sí mismo y salir a flote como si se desconociera? ¿De qué estaba hecho ese amigo siempre lejano que conquistó sus visiones al precio de repudiarlas?

Germán se mordió una larga uña con concentración monomaniaca. Luego hizo un ruido extraño con la boca, como si llamara a un perro o quisiera silbar. Algo cayó al fondo del jardín, tal vez la rama de un árbol o una escoba mal apoyada; ese ruido rasposo rompió el aire como si nos delatara. Nada me pareció más absurdo que estar ahí, al lado de ese enfermo que sonreía en diagonal. Todo en mi trato con él había sido equívoco. En el taller de Edgardo Zimmer entablé una inútil competencia y fui incapaz de reconocer que la vida me situaba en una inmejorable condición de testigo: estaba cerca de los libros potenciales de Germán, de sus historias todavía escondidas. Cuando el mejor de nosotros fue tratable, le dediqué una rencorosa admiración. Ahora visitaba a un lunático que sólo volvía en sí ante ciertas manipulaciones del alfabeto.

Bebí un largo trago de té. Luego de una pausa en la que Germán pareció olvidar mi presencia, recordé que no había ido a indagar su temperamento inasequible sino a solicitarle un favor. ¿Podía corregirme un manuscrito?

Esta vez no quise aparentar que se trataba de la obra de una amiga. Necesitaba su perdón y su ayuda. Germán me vio sin parpadear, tomó el cenicero con los restos de mi puro y se dirigió a una maceta:

—Las cenizas ayudan a las plantas.

No dijo nada más. ¿Me hablaba como un gurú? ¿Su genio cancelado era la ceniza y yo la planta?

—Ayúdame, Germán —imploré.

Después de un silencio, mi amigo habló con voz casi inaudible.

—No quiero leerte. Eres mi borrador, ¿te parece poco?

Creí no haber oído bien y pregunté como un imbécil:

—¿Estás escribiendo sobre mí?

—Ya sabes que no escribo, no *así*.

—Fue una pendejada traerte mi novela como si no fuera mía —reconocí al fin.

Me costó trabajo entender la vacilante respuesta de Germán:

—No te preocupes, estaba en la trama.

—¿Cuál trama?

Sonrió de un modo descolocado; la boca se le alargó varias veces, como si obedeciera a diversos recuerdos. Sus manos débiles me encuadraron, al modo de un director de cine:

—Esta es la trama. Eres la trama.

Salí de ahí como de una alucinación. Los únicos contactos de Germán con la realidad eran el metro que tomaba rumbo a Can Barceló y las galeras que leía con insólita dedicación; sin embargo, en su casa me trató con hermética superioridad. Destruido por la droga y la demencia, se entregaba a una soberbia desmedida. ¿Cómo había sido yo capaz de rechazar su época de plenitud y convivir con sus despojos?

Esa misma semana le propuse a Jordi Llorens que buscáramos a un sustituto para Germán, pero él me demostró que se había vuelto irremplazable.

Durante días evité la sala de juntas. No supe de Germán hasta la tarde en que me visitó una desconocida. Sus ojos verdes estaban irritados de tanto frotarlos. El corrector había vuelto a hacer de las suyas. Por primera vez, la tristeza de una colaboradora me dio rabia. ¿No se daba cuenta del privilegio del que gozaba? Hubiera hecho lo que fuera por ponerme en su sitio. Le tuve una envidia absoluta, de borrador a borrador. Fue entonces, al asumirme como una de las infinitas versiones corregidas por Germán, que entendí lo que dijo en el porche de su casa.

Dejé a la desconocida de los ojos verdes en compañía de Jordi Llorens y decidí escribir este relato. Germán me había dado un tema. Un escritor menor es narrado en vida por otro de talento. El protagonista no advierte que su existencia sigue un dictado ajeno, o lo advierte demasiado tarde.

Un incisivo rumor de fondo recorre esta narración: "Eres mi borrador". Sé que se trata de una metáfora –la borrosa licencia poética de quien confunde el entorno con un texto–, pero la frase me molesta. Germán provocó buena parte de la trama, pero no es mi autor sino mi único lector. Estas cuartillas irán a dar a su espantosa carpeta de plástico.

Hace un par de días me asomé al ambiente mortecino de la sala de juntas. En un rincón, un rayo de luz dorada caía sobre Germán y daba a su piel un tono recuperado. Extrañamente, leía el periódico.

Cuando escuchó mis pasos en las duelas, apartó las páginas (creí reconocer la sección de cultura). Me vio con una expresión de gusto que no dependía de mi llegada sino de algo que había leído:

—Los escritores son cada vez más ridículos —dijo.

No hizo otro comentario. Cerró los ojos, disfrutando la tibia luz que se filtraba por el vitral. Un ruido agudo llegó de la calle. Germán se movió en su asiento, como si padeciera un escalofrío. ¿Aún era capaz de dejarse afectar por lo que ocurría allá afuera? Vi la carpeta en la mesa de caoba, la meta final de mi relato. Él abrió los ojos y se colocó la mano a modo de visera:

—¿Cómo vas? —me preguntó— ¿Avanzas?

Era obvio a qué se refería.

Germán espera que concluya la historia, como si deseara cerrar un ciclo abierto hace más de veinte años. Desde los tiempos de Edgardo Zimmer mis textos sólo le han provocado desinterés y, en cierta forma, me sé protegido por su indiferencia. ¿Es posible que la confesión de mi estafa y de mi trato con las mujeres afectadas por sus correcciones le provoque otra respuesta?

No deja de intrigarme la cruel inversión de nuestros destinos: yo debería ser el relator de sus proezas, el albacea de sus papeles dispersos, su intercesor ante el mundo, la sombra que rindiera testimonio de su estatura; en cambio, es él quien dispone de estas páginas y se convierte en mi custodio.

Es común que un escritor se condene por sus palabras; lo es menos que se condene por la ayuda de otro. Germán aún puede concederme la acerba justicia que me negó en el taller de Edgardo Zimmer. ¿Le importo lo suficiente para desenmascarar mi impostura?

Con agraviada satisfacción, lo imagino chupando su perita de anís; una sonrisa le cruza el rostro mientras me lee; soy, al fin, su asunto de interés; el relato lo toca lo suficiente para desear mi destrucción: decide publicarlo.

ÍNDICE

En sus libros, **Juan Villoro** (Ciudad de México, 1956) ha desarrollado una prosa inconfundible que ha merecido algunos de los premios más importantes del territorio hispanoamericano: el Xavier Villaurrutia, el Mazatlán, el Jorge Herralde, el Vázquez Montalbán, el Antonin Artaud, el Internacional de Periodismo Rey de España y el José Donoso. Entre sus obras se encuentra la novela *El testigo*, las crónicas de *Safari accidental*, los ensayos de *Efectos personales* y el libro infantil *El profesor Zíper y la fabulosa guitarra eléctrica*. Editorial Almadía ha publicado su novela breve *Llamadas de Ámsterdam*, las crónicas de *Palmeras de la brisa rápida* (2009) y *8.8: El miedo en el espejo* (2010), los libros de cuento *Los culpables* (2007), *¿Hay vida en la Tierra?* (2012) y *El Apocalipsis (todo incluido)* (2014), el libro infantil *El fuego tiene vitaminas* (2014), ilustrado por Juan Gedovius, las fábulas políticas de *Funerales preventivos* (2015), acompañadas por caricaturas de Rogelio Naranjo, y el texto dramático *Conferencia sobre la lluvia* (2013).

Títulos en Narrativa

EL APOCALIPSIS (TODO INCLUIDO)
¿HAY VIDA EN LA TIERRA?
LOS CULPABLES
LLAMADAS DE ÁMSTERDAM
Juan Villoro

CARNE DE ATAÚD
MAR NEGRO
DEMONIA
LOS NIÑOS DE PAJA
Bernardo Esquinca

LA SONÁMBULA
TRAS LAS HUELLAS DE MI OLVIDO
Bibiana Camacho

EL LIBRO MAYOR DE LOS NEGROS
Lawrence Hill

NUESTRO MUNDO MUERTO
Liliana Colanzi

IMPOSIBLE SALIR DE LA TIERRA
Alejandra Costamagna

LA COMPOSICIÓN DE LA SAL
Magela Baudoin

JUNTOS Y SOLOS
Alberto Fuguet

LOS QUE HABLAN
CIUDAD TOMADA
Mauricio Montiel Figueiras

LA INVENCIÓN DE UN DIARIO
Tedi López Mills

EL FIN DE LA LECTURA
Andrés Neuman

JUÁREZ WHISKEY
César Silva Márquez

TIERRAS INSÓLITAS
Luis Jorge Boone

CARTOGRAFÍA DE LA LITERATURA
OAXAQUEÑA ACTUAL I Y II
VV. AA.

LA CASA PIERDE

de Juan Villoro
se terminó de
imprimir
y encuadernar
el 28 de abril de 2017,
en los talleres
de Litográfica Ingramex,
Centeno 162,
Colonia Granjas Esmeralda,
Delegación Iztapalapa,
Ciudad de México.

Para su composición tipográfica se emplearon las familias Bell Centennial y
Steelfish de 11:14, 37:37 y 30:30. El diseño es de Alejandro Magallanes.
El cuidado de la edición estuvo a cargo de Karina Simpson.
La impresión de los interiores se realizó sobre papel Cultural de 75 gramos.